中國語言文字研究輯刊

十九編

許學仁 主編

第11冊

周秦兩漢詩歌韻類演變研究（上）

魏鴻鈞 著

花木蘭文化事業有限公司

國家圖書館出版品預行編目資料

周秦兩漢詩歌韻類演變研究（上）／魏鴻鈞 著 -- 初版 -- 新
北市：花木蘭文化事業有限公司，2020〔民 109〕
目 12+276 面；21×29.7 公分
（中國語言文字研究輯刊　十九編；第 11 冊）
ISBN 978-986-518-161-1（精裝）
1. 詩歌　2. 聲韻　3. 研究考訂
802.08　　　　　　　　　　　　　　　　109010427

ISBN-978-986-518-161-1

9 789865 181611

中國語言文字研究輯刊
十九編　　第十一冊　　　　　ISBN：978-986-518-161-1

周秦兩漢詩歌韻類演變研究（上）

作　　者　魏鴻鈞
主　　編　許學仁
總 編 輯　杜潔祥
副總編輯　楊嘉樂
編　　輯　許郁翎、張雅淋　美術編輯　陳逸婷
出　　版　花木蘭文化事業有限公司
發 行 人　高小娟
聯絡地址　235 新北市中和區中安街七二號十三樓
　　　　　電話：02-2923-1455／傳真：02-2923-1452
網　　址　http://www.huamulan.tw 信箱 hml810518@gmail.com
印　　刷　普羅文化出版廣告事業
初　　版　2020 年 9 月
全書字數　255006 字
定　　價　十九編 14 冊（精裝）　台幣 42,000 元　　版權所有 · 請勿翻印

周秦兩漢詩歌韻類演變研究（上）

魏鴻鈞 著

作者簡介

魏鴻鈞（1980～），台灣桃園人。畢業於東吳大學中文系，臺北市立大學中國語文學系碩博士班。現任職於閩南師範大學文學院。研究方向為漢語音韻學，長期關注周秦到隋的韻類演變問題。論文曾刊載於《語言研究》、《語言研究集刊》、《語言學論叢》、《殷都學刊》、《漢語史與漢藏語研究》、《中國石油大學學報》、《寧波大學學報》、《成大中文學報》、《東吳中文學報》……等十多篇。曾以〈上古東陽合韻探討〉一文獲得聲韻學會研究生優秀論文獎第一名；以《周秦至隋詩歌韻類研究》獲得科技部獎勵人文與社會科學領域博士候選人撰寫博士論文獎勵金。

提　要

　　全書以「算術統計法」統計上古詩歌三千七百多個韻段，通過「周朝之初至春秋之末」、「戰國之初至秦朝之末」、「楚漢之初至新莽之末」、「東漢之初至獻帝之末」四個時期的歷時比較，得出上古各韻部「獨韻」以及「例外押韻」的百分比消長情況，再通過各部實際韻段內中古 16 攝、206 韻的交涉情況，以探討韻類演變的軌跡以及合理的音變條件。全書分成六個章節：

　　第壹章緒論，述明撰作之源起、研究範圍及材料、研究方法及步驟。

　　第貳章、第參章、第肆章，統計出上古詩歌用韻百分比的消長，藉此來看「陰聲韻部」、「入聲韻部」、「陽聲韻部」的韻類演變情況。其中跨韻部的合韻，在陰聲主要有：之幽、幽侯、侯魚、之侯魚、宵魚、脂微、支歌、魚歌；入聲有：職覺、覺屋、質物、質月、物月；陽聲有：冬東、東陽、陽耕、耕真、真文、真元、文元、真文元、蒸侵、冬侵、東侵、陽侵、陽談。這麼多的異部通叶，既有的上古韻部框架無法解釋它們為什麼頻繁相押，因此有的學者改變押韻條件，主張一部不必一主要元音；有的學者認為古人韻緩，異部相押全是「主元音相近，韻尾相同」、「主元音相同，韻尾相近」的音近通叶。他們把這些合韻現象置於同一個共時平面；把這些押韻情況視為同一個語音條件下所造成的「例外」關係。全書把上古韻段材料分作四個時期，指出這些合韻不全在同一共時平面，如：「蒸侵」只出現於《詩經》；「東陽」只出現在兩漢。同時也強調兩部通叶實際上具有多種語音內涵。對於這些合韻有正確認識，才能對上古韻類的演變作出正確判斷，並提出合理解釋。

　　第伍章統計上古同調、異調相押的百分比，指出：第一，平聲不只與上聲通叶，平去相押更為頻繁。第二，去聲不只與入聲通叶，平去、上去的百分比也常常超過去入。因此「平上一類」、「去入一類」的說法有再斟酌的必要。由於《詩經》只有 42.04％的去聲獨用，因此本章特別討論上古有沒有去聲的問題。「長篇連用去聲」的韻段可以證明上古實有去聲，只是仍在發展階段。至於上古和中古讀不同調類的字有哪些？本章整理出「上古押平聲，《廣韻》讀去聲」、「上古押平聲，《廣韻》讀上聲」、「上古押平聲，《廣韻》讀上、去聲」、「上古押上聲，《廣韻》讀去聲」、「上古押上聲，《廣韻》讀平聲」、「上古押上聲，《廣韻》讀平、去聲」、「上古押入聲或諧聲系統有入聲讀音，《廣韻》讀去聲」等七種調類對應情況。

　　第陸章結論，敘述全書的研究價值以及相關議題的未來展望。

目

次

第壹章　緒　論

第一節　研究動機及目的

2002 年，我參與了台灣大學李存智教授所主持的科技部項目——漢語上古音分域研究 2/2，從此一頭栽入了古韻部的研究工作。2002～2009 年期間，我們先後整理過《荀子》、《老子》、《尚書》、《周易》、《呂氏春秋》……等散文中的韻文、通假異文；也處理過一些地下出土的通假字材料，如：阜陽漢簡、九店楚簡、郭店楚簡、上海博物館藏戰國楚竹書……等等。在整理上述材料之餘，我們把《詩經》、《楚辭》以及逯欽立輯校《先秦漢魏晉南北朝詩》（上）的詩歌韻段整理出來並建置成語料庫。最初的動機很簡單，是希望有一個能夠迅速檢索出上古押韻情況的工具，來和前人的研究成果相比對。在比對的過程中，深感當前古韻研究工作上的不足。底下從「周秦詩歌用韻研究的不足」、「兩漢詩歌用韻研究的不足」、「研究材料的修正」三方面加以說明。

一、周秦詩歌用韻研究的不足

古韻自鄭庠《詩古音辨》分六部以來，歷經顧炎武、江永、戴震、段玉裁……等人研究，至羅常培、周祖謨的三十一部，加上黃侃所分出的添、怗

兩部，總為三十三部。〔註1〕此三十三部的建立，莫不視《詩經》音讀為準式，而以屈宋楚聲為附庸。誠如黃志高先生《六十年來之楚辭學》所言：

> 《楚辭》古音讀，自江連〔註2〕陳第，揭其正誼，斯學由是萌
> 生。有清一代，若武進蔣驥、休寧戴震、高郵王念孫、歙縣江有誥
> 諸人，相繼有作，故不為寂寥矣。然細究其論，莫不以《詩》古音
> 為準式，則屈宋楚聲，幾為三百篇之妾者耳。〔註3〕

　　1938 年，董同龢〈與高本漢先生商榷「自由押韻」說兼論上古楚方音特色〉一文中，推論「東陽、之幽、侯魚、真耕」四部合韻為楚方音特色。〔註4〕接踵者，如林蓮仙《楚辭音均》、陳文吉《楚辭古韻研究》、楊素姿《先秦楚方言韻系研究》等論文，均致力於上古楚地方音的研究，企圖使《楚辭》音擺脫《詩經》音的羈絆，以解開通語與方言之間的糾葛，這一種趨勢，就像楊素姿《先秦楚方言韻系研究》所說的：

> 我們不應該單一化把先秦楚方言看作是《詩經》音的一部分，
> 而抹殺了先秦楚方言的特色。〔註5〕

　　這些學者的觀念雖然正確，但是研究先秦楚音所得到的結論，仍與《詩經》音相去不遠（林蓮仙 30 部，陳文吉 29 部，楊素姿 29 部）。這不免啟人疑竇？我們知道《詩經》與《楚辭》南北相距千里，時代間隔數百，所反映的語音現象，竟大致相同？這與本書實際調查的結果有所出入。我們粗略地了解到不同於《詩經》用韻，屈宋楚聲有幾處合韻百分比發生了顯著的改變，列表如下：

合　韻	詩　經	屈宋楚聲	百分比增減
支歌合韻	支：0%	支：33.33%	支：+33.33%
	歌：0%	歌：2.86%	歌：+2.86%

〔註1〕陳新雄《古音研究》，臺北：五南圖書出版有限公司，1999 年 4 月初版，頁 303。

〔註2〕「江連」應正為「連江」，即今福建省連江縣。

〔註3〕黃志高《六十年來之楚辭學》，臺北：臺灣師範大學中國文學研究所碩士論文，繆
　　　天華先生指導，1977 年，頁 146。

〔註4〕董同龢〈與高本漢先生商榷「自由押韻說」兼論上古楚方音特色〉（1938），丁邦新
　　　編《董同龢先生語言學論文選集》，臺北：食貨出版社，1974 年 11 月。

〔註5〕楊素姿《先秦楚方言韻系研究》，高雄：中山大學中國文學研究所碩士論文，孔仲
　　　溫先生指導，1996 年，頁 3。

表中可以看出《詩經》「支歌」接觸的百分比是 0%。到了屈宋楚聲，支部與歌部韻段接觸的百分比是 33.33%（每 3 個支部韻段，有 1 個與歌部字相押）；歌部與支部韻段接觸的百分比是 2.86%（每 34.97 個歌部韻段，有 1 個與支部字相押）。拿《詩經》和《楚辭》屈宋相互比對可以看出「支歌合韻」分別是支部成長了 33.33%；歌部成長了 2.86%。

合　韻	詩　經	屈宋楚聲	增　減
耕真合韻	耕：0% 真：0%	耕：23.08% 真：27.27%	耕：+23.08% 真：+27.27%
真文合韻	真：2.82% 文：5.71%	真：27.27% 文：25%	真：+24.45% 文：+19.29%
文元合韻	文：5.71% 元：2.44%	文：25% 元：20.69%	文：+19.29% 元：+18.25%

合　韻	詩　經	屈宋楚聲	增　減
脂微合韻	脂：47.22% 微：41.98%	脂：30% 微：20%	脂：-17.22% 微：-21.98%
微歌合韻	微：0% 歌：0%	微：20% 歌：8.57%	微：+20% 歌：+8.57%
物月合韻	物：7.41% 月：3.23%	物：42.86% 月：15.79%	物：+35.45% 月：+12.56%

合　韻	詩　經	屈宋楚聲	增　減
冬侵合韻	冬：25% 侵：11.11%	冬：0% 侵：0%	冬：-25% 侵：-11.11%
冬東合韻	冬：0% 東：0%	冬：12.5% 東：6.25%	冬：+12.5% 東：+6.25%
東侵合韻	東：0% 侵：0%	東：6.25% 侵：12.5%	東：+6.25% 侵：+12.5%

上面四張表對比出《詩經》音與屈宋楚聲合韻百分比的消長，藉此可與前人的研究成果相比對，如：董同龢先生推論「東陽、之幽、侯魚、真耕」四部合韻為楚方音的特色。我們統計出這四組合韻的百分比增減如下表：

合　韻	詩　經	屈宋楚聲	增　減
東陽合韻	東：1.96% 陽：0.6%	東：6.25% 陽：1.37%	東：+4.29% 陽：+0.77%

之幽合韻	之：2.87% 幽：3.85%	之：4.23% 幽：9.09%	之：+1.36% 幽：+5.24%
侯魚合韻	侯：0% 魚：0%	侯：0% 魚：0%	侯：+0% 魚：+0%
耕真合韻	耕：0% 真：0%	耕：23.08% 真：27.27%	耕：+23.08% 真：+27.27%

表中除了「耕真合韻」較《詩經》有顯著不同外，其餘合韻均未有明顯消長。那麼「東陽、之幽、侯魚」等合韻為楚方音特色的說法，應有再檢討的必要。又如林蓮仙《楚辭音均》、陳文吉《楚辭古韻研究》均將「冬東」合併，認為是上古楚方音的特色。我們質疑百分比較高的「支歌、耕真、真文、文元、物月」等部未合併，反而合併較低的「冬東」，原因何在？

二、兩漢詩歌用韻研究的不足

清人王念孫、洪亮吉、胡元玉等學者做過漢魏押韻材料的纂錄及排比工作，但是沒有什麼大的貢獻，30 年代以前，這一段研究基本上還是空白。

1933 年，王越發表了《漢代樂府釋音》，大體上承襲清人舊說，發明不多，頗有可議之處。〔註6〕

1936 年，于海晏出版了《漢魏六朝韻譜》。該書搜羅宏富、材料完備，是研究漢魏六朝韻類演變的先驅之作。于書主要的缺點在於分析方法，他把一切押韻的字歸納在一部裡，不分何者為正則，何者為例外，從他的韻字表上既看不出各部分類的界限，也無法找到音韻演變的路向，更談不上與《切韻》音系的比較。〔註7〕

1958 年，羅常培、周祖謨兩位先生出版《漢魏晉南北朝韻部演變研究·第一分冊》詳細分析了兩漢的韻部及特點，是兩漢韻部研究的里程碑之作，但是也並非全無可議之處，如邵榮芬先生〈古韻魚侯兩部在前漢時期的分合〉所言：

〔註6〕羅常培、周祖謨《漢魏晉南北朝韻部演變研究·第一分冊》，北京：科學出版社，1958 年 11 月初版，頁 3。

〔註7〕丁邦新《魏晉音韻研究》，臺北：中央研究院歷史語言研究所，1975 年 6 月，頁 291。

《韻譜》的錯誤比較多，事屬草創，例所難免。《研究》則比較矜慎，但也偶有脫漏和弄錯韻字的地方。〔註8〕

《研究》對魚、侯兩部倒有十分明確的結論，它認為前漢時期魚、侯兩部已經完全合併。這個問題從音理上，也就是從語音發展的規律上來看，也存在著很大的疑問。（邵榮芬1997：89）

如果我們對《易林》的押韻情況作進一步的觀察，就會發現《研究》所定的韻字還沒有準確地反映出之、幽等五部的真正密切關係來。（邵榮芬1997：99）

因此，我們認為兩漢時期的韻譜、韻部的分合、語音發展的規律，皆有重新研究的必要。此外，羅常培、周祖謨（1958）視周秦音上下九百餘年為一個整體，我們則分周朝之初至春秋之末（西元前十一世紀中～前五世紀末）為一期；戰國之初至秦朝之末（西元前五世紀末～前三世紀初）為一期。前期材料以《詩經》為主，地域偏北方黃河流域一帶；後期以《楚辭》屈原、宋玉作品為主，地域偏向南方長江流域。楊素姿說：

前人所劃分的上古音時期，幾乎都是包含周秦以迄漢初這一大段時間，就春秋時期而言，由於諸侯還是採「尊王攘夷」的政策，所以語言文字尚存有一個大概的標準，但是到了戰國時期，「諸侯力政，不統於王」的政局已然形成，如果我們還是執著於前人對於古音的分期，那麼，對於戰國時期「言語異聲」的語言現象，恐怕就無法說得明白。（楊素姿1996：205）

因此我們在羅常培、周祖謨（1958）的基礎之上，補足了戰國之初至秦朝之末（西元前五世紀末～前三世紀初）的這段研究空白。一方面顧及春秋以降至西漢之初，將近三百年的語音空檔；另一方面兼顧南北地域性的差異，以了解上古時期的韻類全貌。

三、研究材料的修正

在材料上，羅常培、周祖謨（1958）以丁福保《全漢三國晉南北朝詩》

〔註8〕邵榮芬〈古韻魚侯兩部在前漢時期的分合〉，《邵榮芬音韻學論集》，北京：首都師範大學出版社，1997年7月，頁91。

（1916）為藍本，並斟酌《淮南子》、《新語》、《春秋繁露》、《史記》、《易林》……等書，把兩漢的有韻之文囊括無餘，排成韻譜。然而，丁福保一書雖然「搜括靡遺」，有功於世，卻往往抄襲馮舒《匡謬》之按斷，不加細審，且全書所錄各詩均不明出處，尤使人難以信據。〔註9〕

　　1983 年，逯欽立在丁書的基礎上，重新整理周秦至隋末的歌詩謠諺，編成《先秦漢魏晉南北朝詩》百三十五卷。書中每一首詩皆詳著出處，既有利徵引，亦備覆查。凡各書異文，或一書不同版本的異文，均予記錄，大大提高研究的科學價值。這使我們在詩歌文本上，有較羅常培、周祖謨（1958）更好的選擇。

　　羅常培、周祖謨（1958）採用《淮南子》、《新語》、《春秋繁露》、《易林》……等有韻之文為研究材料。儘管散文中可能夾雜韻文，但是有韻之文在摘錄韻字、劃分韻段上，難有統一標準，且容易流於主觀，影響韻例統計。因此我們不採用有韻之文與詩韻混雜的做法。如以《易林》用韻為例，書中「之幽侯魚」四部的關係相當密切，劃分起來十分困難。如果就這種通押現象，認為漢代崔篆的方言裏，這四部的主要元音都相同，恐怕不符合語言事實。邵榮芬先生〈古韻魚侯兩部在前漢時期的分合〉說：

> 《易林》的這種通押現象，恐怕只能認為是押韻比較寬緩的結
>
> 果。也就是說，它是一種押韻風格或習慣上的不同，並不是實際語
>
> 言變化的反映。（邵榮芬 1997：101）

這顯示有韻之文的用韻較為寬緩，如果貿然將有韻之文與詩韻混雜，便容易把「韻近」與「韻同」的韻段放在一起統計，是否能如實地反映出韻類通叶情況，恐怕有些疑問。再以「賦」這項文體為例，如《子虛賦》：

> 王車駕千（乘），選徒萬騎，田于海（濱），列卒滿澤，罘網彌
>
> （山），掩兔轔鹿，射麋腳（麟），鶩于鹽浦，割鮮染（輪），射中獲
>
> 多，矜而自（功）。

賦中韻字：乘，蒸部；濱，真部；山，元部；麟，真部；輪，文部；功，東部。如果以「韻基」相同的押韻標準，來看待「蒸東真文元」五部合韻的現

〔註9〕逯欽立輯校《先秦漢魏晉南北朝詩》，臺北：學海出版社 1991 年 2 月再版，出版說明頁2。

象，那就容易得出司馬相如收-ŋ、收-n 諸部不分的結論。事實上，這只不過是賦體用韻寬緩，全取陽聲韻字的用韻現象。

　　羅常培、周祖謨（1958）注意朝代更迭、兼顧地域性，對周秦兩漢的韻部演變研究做了很好的示範。但是關於韻類的歸納、整理和分析工作，仍有諸多疑點尚待釐清；至於周秦音如何演變到兩漢音，也很多問題沒有解決。再者，部分研究者欲以一套擬音，涵蓋周秦兩漢一千三百多年的韻部分類，凡不合者，則認為是音近、方音或無韻。趙誠〈商代音系探索〉一文，曾指陳前輩學者的缺失，他說：

> 　　一般的研究工作者，在歸納《詩經》的韻字時，總要兼及羣經用韻、《楚辭》用韻乃至漢人韻文的用韻。這些材料，從時間上來計算，大體包括一千年左右的作品；從空間來看，差不多涉及今天黃河流域和長江流域的大部分地區，幅員相當廣闊。利用這樣一些材料來歸納韻系，不管多麼嚴密，必然存在著一些致命的弱點，即古今語音和方言俗語的摻雜，使得歸納出來的每一個韻類，每一個界線幾乎都存在例外，所以，對轉旁轉之說應運而起。

〔註10〕

有鑑於此，我們把所周秦兩漢的用韻材料，分出四個時期：

（一）周朝之初至春秋之末（西元前十一世紀中～前五世紀末）。

（二）戰國之初至秦朝之末（西元前五世紀末～前三世紀初）。

（三）楚漢之初至新莽之末（西元前三世紀初～一世紀初）。

（四）東漢之初至獻帝之末（西元一世紀初～三世紀初）。

　　唯有將這四個時期分出，《楚辭》音才能自《詩經》音獨立出來；兩漢音也才能擺脫周秦音而有獨立地位。也唯有將各期的材料獨立之後，個別的合韻現象才會受到重視，而這些合韻所代表的，正是語音演變的關鍵之處，值得我們進一步推敲。

〔註10〕趙誠〈商代音系探索〉，《古代文字音韻論文集》，北京：中華書局，1991 年 11 月，頁 178。

第二節　研究範圍及材料

一、研究範圍

　　錢玄同《文字學音篇》縱論歷代音韻變遷，把周秦以迄現代之音，總分為六期，前兩期如下表所示：

分　期	朝代	西　　曆	研　究　材　料
第一期	周秦	前十一世紀～前三世紀	《詩經》、《楚辭》、諸子、秦碑用韻之處及《說文解字》。
第二期	兩漢	前二世紀～二世紀	漢人所作韻文

　　清儒所談論的古音，是以第一期的《詩經》用韻為主，而把《楚辭》、諸子、秦碑等用韻視為輔助性材料，這是就狹義而言；廣義的古音，則是把「韻書未作」的時期合併在一起，也就是將第二期的兩漢音合併於第一期周秦音之中。如陳新雄先生所言：

　　　　清儒所謂古音也，自其狹義言之，要以周、秦音為準；自其廣

　　義言之，上固可採自唐、虞，下亦兼收於兩漢。（陳新雄 1999：8）

　　不論狹義、廣義的古音，都有共通的問題，就是把《楚辭》、諸子、秦碑、漢人韻文等材料視為《詩經》音的附庸。事實上，《詩經》音與《楚辭》音不同；《楚辭》音又與漢魏音不同。因此，我們除了根據錢玄同一、二期合併的「廣義的古音」來討論上古韻類，也依據材料的先後將周秦以至兩漢之音分為四期。分出四個時期的好處，在於可以依據材料的先後，來檢視韻部演變的脈絡。這樣就不會把周秦的韻部框架套用在兩漢，而認為兩漢韻緩；也不會誤認兩漢的「侯魚、東陽」等合韻特色為周秦的語音現象。

二、研究材料

　　（一）詩歌文本材料

　　1. 第一期

　　詩歌文本材料上，以《詩經》為主。韻段劃分上，參酌江有誥《詩經韻讀》、王力《詩經韻讀》以及陳新雄《毛詩》。

　　2. 第二期

　　詩歌文本材料上，以《楚辭》屈原、宋玉作品為主。內容包含屈原〈離

騷〉、〈九歌〉、〈九章〉、〈遠遊〉以及宋玉〈九辯〉。〈招魂〉一篇，司馬遷《史記・屈賈列傳》認為是屈原作品；王逸《楚辭章句》主張是宋玉所作，不論作者是屈原或宋玉，都應歸到第二期。韻段劃分上，參酌傅錫壬《楚辭古韻考釋》、林蓮仙《楚辭音均》、王力《楚辭韻讀》、陳文吉《楚辭古韻研究》以及楊素姿《先秦楚方言韻系研究》。

3. 第三期

詩歌文本材料上，以逯欽立輯校《先秦漢魏晉南北朝詩》頁 87～頁 117 的文人作品為主，總計詩人有劉邦、項羽、四皓、戚夫人、劉友……等 29 人。賈誼〈惜誓〉、淮南小山〈招隱士〉、莊忌〈哀時命〉、王褒〈九懷〉、劉向〈九歎〉、東方朔〈七諫〉等西漢《楚辭》體的作品，也歸到第三期討論。

4. 第四期

詩歌文本材料上，以《先秦漢魏晉南北朝詩》頁 163～頁 205 的文人作品為主，總計有馬援、王吉、唐菆、梁鴻、劉蒼……等 29 家。《楚辭》王逸〈九思〉也歸到第四期討論。

5. 其　它

《先秦漢魏晉南北朝詩》頁 1～頁 85 為先秦民歌；頁 119～頁 162、頁 207～頁 344 為兩漢民間的歌詩謠諺，這兩個部分逯欽立指出：

> 惟先秦篇章，不備眾類，故分類編次，不傳作者。兩漢無名之
> 作較多，有異各代，故彙集附諸卷末。（逯欽立 1991：1）

因多屬無名之作，前者難以界定哪些詩歌屬於第一期，哪些該歸到第二期；後者難以劃分哪些歌詩謠諺屬第三期，哪些該歸到第四期，因此我們不列入四個時期的韻段統計範圍內，僅在必要時輔以佐證所提出的一些意見。

因為第四期的文人作品不多，我們另外整理《先秦漢魏晉南北朝詩》頁 345～頁 547 的三國詩歌，即魏立之初到孫吳之末（西元三世紀初～三世紀末）的文人用韻，總計有曹操、王粲、陳琳、劉楨、徐幹……等 38 人，〔註11〕另

〔註11〕逯欽立《先秦漢魏晉南北朝詩・凡例》曰：「今編次諸家，略以卒年為準。」因此曹操、王粲、陳琳、劉楨、徐幹等作家，不歸到「獻帝之末」的第四期，而依其卒年歸入三國詩歌；又如孔融卒於後漢獻帝建安十三年，因此歸到東漢文人。

外加上該時期的樂府古辭、雜歌謠辭、吳鼓吹曲辭等不知作者姓名的作品。因這個部分不列入「廣義」的古音範疇內，僅在必要時引以佐證所推論的一些想法。相關研究可參閱于海晏《漢魏六朝韻譜》（1936／1989）、林炯陽《魏晉詩韻考》（1972）、丁邦新《魏晉音韻研究》（1975）以及周祖謨《魏晉南北朝韻部之演變》（1996）。

（二）韻字歸部所依據的材料

每一個韻字，應該被歸入到哪一個韻部，我們是以郭錫良《漢字古音手冊》為主。另外，也參酌陳新雄古三十二部諧聲表，〔註12〕調整了幾處韻字歸部，如從「風」得聲之字，郭錫良入古韻「冬」部，陳新雄入第二十八部「侵」部。〔註13〕觀察《詩經》、《楚辭》所見從「風」得聲之字，多與「侵」部字相押，如：

〈邶風‧綠衣〉：絺兮綌兮，淒其以（風）。我思古人，實獲我（心）。

〈大雅‧蕩之什‧桑柔〉：如彼溯（風），亦孔之僾；民有肅（心），荓云不逮。

東方朔〈七諫‧初放〉：便娟之脩竹兮，寄生乎江（潭）。上葳蕤而防露兮，下泠泠而來（風）。孰知其不合兮，若竹柏之異（心）。

故從「風」得聲之字以入「侵」部為宜。又如從「充」得聲之字，郭錫良入上古「冬」部；陳新雄入第十八「東」部，考《詩經》、《楚辭》所見從「充」得聲之字僅〈鄭風‧山有扶蘇〉一例：

山有喬（松），隰有游（龍）。不見子（充），乃見狡（童）

韻腳字「松、龍、童」俱為「東」部字，故「充」字宜入「東」部。

〔註12〕陳新雄《古音研究》，臺北：五南圖書出版有限公司，1999 年 4 月初版，頁 343～頁 368。

〔註13〕郭錫良 30 部與陳新雄 32 部的差別，在於 32 部多分出怗、添兩部。從韻部名稱上看，郭先生「物部」即陳先生「沒部」；郭先生「葉部」即陳先生「盍部」。

第三節　研究方法及步驟

一、全書用來解釋押韻情況的術語

（一）獨　韻

指韻腳全用同部字的韻段，不間雜它部之字，如「之部獨韻」指韻腳全用之部字的韻段。

（二）例外押韻

指「獨韻」以外的各種押韻情況，如「之幽旁轉」、「之職對轉」。

（三）混　韻

「混韻」指上古一個韻部內，中古 16 攝、206 韻的混押情況，如：上古侯部可依中古韻書、韻圖劃分出「流攝侯厚候」及「遇攝虞麌遇」。流、遇兩攝（韻）在上古侯部相押的情況，稱之為「流攝侯厚候」和「遇攝虞麌遇」混韻。

二、研究方法及步驟

（一）歸納法

首先依據郭錫良《漢字古音手冊》把每句詩的最後一字（或虛字前一字）的上古韻部及中古韻類查出，再系聯成一個韻段，如〈周南・關雎〉：

關關雎（**鳩**），在河之（**洲**）。窈窕淑女，君子好（**逑**）。

幽部　　　　　幽部　　　　魚部　　　　幽部

「鳩、洲、逑」同屬上古幽部字，因此系聯為一個韻段。若遇「大停頓處」而韻部有別者，〔註14〕也系聯成一個韻段，如〈鄘風・蝃蝀〉：

朝隮于西，崇朝其（**雨**）。女子有行，遠兄弟父（**母**）。

脂部　　　　魚部　　　　陽部　　　　之部

「雨、母」同在大停頓處，雖然韻部有別，也應系聯成一個「出韻」的韻段。這種「出韻」的情況一多，可能反映出韻類演變的脈絡。

我們照這種系聯方式，把韻字整理在一起後，再依「作者」、「篇名」、「韻

〔註14〕「大停頓」指句意完結處，一般是句號所在的地方。

字」、「上古韻」、「中古韻」、「韻攝」的順序，一一鍵入 EXCEL 表中，如下表所示：

作者	篇　名	韻　字	上古韻	中古韻	韻　攝
不詳	關雎	鳩洲逑	幽	尤	流
不詳	關雎	流求	幽	尤	流
不詳	關雎	服／側得	職	屋／職德	通／曾
不詳	關雎	采／友	之	海／有	蟹／流
不詳	關雎	芼／樂	宵／藥	號／效	效
不詳	葛覃	谷木	屋	屋	通
不詳	葛覃	谷綌	屋	屋	通
不詳	葛覃	萋喈／飛	脂／微	齊皆／微	蟹／止
不詳	葛覃	莫濩／斁	鐸	鐸／昔	宕／梗
不詳	葛覃	歸衣	微	微	止

同一種材料的韻段輸入完畢後，選擇 EXCEL 表的「資料」→「排序」→主要鍵選擇「上古韻」→次要鍵選擇「韻攝」→第三鍵選擇「中古韻」，按下「確定」鍵後，韻段就會照著「上古韻」、「韻攝」、「中古韻」的順序排列，如以《詩經》「緝部獨韻」為例，就會排列如下表：

作者	篇　名	韻　字	上古韻	中古韻	韻　攝
不詳	螽斯	揖蟄	緝	緝	深
不詳	中穀有蓷	濕泣及	緝	緝	深
不詳	鹿鳴之什・皇皇者華	隰及	緝	緝	深
不詳	鴻雁之什・無羊	溼濕	緝	緝	深
不詳	小戎	邑／合軜	緝	緝／合	深／咸
不詳	鹿鳴之什・常棣	翕／合	緝	緝／合	深／咸
不詳	文王之什・大明	集／合	緝	緝／合	深／咸
不詳	生民之什・板	輯／洽	緝	緝／洽	深／咸
不詳	文王之什・棫樸	及／楫	緝	緝／葉	深／咸

表中除了《詩經》「緝部獨韻」集合在一起外，「韻攝」也照著先「深」後「深／咸」混韻的順序排列。「深／咸」混韻的「中古韻」中，又照著先「緝／合」、「緝／洽」，後「緝／葉」的順序排列。再以《詩經》「冬侵合韻」為例：

作者	篇　名	韻　字	上古韻	中古韻	韻　攝
不詳	小戎	中／驂	冬／侵	東／覃	通／咸

不詳	生民之什·公劉	宗／飲	冬／侵	冬／寢	通／深
不詳	七月	沖／陰	冬／侵	東／侵	通／深
不詳	蕩之什·蕩	終／諶	冬／侵	東／侵	通／深
不詳	蕩之什·雲漢	蟲宮躬宗／臨	冬／侵	東東東冬／侵	通／深

　　表中除了「冬侵合韻」的韻段集合在一起外，「韻攝」也照著先「通／咸」後「通／深」的順序排列。「通／深」的「中古韻」又照著「冬／寢」、「東／侵」、「東冬／侵」的順序排列。排列之後，除了可以清楚掌握同一種材料中，各部「獨韻」以及「例外押韻」的韻段，也可以了解中古 16 攝、206 韻在各韻部內的交涉情況。

（二）統計法

　　使用「歸納法」把「獨韻」、「例外押韻」的韻段整理出來後，就要分別計算所佔的百分比。首先在排列好的 EXCEL 資料表上，選擇「資料」→「小計」→分組小計欄位選擇「上古韻」→使用函數選擇「項目個數」→新增小計位置選擇「上古韻」，這樣所有上古用韻情況的次數就會被統計出來，如以下圖為例：

1 2 3		A	B	C	D	E	F	G
·	220	不詳	蕩之什·召旻	止／茂		之／幽	止／侯	止／流
·	221	不詳	文王之什·思齊	士／造		之／幽	止／晧	止／效
·	222	不詳	閔予小子之什·絲衣 基鼐牛鼒／俅柔休觩		之之尤尤／尤尤尤幽	止止流流／流
·	223	不詳	甫田之什·賓之初筵	微郵／呶		之／幽	之尤／喬	止流／效
·	224	不詳	蕩之什·瞻卬	有／收		之／幽	有／尤	流
-	225	不詳			之／幽 計數	5		
·	226	不詳	節南山之什·巷伯	謀／虎		之／魚	尤／姥	流／遇
·	227	不詳	蟋蟀	母／雨		之／魚	厚／麌	流／遇
-	228	不詳			之／魚 計數	2		
·	229	不詳	遵大路	來贈		之／蒸	咍／嶝	蟹／曾
-	230	不詳			之／蒸 計數	1		
·	231	不詳	鴟鴞	子／室		之／質	止／質	止／臻
·	232	不詳	文王之什·皇矣	友／季		之／質	有／至	流／止
-	233	不詳			之／質 計數	2		
·	234	不詳	靜女	貽／異	2 之／職	之／志	止
·	235	不詳	南有嘉魚之什·采芑	止／試	2 之／職	止·志	止
·	236	不詳	蕩之什·瞻卬	忌／富	2 之／職	志／宥	止／流
·	237	不詳	臣工之什·潛	鱨鯉祀／福	4 之／職	旨止止／屋	止／曾
·	238	不詳	生民之什·假樂	子／德	2 之／職	止／德	止／曾
·	239	不詳	蕩之什·崧高	事／式	2 之／職	志／職	止／曾
·	240	不詳	甫田之什·大田	事／戒	2 之／職	志／怪	止／蟹
·	241	不詳	谷風之什·楚茨	祀來饮力／福食式稷極億	8 之／職	止代／屋職職職職職職	止／通曾曾曾曾曾曾
·	242	不詳	谷風之什·楚茨	祀侑／福椒稷翼億食	8 之／職	止賄／屋職職職職職職	止／蟹
·	243	不詳	蕩之什·蕩	止晦／式	3 之／職	止隊／職	止／曾
·	244	不詳	南有嘉魚之什·采芑	畝／試	2 之／職	厚／志	流／止
·	245	不詳	甫田之什·賓之初筵	又／識	2 之／職	宥／志	流／止
·	246	不詳	節南山之什·小宛	又／克富	3 之／職	宥／德宥	流／曾流

　　這張圖是《詩經》統計後的一部分，從 E 欄（上古韻）可以看出「之幽合韻」出現 5 次；「之魚合韻」2 次；「之蒸合韻」1 次；「之質合韻」2 次。統計出押韻情況的次數後，再表列出各種押韻情況在各韻部中所佔的百分比，如以《詩經》侯部韻段為例，可以分成「侯部獨韻」以及「侯部的例外押韻」：

1. 侯部獨韻

作　品	侯部	侯部獨韻	百分比	中　古　韻	次數	百分比
詩經	37	29	78.39%	侯	6	20.69%
				虞	9	31.03%
				侯／虞	14	48.28%

　　從《詩經》韻例當中，我們整理出 37 個帶有侯部字的韻段，其中「侯部獨韻」29 個，佔 78%。檢視中古 206 韻在「侯部獨韻」中的押韻情況，可以分出：

　　（1）侯厚候獨韻（20.69%）

　　（2）虞麌遇獨韻（31.03%）

　　（3）侯厚候（流攝）／虞麌遇（遇攝）混韻（48.28%）

　　中古押韻次數的百分比，是以「次數」除以「侯部獨韻」後，乘以 100%，即 6÷29×100%=20.69%。

2. 侯部的例外押韻

作　品	侯部總數	排行	用　韻　情　況	次數	百分比
詩經	37	1	侯部獨韻	29	78.39%
		2	侯屋	5	13.51%
			侯幽	1	2.7%
			侯東	1	2.7%
			侯冬	1	2.7%

　　《詩經》37 個侯部韻段中，「侯部獨韻」29 個，佔 78.39%；「侯屋合韻」5 個，佔 13.51%；「侯幽、侯東、侯冬」1 例，分佔 2.7%。

（三）比較法

　　把不同時期的用韻情況統計出來後，可以利用「比較法」來看韻部百分比的消長，進而觀察韻類演變的軌跡，如以魚部用韻為例：

1. 魚部獨韻

（1）周朝之初至春秋之末

作　品	魚部	魚部獨韻	百分比	中　古　韻	次數	百分比
詩經	184	162	88.04%	麻	8	4.94%
				魚虞模	89	54.94%
				麻／魚	65	40.12%

（2）戰國之初至秦朝之末

作　品	魚部	魚部獨韻	百分比	中　古　韻	次數	百分比
楚辭屈宋	75	52	69.34%	麻	0	0%
				魚虞模	27	51.92%
				麻／魚	25	48.08%

（3）楚漢之初至新莽之末

作　品	魚部	魚部獨韻	百分比	中　古　韻	次數	百分比
西漢文人	41	27	65.85%	麻	3	11.11%
				魚虞模	20	74.08%
				麻／魚	4	14.81%

（4）東漢之初至獻帝之末

作　品	魚部	魚部獨韻	百分比	中　古　韻	次數	百分比
東漢文人	36	17	47.21%	麻	1	5.88%
				魚虞模	14	82.36%
				麻／魚	2	11.76%

通過「比較法」，可以看出：

（1）「魚部獨韻」從《詩經》88.04%，下降到《楚辭》屈宋 69.34%、西漢文人 65.85%、東漢文人 47.21%，顯示魚部的例外押韻漸趨頻繁。

（2）魚部「麻（假攝）／魚（遇攝）」混韻，從《詩經》40.12%、《楚辭》屈宋的 48.08%，下降到西漢文人 14.81%、東漢文人 11.76%。顯示從西漢開始，魚部「麻」、「魚虞模」兩類的界線逐漸清楚，但仍有一定程度上的押韻關係。

2. 魚部的例外押韻

（1）周朝之初至春秋之末

作　品	魚部總數	排行	用　韻　情　況	次數	百分比
詩經	184	1	魚部獨韻	162	88.04%
		2	魚鐸	19	10.33%
		3	魚之	2	1.09%
		4	魚緝	1	0.54%

（2）戰國之初至秦朝之末

作　品	魚部總數	排行	用　韻　情　況	次數	百分比
楚辭屈宋	75	1	魚部獨韻	52	69.34%
		2	魚鐸	16	21.33%
		3	魚陽	3	4%
		4	魚歌	2	2.67%
			魚之	1	1.33%
			魚支	1	1.33%

（3）楚漢之初至新莽之末

作　品	魚部總數	排行	用　韻　情　況	次數	百分比
西漢文人	41	1	魚部獨韻	27	65.85%
		2	魚鐸	8	19.51%
		3	魚侯	3	7.32%
			魚陽	1	2.44%
			魚脂	1	2.44%
			魚侯微	1	2.44%

（4）東漢之初至獻帝之末

作　品	魚部總數	排行	用　韻　情　況	次數	百分比
東漢文人	36	1	魚部獨韻	17	47.21%
		2	魚侯	8	22.22%
		3	魚宵	3	8.33%
		4	魚歌	2	5.56%
		4	之魚	2	5.56%
			魚陽	1	2.78%
			魚幽	1	2.78%
			魚之侯	1	2.78%
			魚微歌	1	2.78%

通過「比較法」，可以看出：

（1）魚鐸（陰入相押）在《詩經》、《楚辭》屈宋、西漢文人作品中佔有一定程度上的百分比。東漢時不再押韻，顯示魚鐸的陰入關係已經消失。

（2）「魚侯合韻」從《詩經》、《楚辭》屈宋 0%，上升到西漢文人 7.32%、東漢文人 22.22%。顯示從周秦到兩漢「魚部獨韻」的優勢逐漸消褪，轉與侯部關係密切。

第貳章　從詩歌用韻看陰聲韻部的演變

第一節　之部的用韻情況

一、之部獨韻

（一）周朝之初至春秋之末

作品	之部	之部獨韻	百分比	中　古　韻	次數	百分比
詩經	174	144	82.77%	之脂	42	29.17%
				皆（霾字）灰咍	2	1.39%
				尤有宥厚	6	4.17%
				之脂／尤有宥厚	50	34.73%
				之脂／軫（敏字）	1	0.69%
				之脂／軫（敏字）／尤有宥厚	1	0.69%
				之脂／皆（霾字）灰咍	23	15.97%
				之脂／皆（霾字）灰咍／尤有宥厚	10	6.94%
				皆（霾字）灰咍／尤有宥厚	9	6.25%

（二）戰國之初至秦朝之末

作品	之部	之部獨韻	百分比	中　古　韻	次數	百分比
楚辭屈宋	71	59	83.09%	之脂	17	28.81%
				皆（霾字）灰咍	5	8.47%
				尤有宥厚	0	0%

				中 古 韻	次數	百分比
				之脂／尤有宥厚	13	22.03%
				之脂／軫（敏字）	0	0%
				之脂／軫（敏字）／尤有宥厚	0	0%
				之脂／皆（霾字）灰咍	22	37.3%
				之脂／皆（霾字）灰咍／尤有宥厚	0	0%
				皆（霾字）灰咍／尤有宥厚	2	3.39%

（三）楚漢之初至新莽之末

作品	之部	之部獨韻	百分比	中 古 韻	次數	百分比
西漢文人	45	31	68.9%	之脂	16	51.61%
				皆（霾字）灰咍	1	3.23%
				尤有宥厚	0	0%
				之脂／尤有宥厚	6	19.35%
				之脂／軫（敏字）	0	0%
				之脂／軫（敏字）／尤有宥厚	0	0%
				之脂／皆（霾字）灰咍	5	16.13%
				之脂／皆（霾字）灰咍／尤有宥厚	2	6.45%
				皆（霾字）灰咍／尤有宥厚	1	3.23%

（四）東漢之初至獻帝之末

作品	之部	之部獨韻	百分比	中 古 韻	次數	百分比
東漢文人	16	9	56.25%	之脂	8	88.89%
				皆（霾字）灰咍	0	0%
				尤有宥厚	0	0%
				之脂／尤有宥厚	1	11.11%
				之脂／軫（敏字）	0	0%
				之脂／軫（敏字）／尤有宥厚	0	0%
				之脂／皆（霾字）灰咍	0	0%
				之脂／皆（霾字）灰咍／尤有宥厚	0	0%
				皆（霾字）灰咍／尤有宥厚	0	0%

說明：

1. 「之部獨韻」從《詩經》82.77%、《楚辭》屈宋83.09%，下降到西漢文人68.9%、東漢文人56.25%，顯示之部的例外押韻漸趨頻繁。

2. 之部「之脂（止攝）／尤有宥厚（流攝）」混韻，從《詩經》34.73%，下降到《楚辭》屈宋22.03%、西漢文人19.35%、東漢文人11.11%，顯示「之

脂／尤有宥厚」的界線已逐漸清楚。若是完全分開，時間點當在魏立之初至孫吳之末的三國詩歌：

作品	之部	之部獨韻	百分比	中　古　韻	次數	百分比
三國詩歌	81	47	58.02%	之脂	37	78.72%
				皆（霾字）灰咍	5	10.64%
				尤有宥厚	0	0%
				之脂／尤有宥厚	1	2.13%
				之脂／軫（敏字）	0	0%
				之脂／軫（敏字）／尤有宥厚	0	0%
				之脂／皆（霾字）灰咍	4	8.51%
				之脂／皆（霾字）灰咍／尤有宥厚	0	0%
				皆（霾字）灰咍／尤有宥厚	0	0%

表中「之脂／尤有宥厚」混韻只剩下 2.13%，顯示之部「止攝／流攝」的界線清楚，幾乎不再混押。

二、之部的例外押韻

（一）周朝之初至春秋之末

作　品	之部總數	排行	用　韻　情　況	次數	百分比
詩經	174	1	之部獨韻	144	82.77%
		2	之職	20	11.49%
		3	之幽	5	2.87%
		4	之魚	2	1.15%
		4	之質	2	1.15%
			之蒸	1	0.57%

（二）戰國之初至秦朝之末

作　品	之部總數	排行	用　韻　情　況	次數	百分比
楚辭屈宋	71	1	之部獨韻	59	83.09%
		2	之職	6	8.45%
		3	之幽	3	4.23%
			之月	1	1.41%
			之物	1	1.41%
			之魚	1	1.41%

（三）楚漢之初至新莽之末

作　品	之部總數	排行	用　韻　情　況	次數	百分比
西漢文人	45	1	之部獨韻	31	68.9%
		2	之幽	5	11.11%
		2	之職	5	11.11%
			之侯	1	2.22%
			之屋	1	2.22%
			之宵	1	2.22%
			之耕	1	2.22%

（四）東漢之初至獻帝之末

作　品	之部總數	排行	用　韻　情　況	次數	百分比
東漢文人	16	1	之部獨韻	9	56.25%
		2	之幽	2	12.5%
		2	之魚	2	12.5%
			之微	1	6.25%
			之職	1	6.25%
			之侯魚	1	6.25%

說明：

　　1. 之職(陰入相押)在《詩經》、《楚辭》屈宋、西漢文人中，分別佔了 11.49%、8.45%、11.11%。東漢文人僅 1 例，佔 6.25%。

　　2. 「之幽合韻」從《詩經》2.87%，上升到《楚辭》屈宋 4.23%、西漢文人 11.11%、東漢文人 12.5%，顯示「之幽」關係越來越密切。

　　3. 「之魚合韻」從《詩經》1.15%、《楚辭》屈宋 1.41%、西漢文人 0%，上升到東漢文人 12.5%。再加上「之侯魚合韻」6.25%，顯示東漢「之魚」有一定程度上的語音關係。

第二節　幽部的用韻情況

一、幽部獨韻

（一）周朝之初至春秋之末

作品	幽部	幽部獨韻	百分比	中　古　韻	次數	百分比
詩經	130	110	84.6%	脂	0	0%
				尤侯幽	35	31.82%
				蕭宵肴豪	15	13.64%
				虞（孚字）	0	0%
				脂／尤侯幽	2	1.82%
				脂／蕭宵肴豪	1	0.91%
				脂／蕭宵肴豪／尤侯幽	1	0.91%
				蕭宵肴豪／尤侯幽	54	49.08%
				虞（孚字）／尤侯幽	2	1.82%

（二）戰國之初至秦朝之末

作品	幽部	幽部獨韻	百分比	中　古　韻	次數	百分比
楚辭屈宋	33	23	69.7%	脂	0	0%
				尤侯幽	14	60.87%
				蕭宵肴豪	3	13.04%
				虞（孚字）	0	0%
				脂／尤侯幽	0	0%
				脂／蕭宵肴豪	0	0%
				脂／蕭宵肴豪／尤侯幽	0	0%
				蕭宵肴豪／尤侯幽	6	26.09%
				虞（孚字）／尤侯幽	0	0%

（三）楚漢之初至新莽之末

作品	幽部	幽部獨韻	百分比	中　古　韻	次數	百分比
西漢文人	27	18	66.67%	脂	0	0
				尤侯幽	8	44.45%
				蕭宵肴豪	4	22.22%
				虞（孚字）	0	0
				脂／尤侯幽	0	0
				脂／蕭宵肴豪	0	0
				脂／蕭宵肴豪／尤侯幽	0	0
				蕭宵肴豪／尤侯幽	6	33.33%
				虞（孚字）／尤侯幽	0	0

（四）東漢之初至獻帝之末

作品	幽部	幽部獨韻	百分比	中　古　韻	次數	百分比
東漢文人	16	8	50%	脂	0	0%
				尤侯幽	3	37.5%
				蕭宵肴豪	2	25%
				虞（孚字）	0	0%
				脂／尤侯幽	0	0%
				脂／蕭宵肴豪	1	12.5%
				脂／蕭宵肴豪／尤侯幽	0	0%
				蕭宵肴豪／尤侯幽	2	25%
				虞（孚字）／尤侯幽	0	0%

說明：

1. 「幽部獨韻」從《詩經》84.6%，下降到《楚辭》屈宋 69.7%、西漢文人 66.67%、東漢文人 50%，顯示幽部的例外押韻漸趨頻繁。

2. 幽部「蕭宵肴豪（效攝）／尤侯幽（流攝）」混韻，從《詩經》49.08%，下降到《楚辭》屈宋 26.09%、西漢文人 33.33%、東漢文人 25%，顯示混韻的比例仍高。三國詩歌幽部「效攝／流攝」兩類才有明顯分野：

作品	幽部	幽部獨韻	百分比	中　古　韻	次數	百分比
三國詩歌	61	36	59.01%	脂	0	0
				尤侯幽	24	66.67%
				蕭宵肴豪	9	25%
				虞（孚字）	0	0
				脂／尤侯幽	0	0
				脂／蕭宵肴豪	0	0
				脂／蕭宵肴豪／尤侯幽	0	0
				蕭宵肴豪／尤侯幽	3	8.33%
				虞（孚字）／尤侯幽	0	0

表中幽部「蕭宵肴豪／尤侯幽」混韻下降到 8.33%，顯示三國幽部「效／流」兩攝的界線較為清楚。

二、幽部的例外押韻

（一）周朝之初至春秋之末

作　品	幽部總數	排行	用　韻　情　況	次數	百分比
詩經	130	1	幽部獨韻	110	84.6%
		2	幽覺	6	4.62%
		2	幽宵	6	4.62%
		4	幽之	5	3.85%
			幽緝	1	0.77%
			幽侯	1	0.77%
			幽支	1	0.77%

（二）戰國之初至秦朝之末

作　品	幽部總數	排行	用　韻　情　況	次數	百分比
楚辭屈宋	33	1	幽部獨韻	23	69.7%
		2	幽之	3	9.09%
		3	幽覺	2	6.06%
			幽東	1	3.03%
			幽侯	1	3.03%
			幽宵	1	3.03%
			幽陽	1	3.03%
			幽質	1	3.03%

（三）楚漢之初至新莽之末

作　品	幽部總數	排行	用　韻　情　況	次數	百分比
西漢文人	27	1	幽部獨韻	18	66.67%
		2	幽之	5	18.52%
		3	幽侯	2	7.41%
			幽宵	1	3.7%
			幽東	1	3.7%

（四）東漢之初至獻帝之末

作　品	幽部總數	排行	用　韻　情　況	次數	百分比
東漢文人	16	1	幽部獨韻	8	50%
		2	幽之	2	12.5%
		2	幽宵侯	2	12.5%
			幽冬宵	1	6.25%
			幽侯	1	6.25%
			幽宵	1	6.25%
			幽魚	1	6.25%

說明：

1. 幽覺（陰入相押）自西漢文人開始不再押韻。

2. 「幽之合韻」〔註1〕從《詩經》3.85%，上升到《楚辭》屈宋 9.09%、西漢文人 18.52%，顯示周秦到西漢「幽之」關係逐漸密切。東漢應是韻例太少影響統計，百分比降至 12.5%。三國詩歌又大幅提升至 27.87%，如下表所示：

作品	幽部總數	排行	用 韻 情 況	次數	百分比
三國詩歌	61	1	幽部獨韻	36	59.01%
		2	幽之	17	27.87%
		3	幽之侯	3	4.92%
		4	幽宵	2	3.28%
			幽侯	1	1.64%
			幽侯魚	1	1.64%
			幽魚	1	1.64%

表中「幽之合韻」27.87%，意謂著三國「幽之」密切的程度持續上升。

3. 「幽侯合韻」從《詩經》0.77%，上升到《楚辭》屈宋 3.03%、西漢文人 7.41%。東漢文人雖略降至 6.25%，但加上 12.5%的「幽宵侯合韻」，則高達 18.75%，顯見「幽侯」有一定程度上的語音關係。「幽侯」兩部的關係牽涉到魚部，待下文「魚部的用韻情況」再詳談。

4. 「幽宵合韻」佔《詩經》幽部韻段 4.62%、《楚辭》屈宋 3.03%、西漢文人 3.7%、東漢文人 6.25%、三國詩歌 3.28%。百分比顯示周秦至三國「幽宵旁轉」的情況並不頻繁，兩部「效攝字合流」的時間點應該更晚。

〔註1〕「之幽合韻」與「幽之合韻」的不同，在於前者指所有之部韻段中，「之幽合韻」所占的百分比；後者指所有幽部韻段中，「之幽合韻」占的百分比。例如：《詩經》有 5 個「之幽合韻」韻段，從之部的角度看，是 174 個之部韻段中，之幽占了 5 個（2.87%）；從幽部的角度看，是 130 個幽部韻段中，之幽占了 5 個（3.85%）。因此「之幽合韻」與「幽之合韻」的不同，在於是從「之部」還是「幽部」的角度，去看「之幽合韻」的百分比。

三、之幽兩部的合韻關係〔註2〕

（一）研究回顧

前人探討「之幽」背後的音韻現象，得出「之幽互轉」、「之移向幽」、「幽移向之」、「方言現象」以及「音近合韻」等五種解釋。底下整理各家看法：

1. 之幽互轉

羅常培、周祖謨（1958：16-17）提及兩漢之幽合韻有「之轉入幽部」；有「幽轉入之部」。前者如之部尤韻「牛、丘、久、疚、舊」和之部脂韻「龜」字：

> 兩漢這一部（之部）大體和《詩經》音相同，唯有尤韻一類裏面「牛、丘、久、疚、舊」幾個字和脂韻一類的「龜」字都歸入幽部。（羅常培、周祖謨 1958：16）

後者如幽部「軌」字：

> 另外還有《詩經》音屬於幽部的字，到兩漢轉入本部（之部）的。那就是「軌」字。……，這正是晉以後轉入脂部的一個過程，很值得我們注意。（羅常培、周祖謨 1958：17）

換言之，兩漢「之幽」是「某些之部字往幽部」和「某些幽部字往之部」移動所造成的合韻現象。至於周秦「之幽」的情況如何？兩漢「之往幽」、「幽往之」的音變條件為何？則不在羅、周（1958）所討論的範疇內。

2. 之移向幽

黃典誠〈關於上古高元音的探討〉一文主張之部的主要元音為*ɯ；幽部的主元元音為*u，黃先生說：

> 上古「之」部既然不可能是[ə]、[y]、[ai]，那麼，該訂它讀什麼才好呢？經過我們比較研究，認為還是訂它為[ɯ]好。這個[ɯ]是高後平唇元音。前進一步就是[i]，把唇一圓就是[u]，[i－ɯ－u]同是高元音，彼此之間，容易轉化。〔註3〕

〔註2〕〈上古之幽兩部的合韻關係及其演變〉曾發表於《語言學論叢》第 46 輯（北京：北京大學漢語語言學研究中心），2012：285～310。今略作修改後附於此。

〔註3〕黃典誠〈關於上古高元音的探討〉（1978），《黃典誠語言學論文集》，廈門：廈門大

　　將之部擬作介於[i]、[u]之間的[ɯ]，好處在於把唇一圓，之部[ɯ]就變成幽部[u]，除了解釋上古之幽合韻的現象外，也用來說明上古之部字演變到中古「蟹止攝」、「流攝」的兩條音變路徑。黃典誠補充說：

　　　　上古「之」部字到中古《切韻》主要分兩路走：一路是「蟹止攝」，一路是「流攝」。前者是向高前元音[-i]發展的趨向；後者是向高後元音[-u]發展的趨向。如果上古「之」部的音值不是[ɯ]，就很難如上所示那樣可[-i]可[-u]了。（黃典誠 2003：13）

3. 幽移向之

金慶淑《廣韻又音字與上古方音之研究》指出：

　　　　中古同一字而上古有不同來源，便產生何者為原來讀音，何者為方音變化的問題。諧聲的聲符字雖為之部，然諧聲字裏也常見之幽兩部混淆的現象，因此，不能全靠同聲必同部的原則來判斷。本文從音韻變化的方向考慮，認為幽部變之部的可能性較大。也就是 *-əgw的韻尾圓唇成分脫落，變入*-əg。〔註4〕

　　引文指出某些地區幽部*-əgw的圓唇w脫落，與之部*-əg讀作相同韻基。未脫落 w 的幽部字是「原來讀音」；脫落 w 的幽部字是「方音變化」。金慶淑（1993）的觀點，也可歸入下面一類「方言現象」。

4. 方言現象

　　史存直〈古韻「之、幽」兩部之間的交涉〉一文主張「之幽合韻」是一種方言現象，史先生說：

　　　　就古音之幽兩部之間的關係來說，既不能把它們合併，不用方音來做解釋，還有甚麼更好的解釋呢？〔註5〕

　　　　就方言之間的關係來看，有時祇有少數字自甲部轉入乙部，那

〔註4〕　學出版社，2003 年 8 月，頁 10。

〔註4〕　金慶淑《廣韻又音字與上古方音之研究》，臺北：臺灣大學中文研究所博士論文，龔煌城先生指導，1993 年，頁 23。

〔註5〕　史存直〈古韻「之、幽」兩部之間的交涉〉，《漢語音韻學論文集》，上海：華東師範大學出版社，2002 年 2 月 2 刷，頁 140。

就祇會造成偶爾的「合韻」；而有時卻是甲乙兩部整個相混或大部相混，那就必然會在韻文中造成大量的合韻，在文字的諧聲關係上造成大量的兩韻混諧。就古音之幽兩部之間有大量合韻來看，我們不妨推測在古代方言中，有的方言根本之幽不分或基本不分。（史存直2002：141）

5. 主元音相同，韻尾相近

李方桂《上古音研究》指出：

> 這部（幽部）跟之部的距離最近，古韻中跟之部往往有協韻的例子。諧聲字中也偶有之幽兩部相混的地方，如求在幽部，裘在之部，白在幽部，舊在之部等。因此我們認為這部（幽部）元音是ə、iə與之部相同，只有韻尾輔音不同，之部是*-k、*-g，而幽部是圓唇的舌根音*-kw、*-gw。〔註6〕

李先生認為「之幽」之所以合韻，在於這兩部的主要元音相同（*ə），韻尾相近（之：*-g；幽：*-gw），因此能夠通叶。換言之，可以理解為詩人「用韻寬緩」的合韻現象。

（二）之幽兩部的合韻關係

之幽合韻究竟是「之幽互轉」、「之移向幽」、「幽移向之」、「方言現象」還是「主元音相同，韻尾相近」的韻緩現象？迄今學者們仍莫衷一是。細究前四種說法，都認為之部或幽部的某些字音，改讀作另一部字的韻基。至於「主元音相同，韻尾相近」的觀點，則主張是詩人用韻寬緩所造成的合韻現象。這五種說法都值得再商榷：

1. 「之幽互轉」的檢討

羅常培、周祖謨（1958）把「牛、丘、久、疚、舊、龜」等字從之部移到幽部；把「軌」字從幽部移到之部，「之幽合韻」的問題就解決了嗎？答案是否定的。事實上，兩漢「牛、久、舊」等字不全押幽部字；「軌」字也不全押之部字，前者如：

〔註6〕李方桂《上古音研究》，北京：商務印書館，1971／2001年，頁40。

作者	篇　名	韻　字	上古韻	中古韻	韻攝
不詳	西門行	之時茲／牛	之	之／尤	止／流
不詳	古詩為焦仲卿妻作	婦友久母	之	有有有厚	流
韋玄成	戒子孫詩	事／舊	之	志／宥	止／流

後者如：

作者	篇　名	韻　字	上古韻	中古韻	韻攝
王逸	遭厄	軌／造道	幽	旨／皓	止／效

史存直（2002）批評羅、周（1958）「之幽互轉」的說法：

> 儘管對於字的歸屬做了一些調整，但之幽兩部之間的「合韻」
> 卻依然大量存在。這就說明在兩漢的方言中之幽兩部之間的交涉是
> 照舊存在的，祇不過字的歸屬界限略有變動而已。（史存直 2002：138）

引文說明了即便羅、周（1958）把韻字的歸屬做了一些調整，兩漢尚有不少「之幽合韻」的韻段需要解釋。

2.「之移向幽」的檢討

「之移向幽」是從音理上來推想，放在文獻上檢驗卻產生了問題，如依黃典誠（1978／2003）所言：之部「止蟹攝」走[-ɯ]向[-i]的音變路徑，那麼我們來看《詩經》的之幽合韻：

作者	篇　名	韻　字	上古韻	中古韻	韻攝
不詳	蕩之什・召旻	止／茂	之／幽	止／侯	止／流
不詳	文王之什・思齊	士／造	之／幽	止／皓	止／效
不詳	閔予小子之什・絲衣	基鼒牛紑／俅柔休觥	之／幽	之之尤尤／尤尤尤幽	止止流流／流
不詳	甫田之什・賓之初筵	僛郵／呶	之／幽	之尤／肴	止流／效
不詳	蕩之什・瞻卬	有／收	之／幽	有／尤	流

這些與幽部合韻的之部字，大部分是中古止攝字，如何在[-ɯ]向前元音[-i]發展的過程中，又把唇一圓成後元音[-u]與幽部字相押，是之部擬作[-ɯ]元音所該思考的問題。

3.「幽移向之」的檢討

金慶淑（1993：23）同樣從音理上來推想，認為幽部*-əgw的韻尾圓唇成

分脫落，變入之部*-əg的可能性較大。該觀點無法解釋羅常培、周祖謨（1958）
所提出「牛、丘、久、疚、舊」等之部尤韻字轉入幽部的情況。再說「之幽」
中古有共同的流攝字，也就是中古以前「之部流攝字」會轉往幽部形成「流
攝字合流」的音變現象。「幽移向之」的觀點無法對這種音變趨勢提供解釋。

4.「方言現象」的檢討

如果「之幽」是方言現象，那麼是哪一處的方言現象？從兩漢之幽合韻的
詩人籍貫來看：

詩　　人	籍　　貫	詩　　名	韻字（之／幽）
東方朔	平原厭次	哀命	尤／憂
趙王劉友	沛豐邑中陽里人	歌	之／仇
劉向	沛豐邑中陽里人	遠逝	久／首
王褒	蜀郡資中	危俊	牛／蜩州脩遊流休悠浮求懰儔怵
		蓄英	丘／蕭條蜩嘷留
石勛	甘陵人	費鳳別碑詩	紀／道
王逸	南郡宜城	傷時	娭能萊臺／浮

「平原厭次」在今山東惠民；「沛豐邑」在今江蘇豐縣；「蜀郡資中」在今
四川成都；「南郡宜城」在今湖北省宜城縣。很難說這幾位詩人在地域上有什麼
樣的關聯。

5.「主元音相同，韻尾相近」的檢討

李方桂（1971／2001）將之部擬作*əg，幽部擬作*əgw，認為兩部韻近通
叶。前文的數據顯示：

合　　韻	材　　料	百　分　比
之幽合韻	《詩經》	占所有之部韻段 2.87%，幽部韻段 3.85%
	《楚辭》	占所有之部韻段 4.23%，幽部韻段 9.09%
	西漢文人	占所有之部韻段 11.11%，幽部韻段 18.52%
	東漢文人	占所有之部韻段 12.5%，幽部韻段 12.5%

如果「之幽」是音近相叶，那麼從周秦到兩漢，只能解釋為「用韻越來越
寬緩」的過程。三國「之幽」更占了之部韻段 20.99%以及幽部韻段 27.87%。
把這些增加的百分比都看成是「音近合韻」，勢必無法看清實際上的語音演變樣
貌。

（三）之幽合韻所反映的語音現象

上古「之幽合韻」的形成原因，並非單一因素所造成。底下是各材料中之幽合韻的韻段：

1.《詩經》

作者	篇　名	韻　字	上古韻	中古韻	韻　攝
不詳	蕩之什・召旻	止／茂	之／幽	止／侯	止／流
不詳	文王之什・思齊	士／造	之／幽	止／皓	止／效
不詳	閔予小子之什・絲衣	基鼒牛紑／俅柔休觩	之／幽	之之尤尤／尤尤尤幽	止止流流／流
不詳	甫田之什・賓之初筵	俅郵／呦	之／幽	之尤／肴	止流／效
不詳	蕩之什・瞻卬	有／收	之／幽	有／尤	流

《詩經》「之幽」僅佔所有之部韻段2.87%以及幽部韻段3.85%，百分比不算高。是不是少數詩人用韻寬緩的現象？底下檢視這些韻段的篇章，發現出韻的情況特別多：

（1）蕩之什・召旻

詩　歌　原　文	韻　字	用韻情況
旻天疾威，天篤降喪。瘨我饑饉，民卒流亡。我居圉卒荒。	喪亡荒	陽部平聲
天降罪罟，蟊賊內訌。昏椓靡共，潰潰回遹，實靖夷我邦。	訌共邦	東部平聲
皋皋訿訿，曾不知其玷。兢兢業業，孔填不寧，我位孔貶。	玷貶	談部上聲
如彼歲旱，草不潰茂。如彼棲苴，我相此邦，無不潰止。	茂止	之幽
維昔之富，不如時；維今之疚，不如茲。	時茲	之部平聲
彼疏斯粺，胡不自替，職兄斯引？	韻例不明	
池之竭矣，不云自頻？泉之竭矣，不云自中？溥斯害矣，職兄斯弘，不烖我躬？	頻中躬	冬真　或曰「頻」無韻
昔先王受命，有如召公，日辟國百里。今也日蹙國百里。於乎哀哉！維今之人，不尚有舊	里里舊	之部上聲

（2）文王之什・思齊

詩　歌　原　文	韻　字	用韻情況
思齊大任，文王之母。思媚周姜，京室之婦。	母婦	之部上聲
大姒嗣徽音，則百斯男。	音男	侵部平聲

惠于宗公，神罔時怨，神罔時恫。 刑于寡妻，至于兄弟，以御于家邦。	恫邦	東部平聲
雝雝在宮，肅肅在廟。不顯亦臨，無射亦保。	廟保	幽宵
肆戎疾不殄，烈假不瑕。不聞亦式，不諫亦入。	瑕入	魚緝
肆成人有德，小子有造。古人之無斁，譽髦斯士。	造士	之幽

（3）閔予小子之什・絲衣

詩　歌　原　文	韻　字	用韻情況
絲衣其紑，載弁俅俅。自堂徂基，自羊徂牛。 鼐鼎及鼒。兕觥其觩，旨酒思柔。不吳不敖，胡考之 休？	紑俅基牛 鼒觩柔休	之幽

（4）甫田之什・賓之初筵

詩　歌　原　文	韻　字	用韻情況
賓之初筵，左右秩秩。	筵秩	元質
籩豆有楚，殽核維旅。	楚旅	魚部上聲
酒既和旨，飲酒孔偕。	旨偕	脂部上平
鐘鼓既設，舉酬逸逸。	設逸	質月
大侯既抗，弓矢斯張。	抗張	陽部平聲
射夫既同，獻爾發功。	同功	東部平聲
發彼有的，以祈爾爵。	的爵	藥部入聲
龠舞笙鼓，樂既和奏，烝衎烈祖。	鼓祖	魚部上聲
以洽百禮，百禮既至。	禮至	脂質
有壬有林。錫爾純嘏，子孫其湛。	林湛	侵部平聲
其湛曰樂，各奏爾能。賓載手仇，室人入又。 酌彼康爵，以奏爾時。	能又時	之部平聲
賓之初筵，溫溫其恭。其未醉止，威儀反反。 曰既醉止，威儀幡幡。舍其坐遷，屢舞僊僊。	筵恭反幡 遷僊	東元
其未醉止，威儀抑抑。曰既醉止，威儀怭怭。 是曰既醉，不知其秩。	抑怭秩	質部入聲
賓既醉止，載號載呶，亂我籩豆，屢舞僛僛。 是曰既醉，不知其郵。	呶僛郵	之幽
側弁之俄，屢舞傞傞。	俄傞	歌部平聲
既醉而出，并受其福。醉而不出，是謂伐德。	福德	職部入聲
飲酒孔嘉，維其令儀。	嘉儀	歌部平聲
凡此飲酒，或醉或否。既立之監，或佐之史。 彼醉不臧，不醉反恥。式勿從謂，無俾大怠。	否史恥怠	之部上聲

詩　歌　原　文	韻字	用韻情況
匪言勿言，匪由勿語。由醉之言，俾出童羖。	語羖	魚部上聲
三爵不識，矧敢多又！	識又	之職

（5）蕩之什・瞻卬

詩　歌　原　文	韻字	用韻情況
瞻卬昊天，則不我惠。孔填不寧，降此大厲。邦靡有定，士民其瘵	惠厲瘵	質月
孟賊孟疾，靡有夷屆。	疾疾	質部去入
罪罟不收，靡有夷瘳。	收瘳	幽部平聲
人有土田，女反有之；人有民人，女覆奪之。此宜無罪，女反收之；彼宜有罪，女覆說之。	有收 奪說	之幽 月部入聲
哲夫成城，哲婦傾城。	城城	耕部平聲
懿厥哲婦，為梟為鴟。婦有長舌，維厲之階。	鴟階	脂部平聲
亂匪降自天，生自婦人。	天人	真部平聲
匪教匪誨，時維婦寺。	誨寺	之部去聲
鞫人忮忒，譖始竟背。豈曰不極？伊胡為慝！	忒背極慝	職部入聲
如賈三倍，君子是識。婦無公事，休其蠶織。	識織	職部入聲
天何以刺？何神不富？舍爾介狄，維予胥忌。	富忌	之職
不吊不祥，威儀不類。人之云亡，邦國殄瘁。	類瘁	物部去聲
天之降罔，維其優矣。人之云亡，心之憂矣。	罔亡 優憂	陽部平聲 幽部平聲
天之降罔，維其幾矣。人之云亡，心之悲矣。	罔亡 幾悲	陽部平聲 微部平聲
觱沸檻泉，維其深矣。心之憂矣，寧自今矣。	深今	侵部平聲
不自我先，不自我後。藐藐昊天，無不克鞏。無忝皇祖，式救爾後。	後鞏後	侯東

上面幾張表可以看出這些篇章用韻寬緩，反映出來的是「音近通叶」的情況。

2. 《楚辭》屈原

《楚辭》屈原作品有 3 處「之幽合韻」韻段如下：

作者	篇　名	韻　字	上古韻	中古韻	韻　攝
屈原	遠遊	疑 / 浮	之 / 幽	之 / 尤	止 / 流
屈原	天問	在 / 首守	之 / 幽	海 / 有	蟹 / 流
屈原	昔往日	佩 / 好	之 / 幽	隊 / 號	蟹 / 效

「疑、在、佩」等字在屈原作品中，多半仍與之部字通叶；〔註7〕「浮、首、好」多半仍與幽部字相押。〔註8〕因此這幾個韻段的之幽合韻，不會是之

〔註7〕屈原「疑」字與之部字通叶韻段如下：

〈離騷〉：欲從靈氛之吉占兮，心猶豫而狐（疑）。

巫咸將夕降兮，懷椒糈而要（之）。

〈離騷〉：苟中情其好脩兮，又何必用夫行（媒）。

說操築於傅巖兮，武丁用而不（疑）。

〈昔往日〉：惜往日之曾信兮，受命詔以昭（詩）。

奉先功以照下兮，明法度之嫌（疑）。

〈昔往日〉：思久故之親身兮，因縞素而哭（之）。

或忠信而死節兮，或訑謾而不（疑）。

弗省察而按實兮，聽讒人之虛（辭）。

芳與澤其雜糅兮，孰申旦而別（之）？

〈思美人〉：登高吾不說兮，入下吾不（能）。

固朕形之不服兮，然容與而狐（疑）。

屈原「在」字與之部字相押韻段如下：

〈離騷〉：昔三后之純粹兮，固眾芳之所（在）。

雜申椒與菌桂兮，豈維紉夫蕙（茝）？

〈離騷〉：溘吾遊此春宮兮，折瓊枝以繼（佩）。

及榮華之未落兮，相下女之可（詒）。

吾令豐隆乘雲兮，求宓妃之所（在）。

解佩纕以結言兮，吾令蹇脩以為（理）。

〈天問〉：女岐無合，夫焉取九（子）？伯強何處？惠氣安（在）？

〈天問〉：崑崙縣圃，其居安（在）？增城九重，其高幾（里）？

〈天問〉：黑水玄（趾），三危安（在）？延年不死，壽何所（止）？

屈原「佩」字與之部字相押韻段如下：

〈離騷〉：溘吾遊此春宮兮，折瓊枝以繼（佩）。

及榮華之未落兮，相下女之可（詒）。

吾令豐隆乘雲兮，求宓妃之所（在）。

解佩纕以結言兮，吾令蹇脩以為（理）。

〈離騷〉：紛吾既有此內美兮，又重之以脩（能）。

扈江離與辟芷兮，紉秋蘭以為（佩）。

〔註8〕「浮」字與幽部字相押韻段如下：

部「疑、在、佩」轉入幽部；或幽部「浮、首、好」轉入之部的音變現象，而是屈原「用韻寬緩」所造成。

兩漢開始，之幽合韻反映出「之部流攝字轉入幽部」以及「同字異讀」的語音現象。底下從「兩漢之幽」到「三國之幽」的中古韻類交涉情況來看：

3. 西漢文人

作者	篇名	韻　字	上古韻	中古韻	韻　攝
劉友	歌	之／仇	之／幽	之／尤	止／流
東方朔	哀命	尤／憂	之／幽	尤	流
劉向	遠逝	久／首	之／幽	有	流
王褒	危俊	牛／蜩州脩遊流休悠浮求懤怞	之／幽	尤／蕭尤尤尤尤尤尤尤尤尤尤尤	流／效流流流流流流流流流流流
王褒	蓄英	丘／蕭條蜩噪留	之／幽	尤／蕭蕭蕭豪尤	流／效效效效流

表中「尤、久、牛、丘」是之部的尤有韻字，很可能已經轉入幽部造成之幽合韻。但同時期仍有許多韻段尚未轉入幽部，底下是「尤、久、牛」與之部字相押的例子：

（1）尤字與之部字相押

　　韋玄成〈自劾詩〉：辭尤。

　　劉向〈愍命〉：之尤。

　　〈遠遊〉：悲時俗之迫阨兮，願輕舉而遠（遊）。

　　　　　　質菲薄而無因兮，焉託乘而上（浮）。

　　〈抽思〉：悲秋風之動容兮，何回極之浮（浮）。

　　　　　　數惟蓀之多怒兮，傷余心之慢（慢）。

　　「首」字與幽部字相押韻段如下：

　　〈天問〉：惟澆在戶，何求于（嫂）？何少康逐犬，而顛隕厥（首）？

　　「好」字與幽部字相押韻段如下：

　　〈離騷〉：吾令鴆為媒兮，鴆告余以不（好）。

　　　　　　雄鳩之鳴逝兮，余猶惡其佻（巧）。

　　〈惜誦〉：晉申生之孝子兮，父信讒而不（好）。

　　　　　　行婞直而不豫兮，鯀功用而不（就）。

劉徹〈柏梁詩〉：時治之詩滋疑箕期持愳飴梅災臺哉材來**尤**。

劉向〈逢紛〉：來**尤**。

（2）久字與之部字相押

〈古詩為焦仲卿妻作〉：婦友**久**母。

（3）牛字與之部字相押

〈西門行〉：之時茲**牛**。

這說明「尤、久、牛」轉與「幽部流攝字」合流的過程中，部分地域仍停留在之部韻基讀音形成「同字異讀」。因此某些詩人以創新讀音同幽部字通叶；某些詩人以保守讀音同之部字相押。為什麼我們不像處理《詩經》、《楚辭》屈原的韻段，把兩漢「之幽」視為「韻緩」處理呢？理由在於：一方面從西漢開始，之幽合韻的韻段多為「之部尤有韻」，有明顯的音變條件；另一方面，這些詩歌不像《詩經》之幽合韻的篇章「篇幅長」且「出韻多」。因此，沒有視它們為「韻緩」的理由。

上面是「之部尤有韻」轉與幽部字通叶的例子。有沒有幽部字轉與之部字相押的呢？我們再看上面「之／仇」相押的韻段：

作者	篇　名	韻　字	上古韻	中古韻	韻　攝
劉友	歌	之／仇	之／幽	之／尤	止／流

之部「之」字並非流攝字，合理推想幽部「仇」字除了幽部讀音外，兼有之部韻基讀音。理由在於同樣從「九」得聲的「軌」字轉入之部；「艽」字，《廣韻》有脂韻、尤韻兩讀；「宄、氿」兩字，《廣韻》讀作脂韻的居洧切。這意謂著從「九」得聲的幽部字，有往之部韻基音變，到中古讀作脂韻的音變類型。

4. 東漢文人

作者	篇　名	韻　字	上古韻	中古韻	韻　攝
石勛	費鳳別碑詩	紀／道	之／幽	止／晧	止／效
王逸	傷時	娭能萊臺／浮	之／幽	之咍咍咍／尤	止蟹蟹蟹／流

〈費鳳別碑詩〉「紀／道」通叶的原因是「音近」、「之轉幽」還是「幽轉之」不容易判斷。也許是音近相押，理由是〈費鳳別碑詩〉的用韻多有出韻

的狀況。但是兩漢民歌另有1例「道」字與之部字相押：

〈聖人出〉：君之臣明護不（道），美人哉，宜天（子）。免甘星
笠樂甫（始），美人子，含四（海）。

這讓我們懷疑「道」字有轉入之部韻基的可能性。

〈傷時〉「浮」字除了幽部韻基外兼有之部讀音，《廣韻》從「孚」得聲的「殍」字，兼讀旨、小兩韻，意謂著從「孚」得聲的幽部字有轉入之部，中古入旨韻的音變類型。

5. 兩漢民間

作者	篇　名	韻　字	上古韻	中古韻	韻　攝
不詳	聖人出	子始海／道	之／幽	止止海／皓	止止蟹／效
不詳	古董逃	丘／道	之／幽	尤	流
不詳	古詩十九首	婦／草柳牖手守	之／幽	有／皓有有有有	流／效流流流流

表中「丘、婦」兩字轉入幽部；「道」字例見前文。

6. 三國詩歌

作者	篇　名	韻　字	上古韻	中古韻	韻　攝
嵇康	酒會詩	鮪已蒔鯉齒起子始己／軌	之／幽	旨止止止止止止止止／旨	止
應璩	詩	子／老酒	之／幽	止／皓有	止／效流
王粲	從軍詩	丘／愁由流舟游收憂疇馗休留	之／幽	尤	流
曹丕	善哉行	裘／流舟遊憂	之／幽	尤	流
曹植	鰕䱇篇	丘謀／流遊儔州浮憂	之／幽	尤	流
曹植	浮萍篇	尤／流仇	之／幽	尤	流
曹植	遊仙詩	邱／遊流	之／幽	尤	流
嵇康	四言贈兄秀才入軍詩	丘／游州憂	之／幽	尤	流
不詳	王昶引諺	裘／脩	之／幽	尤	流
阮籍	詠懷詩	尤／猷留游舟流周秋浮幽	之／幽	尤／尤尤尤尤尤尤尤尤幽	流
曹丕	煌煌京洛行	謀／救	之／幽	尤／宥	流
應璩	百一詩	友／誘	之／幽	有	流

嵇康	四言贈兄秀才入軍詩	久友／壽朽	之／幽	有	流
嵇康	六言詩	友／咎守醜朽	之／幽	有	流
應璩	百一詩	久／莠壽醜首叟	之／幽	有／有有有厚	流
曹丕	十五	有／茂	之／幽	有／候	流
嵇康	幽憤詩	疚／秀就臭咻壽	之／幽	宥	流
曹植	野田黃雀行	牛尤丘／遊柔羞酬求流逎憂／謳	之／幽／侯	尤／尤／侯	流
曹植	野田黃雀行	牛尤丘／遊柔羞酬求流逎憂／謳	之／幽／侯	尤／尤／侯	流
阮籍	詠懷詩	丘／浮羞流遊／侯	之／幽／侯	尤／尤／侯	流

表中示三國「之部流攝字」幾乎全面轉向幽部。嵇康〈酒會詩〉幽部「軌」字，如同羅常培、周祖謨（1958）所言轉入「之部」。應璩〈詩〉之部「子」字和幽部「老酒」合韻，應屬「音近通叶」，從作品本身來看：

〈詩〉：酌彼春（酒），上得供養親（老），下得溫飽妻（子）。

（逯欽立 1991：473）

這首詩採用的是民歌口語形式，對用韻的要求應該不是太講究。

綜上所述，《詩經》「之幽」因為合韻百分比低且出現在用韻寬緩的篇章，反映出的是「音近通叶」。《楚辭》屈原作品中，與幽部合韻的之部字，大多在同屬屈原作品的韻段中仍押之部字；與之部合韻的幽部字，大多仍押幽部字，因此也是「用韻寬緩」。到了兩漢「之部尤有韻」開始與幽部字合流，使得部分地區「尤、久、牛、丘」轉入幽部；部分地區仍與之部字相押，反映出「同字異讀」。從《廣韻》又音及同諧聲字的音變類型來看，部分幽部字如：「仇、浮」等，應有之部韻基讀音。總之，不論「從之到幽」、「從幽到之」，都是可行的音變路徑，只不過限於某些特定字。三國「之部流攝字」轉入幽部，逐步形成中古流攝格局的前身。

第三節　宵部的用韻情況

一、宵部獨韻

（一）周朝之初至春秋之末

作　品	宵部	宵部獨韻	百分比	中　古　韻	次數	百分比
詩經	58	40	68.97%	蕭宵肴豪	40	100%

（二）戰國之初至秦朝之末

作　品	宵部	宵部獨韻	百分比	中　古　韻	次數	百分比
楚辭屈宋	8	3	37.5%	蕭宵肴豪	3	100%

（三）楚漢之初至新莽之末

作　品	宵部	宵部獨韻	百分比	中　古　韻	次數	百分比
西漢文人	10	1	10%	蕭宵肴豪	1	100%

（四）東漢之初至獻帝之末

作　品	宵部	宵部獨韻	百分比	中　古　韻	次數	百分比
東漢文人	10	2	20%	蕭宵肴豪	2	100%

　　說明：「宵部獨韻」從《詩經》68.97%，下降到《楚辭》屈宋 37.5%、西漢文人 10%、東漢文人 20%。三國詩歌又迅速回升至 66.67%，如下表所示：

作　品	宵部	宵部獨韻	百分比	中　古　韻	次數	百分比
三國詩歌	6	4	66.67%	蕭宵肴豪	4	100%

　　我們懷疑《楚辭》屈宋、兩漢韻例太少造成統計上的誤差，因此另外統計《先秦漢魏晉南北朝詩》頁 1～頁 85 的先秦民歌以及頁 119～頁 162、頁 207～頁 344 的兩漢民間歌詩謠諺如下表：

作　品	宵部	宵部獨韻	百分比	中　古　韻	次數	百分比
先秦民歌	3	2	66.67%	蕭宵肴豪	2	100%

作　品	宵部	宵部獨韻	百分比	中　古　韻	次數	百分比
兩漢民歌	15	10	66.67%	蕭宵肴豪	10	100%

　　先秦、兩漢民歌「宵部獨韻」66.67%與《詩經》68.97%、三國詩歌 66.67%相距不大。說明《楚辭》屈宋 37.5%、西漢文人 10%、東漢文人 20%應是韻段太少造成統計上的誤差。

二、宵部的例外押韻

（一）周朝之初至春秋之末

作　品	宵部總數	排行	用　韻　情　況	次數	百分比
詩經	58	1	宵部獨韻	40	68.97%
		2	宵藥	11	18.97%
		3	宵幽	6	10.34%
			宵侵	1	1.72%

（二）戰國之初至秦朝之末

作　品	宵部總數	排行	用　韻　情　況	次數	百分比
楚辭屈宋	8	1	宵藥	4	50%
		2	宵部獨韻	3	37.5%
			宵幽	1	12.5%

（三）楚漢之初至新莽之末

作　品	宵部總數	排行	用　韻　情　況	次數	百分比
西漢文人	10	1	宵侯	3	30%
			宵部獨韻	1	10%
			宵之	1	10%
			宵幽	1	10%
			宵耕	1	10%
			宵微	1	10%
			宵藥	1	10%
			宵鐸	1	10%

（四）東漢之初至獻帝之末

作　品	宵部總數	排行	用　韻　情　況	次數	百分比
東漢文人	10	1	宵魚	3	30%
		2	宵部獨韻	2	20%
		2	宵幽侯	2	20%
			宵侵	1	10%
			宵幽	1	10%
			宵幽冬	1	10%

說明：

　　1. 宵藥（陰入相押）佔《詩經》宵部韻段 18.97%；《楚辭》屈宋則高達50%，反映的是南北方音不同還是韻段太少影響統計？我們傾向後者。西漢文

人降至 10%；東漢不見韻例。

　　2. 周秦到東漢「宵幽合韻」未有明顯增減，維持在 10%上下。

　　3.「宵魚合韻」佔東漢第 1 位（30%），我們待下文魚部用韻情況時再討論。

第四節　侯部的用韻情況

一、侯部獨韻

（一）周朝之初至春秋之末

作　品	侯部	侯部獨韻	百分比	中　古　韻	次數	百分比
詩經	37	29	78.39%	侯	6	20.69%
				虞	9	31.03%
				侯／虞	14	48.28%

（二）戰國之初至秦朝之末

作　品	侯部	侯部獨韻	百分比	中　古　韻	次數	百分比
楚辭屈宋	5	2	40%	侯	1	50%
				侯／虞	1	50%

（三）楚漢之初至新莽之末

作　品	侯部	侯部獨韻	百分比	中　古　韻	次數	百分比
西漢文人	15	4	26.66%	侯	2	50%
				虞	1	25%
				侯／虞	1	25%

（四）東漢之初至獻帝之末

作　品	侯部	侯部獨韻	百分比	中　古　韻	次數	百分比
東漢文人	19	4	21.05%	侯	1	25%
				虞	2	50%
				侯／虞	1	25%

　　說明：「侯部獨韻」從《詩經》78.39%，下降到《楚辭》屈宋 40%、西漢文人 26.66%、東漢文人 21.05%，顯示侯部的例外押韻漸趨頻繁。

二、侯部的例外押韻

（一）周朝之初至春秋之末

作　品	侯部總數	排行	用　韻　情　況	次數	百分比
詩經	37	1	侯部獨韻	29	78.39%
		2	侯屋	5	13.51%
			侯幽	1	2.7%
			侯東	1	2.7%
			侯冬	1	2.7%

（二）戰國之初至秦朝之末

作　品	侯部總數	排行	用　韻　情　況	次數	百分比
楚辭屈宋	5	1	侯部獨韻	2	40%
		1	侯屋	2	40%
			侯幽	1	20%

（三）楚漢之初至新莽之末

作　品	侯部總數	排行	用　韻　情　況	次數	百分比
西漢文人	15	1	侯部獨韻	4	26.66%
		2	侯魚	3	20%
		2	侯宵	3	20%
		4	侯幽	2	13.33%
			侯之	1	6.67%
			侯鐸	1	6.67%
			侯魚微	1	6.67%

（四）東漢之初至獻帝之末

作　品	侯部總數	排行	用　韻　情　況	次數	百分比
東漢文人	19	1	侯魚	8	42.12%
		2	侯部獨韻	4	21.05%
		3	侯幽宵	2	10.53%
			侯屋	1	5.26%
			侯幽	1	5.26%
			侯覺	1	5.26%
			侯之魚	1	5.26%
			侯覺屋	1	5.26%

說明：

1. 侯屋（陰入相押）佔《詩經》侯部韻段 13.51%，《楚辭》屈宋韻例太少影響統計佔 40%。兩漢幾乎不再接觸。

2.「侯幽合韻」從《詩經》2.7%，上升到《楚辭》屈宋 20%、西漢文人 13.33%。東漢文人雖降至 5.26%，但加上「侯幽宵合韻」10.53%，則高達 15.79%，顯見「侯幽」有一定程度上的用韻關係。

3.「侯魚合韻」從《詩經》、《楚辭》屈宋 0%，上升到西漢文人 20%、東漢文人 42.12%，並取代「侯部獨韻」成為侯部最頻繁的用韻情況。

第五節　魚部的用韻情況

一、魚部獨韻

（一）周朝之初至春秋之末

作　品	魚部	魚部獨韻	百分比	中　古　韻	次數	百分比
詩經	184	162	88.04%	麻	8	4.94%
				魚虞模	89	54.94%
				麻／魚	65	40.12%

（二）戰國之初至秦朝之末

作　品	魚部	魚部獨韻	百分比	中　古　韻	次數	百分比
楚辭屈宋	75	52	69.34%	麻	0	0%
				魚虞模	27	51.92%
				麻／魚	25	48.08%

（三）楚漢之初至新莽之末

作　品	魚部	魚部獨韻	百分比	中　古　韻	次數	百分比
西漢文人	41	27	65.85%	麻	3	11.11%
				魚虞模	20	74.08%
				麻／魚	4	14.81%

（四）東漢之初至獻帝之末

作　品	魚部	魚部獨韻	百分比	中　古　韻	次數	百分比
東漢文人	36	17	47.21%	麻	1	5.88%
				魚虞模	14	82.36%
				麻／魚	2	11.76%

說明：

1.「魚部獨韻」從《詩經》88.04%，下降到《楚辭》屈宋 69.34%、西漢文人 65.85%、東漢文人 47.21%，顯示魚部的例外押韻漸趨頻繁。

2. 魚部「麻（假攝）／魚（遇攝）」混韻，從《詩經》40.12%、《楚辭》屈宋 48.08%，下降至西漢文人 14.81%以及東漢文人 11.76%，且「魚虞模」獨韻百分比同步增加。顯見從西漢開始，魚部「麻」、「魚虞模」的界線逐漸清楚，但仍有一定程度上的用韻關係。

二、魚部的例外押韻

（一）周朝之初至春秋之末

作　品	魚部總數	排行	用　韻　情　況	次數	百分比
詩經	184	1	魚部獨韻	162	88.04%
		2	魚鐸	19	10.33%
		3	魚之	2	1.09%
			魚緝	1	0.54%

（二）戰國之初至秦朝之末

作　品	魚部總數	排行	用　韻　情　況	次數	百分比
楚辭屈宋	75	1	魚部獨韻	52	69.34%
		2	魚鐸	16	21.33%
		3	魚陽	3	4%
		4	魚歌	2	2.67%
			魚之	1	1.33%
			魚支	1	1.33%

（三）楚漢之初至新莽之末

作　品	魚部總數	排行	用　韻　情　況	次數	百分比
西漢文人	41	1	魚部獨韻	27	65.85%
		2	魚鐸	8	19.51%

		3	魚侯	3	7.32%
			魚陽	1	2.44%
			魚脂	1	2.44%
			魚侯微	1	2.44%

（四）東漢之初至獻帝之末

作　品	魚部總數	排行	用　韻　情　況	次數	百分比
東漢文人	36	1	魚部獨韻	17	47.21%
		2	魚侯	8	22.22%
		3	魚宵	3	8.33%
		4	魚歌	2	5.56%
		4	之魚	2	5.56%
			魚陽	1	2.78%
			魚幽	1	2.78%
			魚之侯	1	2.78%
			魚微歌	1	2.78%

說明：

1. 魚鐸（陰入相押）在《詩經》、《楚辭》屈宋、西漢文人作品中，維持一定程度的百分比。東漢文人不再押韻，顯見魚鐸的陰入關係已經消失。

2.「魚侯合韻」從《詩經》、《楚辭》屈宋 0%，上升到西漢文人 7.32%、東漢文人 22.22%，顯示兩漢「魚侯」關係越來越密切。

3.「魚宵合韻」佔東漢文人魚部韻段 8.33%，排第 3 位。從「宵魚合韻」的角度看，更佔了宵部韻段 30%（排第 1 位）。顯見「魚宵」也有一定程度上的用韻關係。

三、侯魚兩部的合韻關係 [註9]

（一）研究回顧

兩漢「侯魚合韻」的問題，討論的文章非常多，其中于海晏《漢魏六朝韻譜》（1936／1989）、羅常培、周祖謨《漢魏晉南北朝韻部演變研究・第一

〔註9〕《上古侯魚合韻之再檢討》曾刊載於《有鳳初鳴年刊》第 5 期（臺北：東吳大學中國文學系），2009：451～468。今略作修改後附於此。

分冊》（1958），邵榮芬〈古韻魚侯兩部在前漢時期的分合〉、〈古韻魚侯兩部在後漢時期的演變〉（1997）等文章以古代韻語為研究材料；陸志韋〈說文讀若音訂〉（1946）、張鴻魁〈從說文讀若看古韻魚侯兩部在東漢的演變〉（1992）以《說文》讀若為研究材料；South Coblin *"A Handbook of Eastern Han Sound Glosses"*（1983）以通假字、梵漢對音、直音、反切、讀若為研究材料。此外，李方桂〈上古音研究〉（1971）也依據前人的研究成果，對「侯魚」問題提出看法。諸家的研究成果，大致上可以分作四類：

1. 主張侯魚兩部合併

（1）合併於西漢

羅常培、周祖謨《漢魏晉南北朝韻部演變研究‧第一分冊》主張西漢侯魚合用極其普遍，因此合併作一部，他們說：

> 在《詩經》音裏魚與侯是分用的，到西漢時期，魚侯合用極其普遍，所以我們把魚侯合為一部。但入聲鐸屋兩部並不相混，所以仍然分為兩部。魚本與鐸相承，侯本與屋相承，現在把魚侯合為一部，這樣在陰入相承的關係上就顯得很不整齊了。如果我們從魚侯與入聲鐸屋的押韻情形來看，也可以了解魚侯的確關係很密。（羅常培、周祖謨 1958：49）

又說：

> 這表明魚部去聲字也可以跟屋部字相押，侯部去聲字也可以跟鐸部字相押。足見魚部侯部是可以合為一部的。魚部去聲與鐸屋兩部押韻的例子當中沒有麻韻字。（羅常培、周祖謨 1958：50）

羅常培、周祖謨（1958）認為到了東漢，「魚部麻韻字」轉到歌部：

> 東漢魚侯也是合為一部的，但是魚部麻韻一系的字已轉到歌部去了，這也是一大轉變。（羅常培、周祖謨 1958：22）

（2）合併於東漢

于海晏《漢魏六朝韻譜》認為西漢「侯魚」兩部同用、分用併存，東漢後才全趨同用，他說：

> 西漢各家侯虞各字多與魚模通用，而分用處猶易尋見，如賈誼

〈鵬鳥賦〉、淮南王安〈原道訓〉、韋玄成〈自劾詩〉、劉向〈九嘆〉、
〈怨思〉以及揚雄各家不一而足。東漢後全趨同用，侯虞面目已泯
滅殆盡，且之哈宵肴各字之間有出入。〔註10〕

2. 主張「魚部魚虞模」併入侯部

張鴻魁〈從說文讀若看古韻魚侯兩部在東漢的演變〉一文，藉由對許慎音
讀的考訂，指出「侯魚」兩部在東漢是分立的，之所以有所接觸，在於「魚部
魚虞模」往「侯部虞」的方向靠攏，他說：

> 東漢許慎時代，魚侯兩部仍然是對立的。不過原魚部中的虞系
> 字逐漸混同於侯部中的虞系字，即歸入侯部。〔註11〕

3. 主張「魚部魚虞模」與「侯部虞」合併為新的魚部

邵榮芬〈古韻魚侯兩部在前漢時期的分合〉、〈古韻魚侯兩部在後漢時期的
演變〉兩篇文章，從「合韻」、「音理」、「對音」三方面，對「侯魚」兩部合併
於西漢的觀點提出質疑。並指出東漢「魚部魚虞模」往「侯部虞」的後高元音
方向移動，合併成新的魚部；「魚部麻韻」則併到歌部；至於原來的侯部只剩下
「侯部侯韻」，邵先生說：

> 魚部的模、魚、虞1（魚部虞）三韻和本部的麻韻字分道揚鑣，
> 而和原來具有後高元音的虞 2（侯部虞）合流，說明它們的主要元
> 音已經由原來的a向後高方向作了移動。據此，我們可把魚部的主元
> 音假定為〔*ɔ〕，即模〔*ɔ〕，魚〔*iɔ〕，虞〔*iuɔ〕。侯部這時只剩
> 下一個侯韻，可假定它的元音仍是〔*u〕。（邵榮芬 1997：109）

從音值來看，邵先生把合併後新的魚部主要元音擬定作*ɔ；把仍留在侯部
的「侯部侯韻」擬作*u。此外，邵榮芬〈古韻幽宵兩部在後漢時期的演變〉一
文則指出「幽部尤幽」一系的字，在東漢時期往「侯部侯」的方向移動，形成
一個「流部」，邵先生說：

> 我們知道，中古時期流 2（幽部尤幽）字和侯韻字（以下改稱

〔註10〕 于海晏《漢魏六朝韻譜》，河南：河南人民出版社，1936／1989 年 5 月，頁 12。

〔註11〕 張鴻魁〈從《說文》「讀若」看古韻魚侯兩部在東漢的演變〉，《兩漢漢語研究》，
山東：山東教育出版社，1992 年 3 月，頁 418。

流1）關係近。因此，這時流2與流1的關係也有加以觀察的必要。
可以設想，在效2向宵部演變的同時，流2也很有可能逐漸地向流1
靠攏。（邵榮芬1997：124）

又說：

古韻幽、宵兩部在多數方言裏發生了很大的變化。古幽部消失
了，幽部中的效2字併入了效1，構成了一個韻部，這就是效部。流
2字併入了流1，構成了另一個韻部，這就是流部。魚部這時只包括
中古模、虞、魚三韻字，我們不妨叫它遇部。這樣，古韻幽、宵、
侯、魚四部到了後漢時期在多數方言裏演變成了流、效、遇三部，
也就是說，它們基本上形成了中古流、效、遇三個韻攝的格局。（邵
榮芬1997：126）

我們總結邵先生的觀點如下圖：

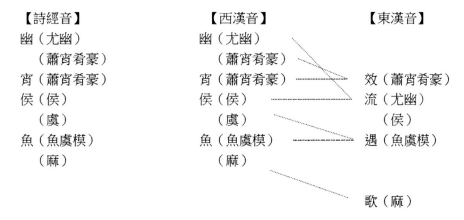

【詩經音】　　　　　【西漢音】　　　　　【東漢音】
幽（尤幽）　　　　　幽（尤幽）
　（蕭宵肴豪）　　　　（蕭宵肴豪）
宵（蕭宵肴豪）　　　宵（蕭宵肴豪）　　　效（蕭宵肴豪）
侯（侯）　　　　　　侯（侯）　　　　　　流（尤幽）
　（虞）　　　　　　　（虞）　　　　　　　（侯）
魚（魚虞模）　　　　魚（魚虞模）　　　　遇（魚虞模）
　（麻）　　　　　　　（麻）

　　　　　　　　　　　　　　　　　　　　歌（麻）

東漢音「幽部尤幽」與「侯部侯」合併成流部，主要元音*u；幽、宵兩部
的「蕭宵肴豪」合併成效部，複元音*au；「侯部虞」與「魚部魚虞模」合併成
遇部，主要元音*ɔ。

4. 方言現象

陸志韋先生考察《說文》讀若，除主張「侯魚」兩部分立外，也指出兩部
之所以諧聲，是一種方言現象：

侯魚二部諧聲，《詩韻》不通轉。許音亦顯為二部，說詳「竘」
下。故「竘」等字之讀若疑許君從漢時新起方言，或齊語也。〔註12〕

────────────────
〔註12〕陸志韋〈《說文解字》讀若音訂〉，《陸志韋語言學著作集》（二），北京：中華書局，

李方桂《上古音研究》認為*u 與*a 接觸（侯魚、東陽合韻），是*u 元音破裂成*ua 的方言現象，李先生說：

> 東部有個*u 元音而陽部有*a 元音似乎難以解釋東陽通協的狀況。這個大概是個古代方言現象。《詩經》裏東陽互押的例子很少見，老子裏漸多起來，到了漢朝的韻文裏就更多起來，尤其《淮南子》、《陸賈新語》等書，因此有人以為這是楚語的特點。我以為上古的*i, *u 元音都有分裂為複合元音的傾向，有些方言*u 變成*ua 後來變成 a（如閩南語的東韻字）。（李方桂 1971 / 2001：73）

（二）侯魚合韻所反映的語音現象

1. 兩漢侯魚的分合問題

不同於《詩經》音、《楚辭》屈宋音，「侯魚」算是兩漢特殊的合韻現象，但反映出什麼樣的語音訊息？學者們莫衷一是。從侯部用韻的百分比來看，西漢每 5 個侯部韻段，有 1 個與魚部字相押（20%）；東漢每 2.37 個，有 1 個與魚部字相押（42.12%），期間成長了 22.12%。從魚部用韻的百分比來看，西漢每 13.66 個魚部韻段，有 1 個與侯部字相押（7.32%）；東漢每 4.5 個，有 1 個與侯部字相押（22.22%），成長了 14.9%。兩漢「侯魚」關係的密切程度，自然不在話下。至於要密切到什麼樣的程度，才能算是兩個「相合」的韻部？這是「算數統計法」無法解決的問題。但既然從西漢到東漢仍有 2 成 2 及 1 成 49 的成長空間，那麼西漢只能夠是「侯魚」音變的起點，而非音變的完成。音變是不是完成於東漢呢？我們拿時代較晚的三國詩歌來和東漢做比較：

（1）侯部獨韻

作　品	侯部	侯部獨韻	百分比	中　古　韻	次數	百分比
東漢文人	19	4	21.05%	侯	1	25%
				虞	2	50%
				侯／虞	1	25%
三國詩歌	40	6	15%	侯	2	33.33%
				虞	4	66.67%
				侯／虞	0	0%

1999 年 3 月，頁 244。

（2）魚部獨韻

作　品	魚部	魚部獨韻	百分比	中　古　韻	次數	百分比
東漢文人	36	17	47.21%	麻	1	5.88%
				魚虞模	14	82.36%
				麻／魚	2	11.76%
三國詩歌	85	36	42.35%	麻	2	5.56%
				魚虞模	33	91.66%
				麻／魚	1	2.78%

（3）侯部的例外押韻

作　品	侯部總數	排行	用韻情況	次數	百分比
東漢文人	19	1	侯魚	8	42.12%
		2	侯部獨韻	4	21.05%
		3	侯幽宵	2	10.53%
			侯屋	1	5.26%
			侯幽	1	5.26%
			侯覺	1	5.26%
			侯之魚	1	5.26%
			侯覺屋	1	5.26%
三國詩歌	40	1	侯魚	26	65%
		2	侯部獨韻	6	15%
		3	侯之幽	3	7.5%
		4	侯魚鐸	2	5%
			侯之微	1	2.5%
			侯幽	1	2.5%
			侯幽魚	1	2.5%

（4）魚部的例外押韻

作　品	魚部總數	排行	用韻情況	次數	百分比
東漢文人	36	1	魚部獨韻	17	47.21%
		2	魚侯	8	22.22%
		3	魚宵	3	8.33%
		4	魚歌	2	5.56%
		4	之魚	2	5.56%
			魚陽	1	2.78%
			魚幽	1	2.78%
			魚之侯	1	2.78%
			魚微歌	1	2.78%

三國詩歌	85	1	魚部獨韻	36	42.35%
		2	魚侯	26	30.59%
		3	魚歌	13	15.29%
		4	魚之	3	3.53%
		5	魚鐸	2	2.35%
		5	魚侯鐸	2	2.35%
			魚幽	1	1.18%
			魚幽侯	1	1.18%
			魚脂歌	1	1.18%

東漢到三國「侯魚」的用韻情況有幾點值得注意：

（1）「侯魚獨韻」的百分比持續降低，侯部從 21.05%降到 15%；魚部從 47.21%降到 42.35%。

（2）魚部「麻／魚虞模」混韻從 11.76%降至 2.78%，顯示魚部兩類幾乎不再接觸。

（3）從侯部角度看，「侯魚」持續從 42.12%增加到 65%，顯見「侯魚」不會在時間點較早的東漢合併；從魚部角度看，「魚侯」也從 22.22%上升至 30.59%。如果「侯魚」合併於東漢，三國就不應該有 22.89%及 8.37%的成長空間。

我們再用同樣方法，統計西晉「侯魚合韻」的百分比，粗略的數字如下：〔註13〕

（1）從侯部角度看，侯魚合韻 63%。

（2）從魚部角度看，魚侯合韻 24.05%。

從侯部角度看，三國「侯魚」65%、西晉「侯魚」63%，顯示「侯魚合韻」百分比不再增加，不像西漢到東漢、東漢到三國，皆有兩成以上的增幅。從魚部角度看，西晉「魚侯」24.05%較之三國 30.59%不增反減。因此我們可以得出結論：「侯魚合韻」的音變起點是西漢，西漢到三國是快速成長時期，西晉時期完成音變。

〔註13〕逯欽立輯校《先秦漢魏晉南北朝詩》所收錄西晉詩人共 64 家。筆者力有未逮，
　　　　僅統計司馬懿、嵇喜、江偉、程咸、劉伶……等 40 家的用韻情況，故稱粗略。

2. 侯魚合韻是方言現象，還是通語現象？

不是每個侯部字都可以和魚部字接觸，依前人研究（邵榮芬、張鴻魁），「侯魚合韻」是中古魚虞模一系的合流現象，音變方向是「魚部魚虞模」的主要元音後化、高化往「侯部虞」移動。這條音變路徑符合《詩經》韻部到中古韻類的音類整併過程，可以用通語來解釋。這和相承的入聲「屋鐸合韻」，陽聲的「東陽合韻」不同，「屋鐸」、「東陽」演變到中古沒有共同的韻，因此沒有上古到中古韻類合流的問題。此外，從詩人籍貫來看，「侯魚合韻」普遍存在於兩漢各區域：

詩　人	籍　貫	詩　名	韻字（侯部／魚部）
韋孟	魯國鄒人	諷諫詩	後／緒
莊忌	會稽郡吳縣人	哀時命	後耦垢／與渚處雨宇者野
王逸	南郡宜城人	疾世	取耦／睹
			謱／余
		遭厄	耦／宇
		逢尤	愚隅／盧蘇
趙壹	漢陽西縣人	魯生歌	珠鉥愚驅／夫
張衡	南陽西鄂人	四愁詩	褕珠躕／紆
蔡琰	陳留圉人	悲憤詩	腐聚／拒女阻語汝虜罵下
辛延年	不詳	羽林郎詩	襦珠躕驅踰區／餘廬魚裾無夫都胡壚壺

魯國在今山東；會稽郡在浙江；南郡宜城在湖北；漢陽西縣在甘肅；南陽西鄂、陳留圉在河南，遍佈範圍之廣，難以從個別的方言現象來解釋。此外，東漢「侯魚合韻」42.12%遠超過「侯部獨韻」21.05%，也說明「侯魚」普遍存在於詩人用韻的事實，而不僅僅是一時一地的方音現象。

四、幽侯兩部的合韻關係

「幽侯合韻」因涉及魚部，所以放在魚部的用韻情況下討論。「魚部魚虞模」主要元音後化、高化入侯部的過程中（a＞o），「侯部侯韻」受鏈式音變的影響轉與「幽部尤韻」合流（o＞u），成為中古流攝格局的前身，韻段如下：

（一）兩漢民間

作者	篇　名	韻　字	上古韻	中古韻	韻攝
不詳	時人為三茅君謠	流周憂遊／頭	幽／侯	尤／侯	流
不詳	諸儒為賈逵語	休／頭	幽／侯	尤／侯	流
不詳	豔歌行	流／頭	幽／侯	尤／侯	流
不詳	三輔為張氏何氏語	瘦／鉤	幽／侯	宥／侯	流

（二）三國詩歌

作者	篇　名	韻　字	上古韻	中古韻	韻攝
曹植	妾薄倖	仇／樓	幽／侯	尤／侯	流

這幾個韻段侯部侯韻「頭、鉤、樓」等字，應已轉入幽部，反映中古流攝格局的先聲。

前人研究認為「侯魚合韻」是「魚虞模」一系的字合流，而「侯部侯韻」只與「幽部尤韻」字相押，但我們看下面的例子：

作者	篇　名	韻　字	上古韻	中古韻	韻攝
莊忌	哀時命	後耦垢／與渚處雨宇野者〔註14〕	侯／魚	厚／語語語麌麌麌馬	流／遇遇遇遇遇遇假
韋孟	諷諫詩	後／緒	侯／魚	厚／語	流／遇
王逸	疾世	謱／余	侯／魚	侯／魚	流／遇
王逸	遭厄	耦／宇	侯／魚	厚／麌	流／遇
不詳	陬操附	鄹／魚廬且都辜	侯／魚	尤／魚魚魚模模	流／遇
不詳	龍蛇歌附	口／所處	侯／魚	厚／語	流／遇
不詳	鄭白渠歌	口後斗／黍釜雨	侯／魚	厚／語麌麌	流／遇

表中所舉是「侯部侯厚」與「魚部魚虞模」相押的例子。比較好的解釋，是魚部主要元音後化、高化的同時（a＞o），某些地區「侯部侯韻字」尚未轉入幽部（或是不轉入幽部，o＞u），因此與元音後化、高化的「魚部魚虞模」相押。從諧聲字及《廣韻》又音字來看：

〔註14〕從上古到中古的韻類演變來看，魚部馬韻「者」字不應與「侯部厚韻字」有所接觸。我們懷疑「者」字如同一韻段的「渚」字，在這裡是元音後化、高化的讀法。

諧聲偏旁	被諧字（遇攝讀音／流攝讀音）
從婁得聲	婁（力朱切／落侯切）、蔞（力朱切、力主切／落侯切）、 慺（力朱切、力主切／落侯切）、瞜（力朱切／落侯切）、 嶁（力主切／郎斗切）、漊（力主切／郎斗切）、 鷜（力朱切／落侯切）、獿（力朱切／落侯切）、 摟（力朱切／落侯切）、鸚（力朱切／落侯切）、 鏤（力朱切／盧候切）、鄲（力朱切／落侯切）、 瘻（力朱切／盧候切）、膢（力朱切／落侯切）、 陬（力主切／落侯切）、褸（力主切／落侯切）、 簍（力主切／落侯切、郎斗切）、謱（力主切／落侯切、郎斗切）、僂 （力主切／落侯切、盧侯切）、籔（所矩切／蘇后切）。
從取得聲	取（七庾切／倉苟切）、陬（子于切／側鳩切、子侯切）、 掫（子于切／側九切、子侯切）、諏（子于切／子侯切）、 緅（七逾切／鉏鉤切、仕垢切）、緅（子句切／側鳩切、子侯切）。
从禺得聲	齵（遇俱切／五婁切）、髃（遇俱切／五口切）。
从句得聲	句（其俱切、九遇切／古侯切、古候切）、鴝（其俱切／古侯切）、鞠 （其俱切／古侯切、古候切）、蚼（其俱切／呼后切）、 岣（舉朱切／古厚切）、怐（九遇切／苦候切、古候切、呼漏切）、枸 （俱雨切／古侯切、古厚切）、跔（驅雨切／苦后切）。
从斗得聲	枓（之庾切／當口切）。
从俞得聲	揄（羊朱切／以周切、度侯切、徒口切）、緰（相俞切／度侯切）、歈 （羊朱切／度侯切）、媮（羊朱切／託侯切）、 窬（羊朱切／度侯切、徒候切）、俞（羊朱切／丑救切）、 牏（羊朱切、持遇切／度侯切）、醶（同都切／度侯切）。
从豆得聲	逗（持遇切／徒候切）。
从朱得聲	咮（章俱切、中句切／張流切、陟救切、都豆切）。
从區得聲	醧（依倨切／烏侯切）、嶇（豈俱切／烏侯切）、 摳（豈俱切／恪侯切）、福（憶俱切／烏侯切、烏后切、烏候切）、薀 （憶俱切、衣遇切／去鳩切、烏侯切）。
从需得聲	獳（人朱切／奴鉤切）、魗（人朱切／奴鉤切）、 擩（而主切、而遇切／奴豆切）。
从芻得聲	搊（莊俱切／楚鳩切、側九切）、膒（芻注切／側救切）、 傶（莊俱切／鋤佑切，另有女洽切的讀音）。
从臾得聲	澳（羊朱切／以周切）。

　　從諧聲偏旁來看，這些都是上古侯部字。被諧字在《廣韻》中具有「侯厚」和「虞」兩讀，意謂著部分地區「侯部侯韻字」轉入幽部，中古入「侯厚」；部分地區「侯部侯韻字」音讀保守，同元音後化、高化的「魚部魚虞模」相押，中古入「虞韻」。

部分學者認為「幽部尤」只和「侯部侯厚」通叶，但我們看下面的韻段：

作　者	篇　名	韻　字	上古韻	中古韻	韻　攝
屈原	昔往日	由／廚	幽／侯	尤／虞	流／遇
息夫躬	絕命辭	留／須	幽／侯	尤／虞	流／遇
梁鴻	適吳詩	流浮休／隅	幽／侯	尤／虞	流／遇
劉向	遠遊	浮／霧	幽／侯	尤／遇	流／遇

「幽部尤」與「侯部虞」接觸或是前者往後者方向音變；或是後者往前者方向音變。如果認為是「侯部虞」往「幽部尤」方向音變，那麼下面「幽魚合韻」的韻段就不好解釋：

作　者	篇　名	韻　字	上古韻	中古韻	韻　攝
王逸	悼亂	囚／居	幽／魚	尤／魚	流／遇
	猗蘭操	老／處所雨野者〔註15〕	幽／魚	皓／語語麌麌馬	效／遇遇遇遇假
	隴西行	留／廚趨樞／如夫	幽／侯／魚	尤／虞／魚虞	流／遇／遇

我們認為有少數幽部字轉入侯部，因此除了與「侯部虞」合韻，也與元音後化、高化的「魚部魚虞模」相押。《廣韻》有一部分上古幽部的諧聲偏旁字，兼有虞、尤兩韻，說明少數幽部字轉入侯部虞韻是可行的音變路徑：

諧聲偏旁	被諧字（遇攝讀音／流攝讀音）
从孚得聲	稃（芳無切／縛謀切）、罦（芳無切／縛謀切）、稃（芳無切／縛謀切）。
从求得聲	捄（舉朱切／巨鳩切）。
从叟得聲	蓃（山芻切／所鳩切）。
从休得聲	咻（況羽切／許尤切）。
从臼得聲	舀（羊朱切／以周切，另有以沼切的讀音）。
从包得聲	枹（防無切／縛謀切，另有布交切的讀音）。
从周得聲	裯（直誅切／直由切，另有都牢切的讀音）。

此外，廈門方言的文讀音中，〔註16〕幽部尤韻「由、留、流、浮、休、囚」

〔註15〕魚部馬韻「者」字同前註，在這裡是元音後化、高化的讀音。

〔註16〕一般認為白讀的時間早於文讀，只有白讀音適合與上古音做比較。關於文、白異

與侯部魚虞遇韻「廚、須、隅、霧、趨、樞」；魚部「居、處、雨、如、夫」都讀作 u 元音，這個 u 元音雖不一定等同於上古音值，但可以說明漢語方言系統中「幽侯魚」三部字存在共同的押韻層次。

　　綜上所述，「幽侯合韻」不能簡單看成「侯部侯」與「幽部尤」合併為中古流攝字的過程。某些地區「侯部侯」不轉入幽部，因此與元音後化、高化的「魚部魚虞模」相押，《廣韻》又音可見部分上古侯部字，中古除了「侯厚韻」的讀音（轉入幽部，中古入流攝），兼有虞韻字的讀音（保留在侯部，與魚部字相押，中古入遇攝）。此外，少數幽部字轉入「侯部虞」，因此除了與侯部字通叶，也與元音後化、高化的「魚部魚虞模」相押，《廣韻》又音及廈門方言說明這條音變路徑的可行性。

五、之部唇音聲母字與侯、魚兩部的合韻關係

　　《詩經》之部唇音聲母字有 1 例與魚部字通叶：

　　　　〈鄘風・蝃蝀〉：朝隮于西，崇朝其（雨）。女子有行，遠兄弟

　　父（母）。

　　「之魚」在先秦不過是少數通叶。到了兩漢「之部唇音聲母字」普遍與侯、魚兩部的魚虞模韻字相押。大約到了晉朝轉去「幽部尤韻」（ə＞o＞u）。〔註17〕

讀早晚的問題，張光宇先生指出：「文白讀各有其保守的一面，也各有其變化劇烈的一面，不能簡單化約為「早、晚」之區別。山西太谷、萬榮方言在全濁聲母文白異讀的現象也難以說何者較早，何者較晚。假如一定要說成早晚，只能就方言點自身立論，屬於方言固有的是較早的，移借而來的是較晚的。然而，問題就在：既為移借，它在別處當然存已久。」相關的例子，如：「閩南方言蟹攝四等的文白異讀諸形式當中，我們沒有任何理據說白讀的-oi、-ue 是早於文讀-e、-i 的音韻現象，它們是在不同地域經過長期發展分別演變出來的結果。」又如：「閩南方言的文白異讀在陽聲韻和入聲韻字有一個大略的分界線：白讀舒聲為鼻化韻，入聲為喉塞尾韻。文讀則大體保存六種韻尾-m／p，-n／t，-ng／k。……一般總說，閩南方言的白讀音比較早，文言音比較晚。然而，如上表所示，白讀韻尾變化比較劇烈，文讀韻尾比較保守。變化比較劇烈的音怎麼反倒說是比較早的現象呢？顯然是有問題的」。引自張光宇〈論漢語方言的層次分析〉，《語言學論叢》第 33 輯，北京：北京大學漢語語言研究中心，2006 年 6 月，頁 132～133。

〔註17〕如潘岳〈北芒送別王世胄詩五章〉：「母」字與「友」及「首舅」合韻。

底下見「之侯魚」合韻的韻段：

作者	篇 名	韻 字	上古韻	中古韻	韻 攝
不詳	羊元引諺	母／乳	之／侯	厚／麌	流／遇
唐蕆	遠夷慕德歌	部／主厚／雨	之／侯／魚	厚／麌厚／麌	流／遇流／遇
不詳	隴西行	不／隅俱榆雛殊愉魷／居疏扶趺御	之／侯／魚	尤／虞虞虞虞虞虞模／魚魚虞虞御	流／遇／遇
不詳	古詩為焦仲卿妻作	母／取府／語許怒戶	之／侯／魚	厚／麌／語語姥姥	流／遇／遇
不詳	陌上桑	不／隅珠襦鬚蹰姝愚駒趨殊樓鉤頭／鋤餘居敷夫	之／侯／魚	尤／虞虞虞虞虞虞虞虞虞侯侯侯／魚魚魚麌麌	流／遇遇遇遇遇遇遇遇遇流流流／遇

　　從之部「部」字來看，《廣韻》兼讀姥、厚兩韻，其中「姥韻」的讀音較早，兩漢與侯部「主厚」、魚部「雨」字相押；「厚韻」的讀音意謂著稍晚被併到「幽部厚韻」。

　　表格中侯部「厚、樓、鉤、頭」屬中古侯厚韻，之所以和「魚部魚虞」相押，我們的看法同前文，即魚部主要元音後化、高化的同時，「侯部侯厚」尚未完全轉入幽部，因此和「魚部魚虞模」相押。

六、宵魚兩部的合韻關係

　　《詩經》、《楚辭》屈宋、西漢文人皆未見「宵魚合韻」。東漢「宵魚」占宵部韻段30%，排第1位；占魚部韻段8.33%，排第3位。這應是受方言因素影響的合韻現象，理由是「宵魚」僅見於《楚辭》王逸的作品當中：

作 者	篇 名	韻 字	上古韻	中古韻	韻 攝
王逸	遭厄	倒／鼓	宵／魚	皓／姥	效／遇
王逸	遭厄	杳／雨	宵／魚	篠／麌	效／遇
王逸	逢尤	眇／躇謨圖塗華	宵／魚	小／魚模模模麻	效／遇遇遇遇假

　　王逸籍貫「南郡宜城」，即今日「湖北省宜城縣」。但可供參考的韻段太少，難以說明是什麼樣的方音現象。

第六節　支部的用韻情況

一、支部獨韻

（一）周朝之初至春秋之末

作　品	支部	支部獨韻	百分比	中　古　韻	次數	百分比
詩經	10	8	80%	支	6	75%
				齊	0	0
				支／齊	2	25%

（二）戰國之初至秦朝之末

作　品	支部	支部獨韻	百分比	中　古　韻	次數	百分比
楚辭屈宋	3	0	0%	支	*	*
				齊	*	*
				支／齊	*	*

（三）楚漢之初至新莽之末

作　品	支部	支部獨韻	百分比	中　古　韻	次數	百分比
西漢文人	5	0	0%	支	*	*
				齊	*	*
				支／齊	*	*

（四）東漢之初至獻帝之末

作　品	支部	支部獨韻	百分比	中　古　韻	次數	百分比
東漢文人	6	0	0%	支	*	*
				齊	*	*
				支／齊	*	*

　　說明：支部韻段在《楚辭》屈宋、兩漢文人作品中並不常見，我們只能拿三國詩歌來和《詩經》的數字相比對：

作　品	支部	支部獨韻	百分比	中　古　韻	次數	百分比
三國詩歌	31	2	6.45%	支	1	50%
				齊	0	0
				姥／卦	1	50%

　　「支部獨韻」從《詩經》80%，下降到三國詩歌 6.45%，顯見三國支部的

例外押韻相當頻繁。底下再看先秦、兩漢民歌「支部獨韻」的百分比：

作　　品	支部	支部獨韻	百分比	中　古　韻	次數	百分比
先秦民歌	8	1	12.5%	支	1	100%
				齊	0	0%
				支／齊	0	0%

作　　品	支部	支部獨韻	百分比	中　古　韻	次數	百分比
兩漢民間	16	1	6.25%	支	1	100%
				齊	0	0%
				支／齊	0	0%

　　先秦、兩漢民歌「支部獨韻」也僅佔前者 12.5%和後者 6.25%，說明《詩經》以外的作品，「支部獨韻」的百分比都相當低。

二、支部的例外押韻

（一）周朝之初至春秋之末

作　　品	支部總數	排行	用　韻　情　況	次數	百分比
詩經	10	1	支部獨韻	8	80%
			支錫	1	10%
			支幽	1	10%

（二）戰國之初至秦朝之末

作　　品	支部總數	排行	用　韻　情　況	次數	百分比
楚辭屈宋	3		支魚	1	33.33%
			支脂	1	33.33%
			支歌	1	33.33%
			支部獨韻	0	0%

（三）楚漢之初至新莽之末

作　　品	支部總數	排行	用　韻　情　況	次數	百分比
西漢文人	5	1	支歌	4	80%
			支錫	1	20%
			支部獨韻	0	0%

（四）東漢之初至獻帝之末

作　品	支部總數	排行	用　韻　情　況	次數	百分比
東漢文人	6	1	支歌	4	66.66%
			支微	1	16.67%
			支脂	1	16.67%
			支部獨韻	0	0%

（五）魏立之初至孫吳之末

作　品	支部總數	排行	用　韻　情　況	次數	百分比
三國詩歌	31	1	支歌	21	67.73%
		2	支微歌	3	9.68%
		3	支部獨韻	2	6.45%
		3	支脂歌	2	6.45%
			支之	1	3.23%
			支之微	1	3.23%
			支脂微	1	3.23%

（六）先秦民歌

作　品	支部總數	排行	用　韻　情　況	次數	百分比
先秦民歌	8	1	支歌	4	50%
		2	支之	2	25%
			支錫	1	12.5%
			支部獨韻	1	12.5%

（七）兩漢民間

作　品	支部總數	排行	用　韻　情　況	次數	百分比
兩漢民間	16	1	支歌	11	68.75%
			支部獨韻	1	6.25%
			支脂	1	6.25%
			支脂微歌	1	6.25%
			支微	1	6.25%
			支錫脂歌	1	6.25%

說明：先秦民歌「支歌合韻」已是所有支部用韻情況的第 1 位（50%），遠超過「支部獨韻」12.5%。兩漢民歌、東漢文人、三國詩歌「支歌」更高達 68.75%、67.73%以及 67.73%。詳細情況待下文「歌部的用韻情況」再討論。

第七節　脂微部的用韻情況

　　把「脂微」放在一起討論的原因，在於從「算術統計法」來看，先秦「脂微」應併作一部。西漢「脂微」有分裂成兩部的趨勢，並與歌部、支部的止攝字及蟹攝字相押，成為中古止攝、蟹攝格局的前身。底下為了方便討論，仍將「脂微」分開統計。

一、脂部獨韻

（一）周朝之初至春秋之末

作　品	脂部	脂部獨韻	百分比	中　古　韻	次數	百分比
詩經	72	32	44.44%	紙、脂旨至	6	18.75%
				齊皆	3	9.38%
				紙、脂旨至／齊皆	23	71.87%

（二）戰國之初至秦朝之末

作　品	脂部	脂部獨韻	百分比	中　古　韻	次數	百分比
楚辭屈宋	10	3	30%	紙、脂旨至	0	0%
				齊皆	0	0%
				紙、脂旨至／齊皆	3	100%

（三）楚漢之初至新莽之末

作　品	脂部	脂部獨韻	百分比	中　古　韻	次數	百分比
西漢文人	18	4	22.22%	紙、脂旨至	3	75%
				齊皆	0	0%
				紙、脂旨至／齊皆	1	25%

（四）東漢之初至獻帝之末

作　品	脂部	脂部獨韻	百分比	中　古　韻	次數	百分比
東漢文人	7	1	14.29%	紙、脂旨至	1	100%
				齊皆	0	0%
				紙、脂旨至／齊皆	0	0%

　　說明：「脂部獨韻」從《詩經》44.44%，下降到《楚辭》屈宋 30%、西漢文人 22.22%、東漢文人 14.29%，顯示脂部的例外押韻漸趨頻繁。三國更下降

到 6.52%，如下表所示：

作　品	脂部	脂部獨韻	百分比	中　古　韻	次數	百分比
三國詩歌	46	3	6.52%	紙、脂旨至	2	66.67%
				齊皆	1	33.33%
				紙、脂旨至／齊皆	0	0%

二、微部獨韻

（一）周朝之初至春秋之末

作　品	微部	微部獨韻	百分比	中　古　韻	次數	百分比
詩經	81	44	54.32%	支脂微	21	47.72%
				皆灰咍	4	9.09%
				果（火字）	0	0%
				支脂微／果	2	4.55%
				支脂微／皆灰咍	17	38.64%

（二）戰國之初至秦朝之末

作　品	微部	微部獨韻	百分比	中　古　韻	次數	百分比
楚辭屈宋	15	9	60%	支脂微	4	44.44%
				皆灰咍	0	0%
				果（火字）	0	0%
				支脂微／果	0	0%
				支脂微／皆灰咍	5	55.56%

（三）楚漢之初至新莽之末

作　品	微部	微部獨韻	百分比	中　古　韻	次數	百分比
西漢文人	37	19	51.37%	支脂微	9	47.36%
				皆灰咍	2	10.53%
				果（火字）	0	0%
				支脂微／果	0	0%
				支脂微／皆灰咍	8	42.11%

（四）東漢之初至獻帝之末

作 品	微部	微部獨韻	百分比	中 古 韻	次數	百分比
東漢文人	14	5	35.73%	支脂微	4	80%
				皆灰咍	1	20%
				果（火字）	0	0%
				支脂微／果	0	0%
				支脂微／皆灰咍	0	0%

說明：

1. 周秦到西漢「微部獨韻」大約維持在 5、6 成之間。東漢文人降至 35.73%，顯示東漢是微部字音變的關鍵時期。

2. 《詩經》和西漢文人微部「支脂微（止攝）/皆灰咍（蟹攝）」混韻，分別是 38.64% 及 42.11%。中間《楚辭》高達 55.56%，可能透露著南北方音不同。東漢文人韻例較少 1 例不見。底下見三國詩歌：

作 品	微部	微部獨韻	百分比	中 古 韻	次數	百分比
三國詩歌	68	21	30.88%	支脂微	15	71.42%
				皆灰咍	3	14.29%
				果（火字）	0	0%
				支脂微／果	0	0%
				支脂微／皆灰咍	3	14.29%

三國「微部獨韻」如同東漢降至 3 成；「支脂微／皆灰咍」混韻也只剩下 14.29%。除了顯示微部例外押韻更趨頻繁外，也基本確立從東漢到三國，微部止、蟹兩攝分離的趨勢相當明顯，僅剩下 1 成 4 混押。

三、脂部的例外押韻

（一）周朝之初至春秋之末

作 品	脂部總數	排行	用 韻 情 況	次數	百分比
詩經	72	1	脂微	34	47.22%
		2	脂部獨韻	32	44.44%
		3	脂質	4	5.56%
			脂元	1	1.39%
			脂真	1	1.39%

（二）戰國之初至秦朝之末

作　品	脂部總數	排行	用　韻　情　況	次數	百分比
楚辭屈宋	10	1	脂微	3	30%
		1	脂部獨韻	3	30%
		3	脂質	2	20%
			脂歌	1	10%
			脂支	1	10%

（三）楚漢之初至新莽之末

作　品	脂部總數	排行	用　韻　情　況	次數	百分比
西漢文人	18	1	脂微	9	49.98%
		2	脂部獨韻	4	22.22%
			脂文	1	5.56%
			脂魚	1	5.56%
			脂微歌	1	5.56%
			脂歌	1	5.56%
			脂質	1	5.56%

（四）東漢之初至獻帝之末

作　品	脂部總數	排行	用　韻　情　況	次數	百分比
東漢文人	7	1	脂微	4	57.13%
			脂部獨韻	1	14.29%
			脂支	1	14.29%
			脂微歌	1	14.29%

說明：

1. 周秦到兩漢「脂微合韻」都是脂部最頻繁的用韻情況。值得注意的是《詩經》、《楚辭》屈宋作品中，「脂微合韻」和「脂部獨韻」維持相當程度上的百分比。到了西漢兩者百分比相差近 3 成，可見漢代脂部字的內涵發生很大的轉變。王力（1985）談論漢代音系時說：「脂質兩部與先秦一致。」〔註18〕從上面的表觀察，「周秦脂部」與「漢代脂部」已有相當大的不同。到了三國「脂微合韻」

〔註18〕王力《漢語語音史》，北京：中國社會科學出版社，1985 年，頁 102。

與「脂部獨韻」百分比差距擴大到 5 成 6（63.05%－6.52%＝56.53%）：

作　品	脂部總數	排行	用　韻　情　況	次數	百分比
三國詩歌	46	1	脂微	29	63.05%
		2	脂部獨韻	3	6.52%
		2	脂之	3	6.52%
		4	脂微之	2	4.35%
		4	脂支歌	2	4.35%
		4	脂微歌	2	4.35%
		4	脂耕真文元	2	4.35%
			脂支微	1	2.17%
			脂真文元	1	2.17%
			脂魚歌	1	2.17%

《楚辭》屈宋脂部字開始與歌部字通叶，但百分比不高，僅佔《楚辭》屈宋 10%以及西漢文人 5.56%，各有 1 例。

四、微部的例外押韻

（一）周朝之初至春秋之末

作　品	微部總數	排行	用　韻　情　況	次數	百分比
詩經	81	1	微部獨韻	44	54.32%
		2	微脂	34	41.98%
		3	微文	2	2.47%
			微元	1	1.23%

（二）戰國之初至秦朝之末

作　品	微部總數	排行	用　韻　情　況	次數	百分比
楚辭屈宋	15	1	微部獨韻	9	60%
		2	微脂	3	20%
		2	微歌	3	20%

（三）楚漢之初至新莽之末

作　品	微部總數	排行	用　韻　情　況	次數	百分比
西漢文人	37	1	微部獨韻	19	51.37%
		2	微脂	9	24.32%
		3	微歌	5	13.51%
			脂微歌	1	2.7%
			微侯魚	1	2.7%
			微宵	1	2.7%
			微文	1	2.7%

（四）東漢之初至獻帝之末

作　品	微部總數	排行	用　韻　情　況	次數	百分比
東漢文人	14	1	微部獨韻	5	35.73%
		2	微脂	4	28.57%
			微歌	1	7.14%
			微脂歌	1	7.14%
			微魚歌	1	7.14%
			微之	1	7.14%
			微支	1	7.14%

說明：

1. 周秦到東漢「微部獨韻」百分比都遠高於「微脂合韻」。東漢「微部獨韻」百分比急降，僅與「微脂合韻」相差 7.16%，三國「微脂合韻」超過「微部獨韻」，成為最頻繁的用韻情況，如下表所示：

作　品	微部總數	排行	用　韻　情　況	次數	百分比
三國詩歌	68	1	微脂	29	42.66%
		2	微部獨韻	21	30.88%
		3	微歌	3	4.41%
		3	微支歌	3	4.41%
		5	微脂歌	2	2.94%
		5	微之	2	2.94%
		5	微之脂	2	2.94%

	微月	1	1.47%
	微物月	1	1.47%
	微支脂	1	1.47%
	微覺	1	1.47%
	微之支	1	1.47%
	微之侯	1	1.47%

2. 微部不與入聲物部字相押。

3. 《楚辭》屈宋「微歌」開始通叶，分別佔《楚辭》屈宋 20%、西漢文人 13.51%、東漢文人 7.14%、三國詩歌 4.41%，有逐步遞減的趨勢。

五、脂微兩部的合韻關係

（一）研究回顧

1. 從《詩經》用韻考察脂微分部

王力先生提出「脂微分部」受到兩點啟示：一是章太炎《文始》從王念孫的脂部獨立出隊部；二是考定《切韻》的脂韻舌齒音合口呼在南北朝歸入微部。王力（1937／2000）說：「因為受了《文始》與《南北朝詩人用韻考》的啟示，我就試把脂微分部。」〔註19〕他制定「脂微分部」的標準如下：

　　（甲）《廣韻》的齊韻字，屬於江有誥的脂部者，今仍認為脂部。

　　（乙）《廣韻》的微灰咍三韻字，屬於江有誥的脂部者，今改稱微部。

　　（丙）《廣韻》的脂皆兩韻是上古脂微兩部雜居之地；脂皆的開口呼在上古屬脂部（從癸、季諧聲的字例外，屬微部），脂皆的合口呼在上古屬微部。（王力 1937／2000：118）

根據上面標準，王力求證於《詩經》得出脂微兩部的韻母系統不同：

（1）在一百一十個韻段中，脂微分用者八十四個，約佔全數四分之三；脂

〔註19〕王力〈上古韻母系統研究〉，《王力語言學論文集》，北京：商務印書館，2000 年 8 月，頁 117。

微合用者二十六，不及全數四分之一。

（2）長篇用韻的韻段中，有脂部不雜微部；有微部不雜脂部。

因為證據（1）「脂微合韻」百分比將近四分之一，所以王力對「脂微」是分是合也語帶保留，不過他堅持兩部一定是不同的韻母系統，王力（1937／2000：122）說：

> 然而我們不能不承認脂微合韻的情形比其他合韻的情形多些，如果談古音者主張遵用王氏或章氏的古韻學說，不把脂微分開，我並不反對。我所堅持的一點，乃在乎上古脂微兩部的韻母並不相同。
>
> （王力 1937／2000：122）

分出「脂微」的好處，在於入聲「質物」、陽聲「真文」皆有相承的陰聲韻部，王力（1963／2000）說：

> 他（章炳麟）看見了從乞，從佳、從畾得聲的字應該跟脂部區別開來，這是很可喜的發現；他看見了隊部應該是去入韻，跟脂部也有分別，這也是很好的發現。可惜他沒有再進一步設想，從乞，從佳、從畾得聲的字如果作為一個平聲韻部（包括上聲）跟去入韻隊部相配，又跟脂部平行，那就成為很有系統的局面：
>
> 脂：質：真
>
> 微：物：文
>
> （王力 1963／2000：172）

2. 從諧聲字考察脂微分部

董同龢（1967）從諧聲字的角度，補足王力上古分出「脂微」的不足，董先生說：

> 往往有一些現象就《詩經》韻看來是不夠清楚的，一加上諧聲作對照，便得豁然開朗。〔註20〕

董先生觀察出脂、微兩部字在諧聲系統分居劃然，他的說明如下：

（1）齊韻字不與微灰咍的字共用一個聲符。

〔註20〕董同龢《上古音韻表稿》，臺灣：中央研究院歷史語言研究所單刊甲種之二十一，1967 年，頁 68。

（2）齊韻字與脂韻開口字常常諧聲，兩兩相諧有十七個系統之多，其中不雜微灰咍的字。

（3）脂、皆韻開口字有專諧微灰咍而不諧齊的；也有專諧齊而不諧微灰咍的。

（4）大多數脂韻合口字只諧微灰咍而不諧齊；可是另有一些專諧齊而不諧微灰咍。

（5）皆韻合口只諧微灰咍以及跟微灰咍有關的脂韻字。

董先生認為證據（1），可以證明王力（甲）、（乙）兩項標準正確，他說：

> 齊與微灰咍在《詩》韻裏雖不免糾纏，但依諧聲則大體分得很
> 清楚。王先生的甲乙兩項標準就可以完全成立；脂微分部的大界也
> 可以就此確立。（董同龢 1967：68）

董同龢（1）證明諧聲字中，齊薺霽與微尾未、灰賄隊、咍海代不諧聲，所以應分為兩部，前者入脂部；後者入微部。董先生（2）證明劃入脂部的齊薺霽韻與脂旨至韻開口關係密切，所以脂旨至韻開口也歸屬於脂部，這一組諧聲因為不雜微尾未、灰賄隊、咍海代的字，所以明顯與劃入微部的微灰咍不同。由此可知，董同龢（1）、（2）與王力（甲）、（乙）的結論相同，前者從諧聲字觀察；後者著眼於《詩經》用韻。

董先生（3）、（4）、（5）修正了王力的（丙），他說：

> 現在總起來看，分別脂部與微部確實是可以的。不過是因為加
> 了材料，王先生的丙項標準須要稍微改正一下。我們不能說脂皆的
> 開口字全屬脂部而合口字全屬微部。事實上脂皆兩韻的確是上古脂
> 微兩部的雜居之地，他們的開口音與合口音之中同時兼有脂微兩部
> 之字。（董同龢 1967：70）

這是說「脂旨至」與「皆駭怪」的開口有兩個層次，一個與脂部的齊薺霽相諧；另一個與微部的微尾未、灰賄隊、咍海代諧聲，兩個層次互不間雜。此外，「脂旨至」的合口也分作兩個層次，較多字的諧微部微尾未、灰賄隊、咍海代；較少字的諧脂部齊薺霽，兩類同樣互不相雜。至於「皆駭怪」合口就只諧微部字，不與脂部字接觸。

3. 從兩漢韻語考察脂微同用

羅常培、周祖謨（1958）認為《詩經》、羣經、《楚辭》「脂微」都應該分開，理由是微部字與歌部字通叶；脂部字幾乎不與歌部字相押：

> 在《詩經》裏雖然分別的不大嚴格，有時脂微通叶，但是兩部分用的例子還是佔多數，其間仍然有分野。在羣經《楚辭》裏也是如此。另外應當指出的一種現象，就是微部和歌部有時在一起押韻，但是脂部和歌部押韻的幾乎沒有。從這一點也可以看出它們之間的讀音多少是有區別的。（羅常培、周祖謨 1958：29）

羅、周（1958）指出到了兩漢「脂微」平去入聲已經同用，上聲也趨於同用，相承的陽聲「真文」也合為一部：

> 可是到了兩漢時期脂微兩部除了上聲有一點兒分用的跡象以外，平去聲完全同用，沒有分別。至於入聲，也是如此。江有誥不立至部固然和《詩經》不合，但是和兩漢的詩文是相合的。（羅常培、周祖謨 1958：30）

又說：

> 我們再從陰陽對轉的關係來看，上面所說《詩經》音脂微兩部的陽聲韻真文兩部在兩漢時期也是合為一部的，結果，陰陽入三聲的演變完全一致。（羅常培、周祖謨 1958：30）

（二）「脂微」究竟該分還是該合？

王力〈上古韻母系統研究〉指出《詩經》一百一十個韻段，「脂微分用」者八十四，約佔全數四分之三；脂微合用者二十六，不及全數四分之一。王力先生的計算方式如下：

$$\frac{脂微合韻}{(脂部獨韻＋微部獨韻)＋脂微合韻}\times100\% = \frac{26}{(84)+26}\times100\% \fallingdotseq 23.64\%$$

這篇文章是王力先生 1937 年發表的。我們以同樣計算方式，統計王力 1980 年出版的《詩經韻讀》、《楚辭韻讀》「脂微合韻」百分比：

1. 《詩經韻讀》脂微合韻之百分比

$$\frac{脂微合韻}{(脂部獨韻＋微部獨韻)＋脂微合韻}\times100\% = \frac{37}{(36+56)+37}\times100\% \fallingdotseq 28.68\%$$

2. 《楚辭韻讀》脂微合韻之百分比 [註21]

$$\frac{脂微合韻}{(脂部獨韻＋微部獨韻)＋脂微合韻}×100\% = \frac{5}{(3+7)+5}×100\% ≒ 33.33\%$$

王力（1980）《詩經》、《楚辭》韻例「脂微合韻」百分比都超過了 1937 年統計的四分之一，《楚辭》更達到三分之一，這說明「脂微」實際的接觸情況，要比王力早前估算的還要頻繁。[註22] 即使董同龢從諧聲系統觀察出「脂微」界線，也無法解釋《詩經》、《楚辭》「脂微」頻繁接觸的現象。底下再從幾個角度來觀察：

1.「脂微」分用大於合用？

羅常培、周祖謨（1958）指出：

> （脂微兩部）在《詩經》裏雖然分別的不大嚴格，有時脂微通叶，但是兩部分用的例子還是佔大多數，其間仍然有分野。在羣經

[註21] 王力《楚辭韻讀》只收〈離騷〉、〈九歌〉、〈天問〉、〈九章〉、〈遠遊〉、〈卜居〉、〈漁父〉、〈九辯〉、〈招魂〉、〈大招〉諸篇，漢人的作品不錄。詳見《王力文集・第六卷》，山東：山東教育出版社，1986 年 12 月，頁 453。

[註22]「算數統計」的計算方式上，本書與王力不同。以《詩經》為例，我們整理出 72 個帶有脂部字的韻段（脂微合韻 34、脂部獨韻 32、脂質 4、脂元 1、脂真 1）。其中「脂部獨韻」32 個，佔所有脂部韻段 44.44%。檢視中古 206 韻在「脂部獨韻」中的交涉情況，可以分出：

（1）紙、脂旨至獨韻（18.75%）

（2）齊皆獨韻（9.38%）

（3）紙、脂旨至／齊皆混韻（71.87%）

這裡押韻次數的百分比，是以「次數」除以「脂部獨韻」後，乘以 100%，即 6÷32×100%=18.75%。這種統計方法的好處，在於可以看出「脂部獨韻」在所有「脂部韻段」中所佔的百分比，亦即 32／72×100%≒44.44，也就是每 100 個脂部韻段中，有 44.44 個脂部獨韻；或者說每 2.25 個脂部韻段，有 1 個是脂部獨韻（100／44.44≒2.25）。此外，也可以看出「脂部獨韻」裡，中古各韻的交涉情況，如脂部的紙、脂旨至（止攝）／齊薺霽、皆駭怪（蟹攝）在「脂部獨韻」混韻比例高達 71.87%。隨著時間點推移至中古，混韻的百分比會越低，配合其它韻部的合韻關係，可以看出中古止、蟹兩攝框架逐步成形的過程。

《楚辭》裏也是如此。（羅常培、周祖謨 1958：29）

引文「分用的例子還是佔大多數」的數據為何？羅、周（1958）並未提及。可能是依循王力（1937／2000）的做法，把所有脂部、微部獨用的韻段相加做分母，因此大於脂微合用。這種統計方式的缺點是無法看出「寬韻」和「窄韻」在合韻百分比上的不同。〔註23〕我們的算法是把「脂」、「微」分開來看，並統計王力《詩經韻讀》的結果：脂部獨韻 36 個，脂微合韻 37 個，合韻比獨韻多出 1 個；統計《楚辭韻讀》的結果：脂部獨韻 3 個，脂微合韻 5 個，合用比獨用多出 2 個。

2. 長篇用韻不雜？

王力（1937／2000）指出《詩經》長篇的韻段中，有脂部不雜微部；微部不雜脂部者如下：

（1）脂部不雜微部

A〈板・五章〉「懠毗迷尸屎葵師資」共八韻。

B〈大東・一章〉「匕砥矢履視涕」共六韻。

C〈載芟〉「濟穦秠醴妣禮」共六韻。

D〈碩人・二章〉「荑脂螬犀眉」共五韻。

E〈豐年〉「秠醴妣禮皆」共五韻。

（2）微部不雜脂部

A《晉語》國人誦改葬世子「懷歸違哀微依妃」共七韻。〔註24〕

B〈雲漢〉「摧雷遺遺畏摧」共六韻。

C〈南山・一章〉「崔綏歸歸懷」共五韻。〔註25〕

我們一一檢視這些韻段：王力將〈板・五章〉「葵」字歸到脂部，陳新雄先生（1999）有不同看法：

〔註23〕「寬韻」指字數較多，出現頻率較高的韻部；「窄韻」反之，如：《楚辭》屈宋「支歌」1 韻段，佔支部 3 個韻段的 33.33%；佔歌部 35 個韻段的 2.86%。從支部或歌部角度看「支歌合韻」的意義完全不同。

〔註24〕《晉語》為散文韻段，有用韻寬緩的問題，因此不列入討論。

〔註25〕王力〈上古韻母系統研究〉，《王力語言學論文集》，北京：商務印書館，2000 年 8 月，頁 121。

《說文》：「癸、冬時水土平，可揆度也。」癸、居誄切，當在微部，王力併入脂部者，殆見〈大雅‧板〉五章癸與懠毗迷尸屎師資等脂部韻故也。（陳新雄1999：349）

況且《詩經》「葵」字也與微部「維」字相押，如〈魚藻之什‧采菽〉：「泛泛楊舟，紼纚（維）之。樂只君子，天子（葵）之。」可見〈板‧五章〉的韻段不是「脂部不雜微部」，而是「脂微合韻」。〈大東‧一章〉「匕砥矢履視涕」六字合韻，原詩如下：

有饛簋飧，有捄棘（匕）。周道如（砥），其直如（矢）。

君子所履，小人所（視）。睠言顧之，潸焉出（涕）。

前四句押上聲；後四句押去聲，顯然應拆分成「匕砥矢」、「視涕」兩個韻段，而非「長篇用韻不雜」。〈載芟〉「積」是錫部字，只能算「濟秠醴妣禮」共五韻。〈雲漢〉「畏」字出現在單句末尾且是去聲字，不與「推雷遺遺摧」等平聲韻字相押，共五韻。〈南山‧一章〉「崔綏歸歸懷」五字相押，應拆成「崔綏」與「歸歸懷」兩個韻段，從句式上看：

南山崔崔，雄狐綏綏。魯道有蕩，齊子由歸，既曰歸止，曷又懷止！

葛屨五兩，冠緌雙止。魯道有蕩，齊子庸止。既曰庸止，曷又從止！

兩章對照很明顯「南山崔崔，雄狐綏綏」是一個韻段；「魯道有蕩」以下當視為另一個韻段。

王力「長篇用韻不雜」只剩下4個5韻的韻段。如果這些韻段可以證明「脂微」當分。那麼「長篇用韻相雜」的韻段，是不是也說明了「脂微」關係密切？如：

押　韻　情　形	篇　　名	脂部／微部
5脂雜2微	長發	遲遲祗齊躋／違圍
3脂雜3微	鹿鳴之什‧出車	祁遲夷／歸萋喈
2脂雜2微	蕩之什‧烝民	齊喈／騤歸
	谷風之什‧鼓鐘	喈湝／悲回

以〈鹿鳴之什‧出車〉為例：

春日遲（遲），卉木萋（萋）；倉庚喈（喈），采蘩祁（祁）。執
訊獲醜，薄言還（歸）。赫赫南仲，玁狁于（夷）。

「遲祁夷」是脂部字；「萋喈歸」是微部字，「脂微」同出現在一個韻段，
且都是平聲字，顯然無法分出兩部。又如〈長發〉：

帝命不（違），至於湯（齊）。湯降不（遲），聖敬日（躋）。昭
假遲（遲），上帝是（祗）。帝命式于九（圍）。

「齊遲躋遲祗」是脂部字；「違圍」是微部字，這些都是平聲字，同樣表現
出「脂微」兩部字無法分割。

3. 諧聲字證明了脂、微分部？

董同龢（1967）觀察「脂微」兩部字在諧聲系統分居劃然，董先生說：

齊韻字可以說是不跟微灰咍三韻的字發生什麼關係。（董同龢
1967：68）

又說：

跟齊韻字關係最密切的莫過於脂韻開口字。兩兩相諧者共有十
七個系統之多──即從「毗𡉄利𩏩自白𡨄雉尼旨矢夷米氏黎齊屖犀」
的字，不遑一一列舉。要緊的是他們中間決沒有微咍灰韻的字夾雜
著。（董同龢 1967：69）

董先生從諧聲系統分出「脂微」兩部的關鍵，在於「齊韻、脂韻開口」為
一類，而這一類不雜「微咍灰」的字。但是詩韻系統中「齊韻、脂韻開口」與
「微咍灰」並非分居劃然，底下是《詩經》的例子：

作者	篇　名	韻　字	上古韻	中古韻	韻　攝
	靜女	美／煒	脂／微	旨／尾	止
	狼跋	几／尾	脂／微	旨／尾	止
	草蟲	夷／悲薇	脂／微	脂／脂微	止
	采蘩	祁／歸	脂／微	脂／微	止
	節南山之什・節南山	夷／違	脂／微	脂／微	止
	谷風之什・楚茨	尸／歸	脂／微	脂／微	止
	蕩之什・崧高	郿／歸	脂／微	脂／微	止
	閟宮	遲／依	脂／微	脂／微	止

臣工之什‧有客	夷／威綏追	脂／微	脂／微脂脂	止
節南山之什‧小旻	底／依違哀	脂／微	旨／微微咍	止／止止蟹
鹿鳴之什‧采薇	遲／悲饑哀	脂／微	脂／脂微咍	止／止止蟹
谷風之什‧四月	棫／薇哀	脂／微	脂／微咍	止／止蟹
鹿鳴之什‧出車	祁遲夷／歸萋喈	脂／微	脂／微齊皆	止／止蟹蟹
碩人	姨私妻／衣	脂／微	脂脂齊／微	止止蟹／止
蒹葭	湄坻萋躋／晞	脂／微	脂脂齊齊／微	止止蟹蟹／止
長發	遲祗齊躋／違圍	脂／微	脂脂齊齊／微	止止蟹蟹／止
生民之什‧行葦	履泥體／葦	脂／微	旨薺薺／尾	止蟹蟹／止
鹿鳴之什‧杕杜	萋／悲歸	脂／微	齊／脂微	蟹／止
候人	隮／饑	脂／微	齊／微	蟹／止
鴻雁之什‧斯干	躋／飛	脂／微	齊／微	蟹／止
谷風之什‧四月	淒／腓歸	脂／微	齊／微	蟹／止
蕩之什‧烝民	齊喈／騤歸	脂／微	齊皆／脂微	蟹／止
葛覃	萋喈／飛	脂／微	齊皆／微	蟹／止
鹿鳴之什‧常棣	弟／韡	脂／微	薺／尾	蟹／止

　　諧聲系統「齊韻、脂韻開口」、「微咍灰」分居劃然；《詩經》卻經常在一起押韻，問題出在哪呢？就材料而言，所謂「上古韻部」主要是從《詩經》用韻所歸納出來的結果，既然同在一起押韻，比較理想的情況是韻字的「主要元音」及「韻尾」相同。而諧聲系統除了考量韻基外，也必須看「聲母」和「介音」是否歸屬同類。換言之，「脂微」有可能是因為「聲母」或「介音」不同的原因，在諧聲系統被劃分成兩類。底下是從董同龢《上古音韻表稿》頁 209～213；222～226 整理出來的兩張表格：

【脂部‧脂齊韻】

韻	開合	等第	聲　母	諧　聲	字數
脂韻	開	三	p、p'、b'、m	匕比畀米麋眉美必畢	49
			t、t'、d、d'、n、l	氐夷弟彝犀至致尸尼秒黎雉屖質失貳	57
			ts、ts'、dz'、s、z	齊次厶死兕朼自四	44
			ȶ、ȶ'、ń、ś	氐至矢二貳	19
			ʔ、ĝ、x́、j	旨耆尸示	14
			k、k'、g'、ng'、x	几耆旨示夷尸自棄	20
				尹壹益	9

			p、p'、b'、m	毘比米氐閉畢	18
齊韻	開	四	t、t'、d、d'、n、l	氐氏（紙）弟犀屖夷尼屖黎豊爾壹 雉白（替）隶戾參	72
			ts、ts'、dz'、s	齊屖妻犀屖西細	42
			k、k'、ng'、ɤ	旨幵自尼計	11
				壹	4

【微部‧微灰哈韻】

韻	開合	等第	聲　母	諧聲偏旁	字數
微韻	開	三	k、k'、g'、ng、x	幾乞气紇斤（祈頎沂旂）希豈既豙	64
				衣	7
	合	三	p、p'、b'、m、m̥	飛非己（妃）肥炭尾弗未	59
			k、k'、ng、x、ɤ	歸委韋軍（翬揮輝）囗鬼兀貴卉胃	44
				韋威尉畏	10
灰韻	合	一	p、p'、b'、m、m̥	非己（配妃）孛微未	17
			t、t'、d、n、l	白隹貴委晶辠對隶豙頪未內	47
			ts、ts'、dz'、s	隹崔衰皋卒	21
			k、k'、ng'、x、ɤ	鬼骨兀回貴淮由自	28
				畏	8
哈韻	開	一	d'	隶	1
			k、k'、ng	豈開既氣	21
				哀既愛	6

從這兩張表可以看出：

1. 「脂部脂韻開口」不與「微部微韻開口」共用諧聲偏旁，應是出現的聲母環境不同。前者主要出現在「p、p'、b'、m」、「t、t'、d、d'、n、l」、「ts、ts'、dz'、s、z」；後者出現在「k、k'、g'、ng、x」以及零聲母。

2. 「脂部齊韻開口」不與「微部微韻開口」共用諧聲偏旁，應是出現的介音以及聲母環境不同。前者主要出現在四等的「p、p'、b'、m」、「t、t'、d、d'、n、l」、「ts、ts'、dz'、s」；後者出現在三等的「k、k'、g'、ng、x」以及零聲母。

3. 「脂部脂韻開口、齊韻開口」不與「微部哈韻開口」共用諧聲偏旁，應是出現的等第及聲母環境不同。前者主要出現在三、四等的「p、p'、b'、m」、「t、t'、d、d'、n、l」、「ts、ts'、dz'、s、z」；後者出現在一等的「k、k'、ng」以及零聲母。

4.「脂部脂韻開口」不與「微部微韻合口」共用諧聲偏旁,應是開合不同。

5.「脂部齊韻開口」不與「微部微韻合口」共用諧聲偏旁,應是開合以及等第不同。

6.「脂部脂韻開口、齊韻開口」不與「微部灰韻合口」共用諧聲偏旁,應是開合及等第不同。

董同龢從諧聲系統觀察到「齊韻、脂韻開口」一類、「微咍灰」一類。這兩類實際上是聲母和介音所出現的環境不同,而非主要元音及韻尾的不同,這也是為什麼諧聲系統分成兩類,詩韻系統卻分不出來的原因。

「脂部脂韻、齊韻」和「微部微灰咍」在聲母、介音相同的只有「脂韻開口三等」、「微韻開口三等」的「k、k‘、g‘、ng‘、x」和「ø」。這兩個部分之所以不共用諧聲偏旁,仍然難以認定是韻基上的不同。依董同龢:

	上古		中古
部分脂部諧聲字		＞	齊、脂韻開口
部分微部諧聲字		＞	微、灰、咍

那麼從上古到中古必須「脂部齊、脂韻開口」與「微部微灰咍」都沒有接觸才有可能分居劃然。事實上,從「妻」得聲之字,理應走齊韻這條路線,但是「磰」字卻演變成《廣韻》隊韻字;從「戾」得聲之字,該走霽韻這條路線,「鎑」字也演變成《廣韻》隊韻字;從「自」得聲的「郋、詯」,同樣是霽與隊的關係。〔註26〕再看《廣韻》又音字,「逮」字兼有霽韻、代韻兩讀;「栖」字兼有齊韻、咍韻兩讀,這些例子都說明董先生把《廣韻》韻類投影至上古諧聲系統的做法把問題單純化,直接忽視不在《詩經》韻部到《廣韻》韻類的其它音變類型反切。此外,羅常培、周祖謨(1958:30)說:「兩漢時期脂微兩部除了上聲有一點兒分用的跡象以外,平去聲完全同用,沒有分別。」如果「脂微」在諧聲中分作兩部,兩漢必須合為一部,那麼上古＞兩漢＞中古「脂部齊、脂韻開口」與「微部微灰咍」就必須面臨「分＞合＞分」的問題,此中的合理性,當值得再深思。

〔註26〕引用「磰、鎑」等後起形聲字,在於說明「脂部齊、脂韻開口」的諧聲偏旁,並非一定演變成中古「齊、脂韻開口」;「微部微灰咍」的諧聲偏旁,並非一定演變成中古「微灰咍」,兩類不是壁壘分明,完全沒有接觸的關係。

（三）「脂微」與歌部的關係

羅常培、周祖謨（1958）指出《詩經》、羣經、《楚辭》裏，因為微部可與歌部通叶；而脂部不行，所以「脂微」應該分作兩部，他們說：

> 微部和歌部有時在一起押韻，但是脂部和歌部押韻的幾乎沒有。

（羅常培、周祖謨 1958：29）

但是羅、周（1958）另外提到「脂歌合韻」的說法如下：

> 歌部除了跟支部字有通押的例子以外，歌部字還有跟脂部字押韻的例子。歌脂押韻在《楚辭》、《莊子》、《荀子》裏已經有這種現象。（羅常培、周祖謨 1958：48）

從我們所調查的詩歌韻段來看，《詩經》「脂微」都不與歌部字相叶，「微歌」通押從《楚辭》屈宋開始：

1. 楚辭屈宋

作者	篇　名	韻　字	上古韻	中古韻	韻　攝
宋玉	九辯	毀／弛	微／歌	紙	止
屈原	遠遊	妃／歌	微／歌	微／歌	止／果
屈原	東君	雷／蛇	微／歌	灰／支	蟹／止

表中「微歌」雖然只有 3 例，但佔了《楚辭》屈宋微部韻段 20%。「脂歌」是不是沒有押韻的例子？答案是否定的。〈遠遊〉韻段可見：

作者	篇　名	韻　字	上古韻	中古韻	韻　攝
屈原	遠遊	夷／蛇	脂／歌	脂／支	止

表中雖然只有 1 例，也佔了屈宋脂部韻段的 10%。這說明「脂歌合韻」數量雖然不多，但脂部韻段本來就比微部韻段少，換算成百分比還是有一定程度上的份量。韻段上顯示《楚辭》屈宋歌部的某些字可與「脂微」相通，到了西漢仍然持續著：

2. 西漢文人

作者	篇　名	韻　字	上古韻	中古韻	韻　攝
劉向	遠遊	巍／迻	微／歌	微／支	止
劉向	惜賢	斐／峨	微／歌	微／歌	止／果
東方朔	自悲	悲衰歸頹／池	微／歌	脂脂微灰／支	止止止蟹／止

| 劉向 | 惜賢 | 開／塵 | 微／歌 | 咍／灰 | 蟹 |
| 劉向 | 憂苦 | 哀／離 | 微／歌 | 咍／支 | 蟹／止 |

作　者	篇　　名	韻　字	上古韻	中古韻	韻　攝
四皓	歌	飢／歸／迤	脂／微／歌	脂／微／支	止

《楚辭》屈宋到西漢文人，歌部與脂部、微部相押反映出幾組用韻上的關係：

（1）「毀／弛」、「巍／迻」、「飢／歸／迤」相押，反映出中古「止攝字合流」的先聲。

（2）「妃／歌」、「斐／峨」相押，不排除歌部歌韻「歌、峨」兩字有脂部、微部止攝字的讀音。《廣韻》又音可見歌部字的諧聲偏旁，同時兼有止攝、果攝兩讀，如：

諧聲偏旁	被諧字（止攝讀音／果攝讀音）
从隋得聲	隋（旬為切／徒果、他果切）、墮（許規切／徒果、他果切）、鰖（以水切／徒果、他果切）、鬌（直垂切／丁果、徒果切）。
从差得聲	嵳（同嵯字，楚宜切／昨何切）、䰈（同䰈、士宜切／昨何切）、蓌（即夷切／昨何切）、縒（楚宜切／蘇可切）。
从也得聲	池（直離切／徒河切）。
从它得聲	詑（弋支、香支切／徒何、徒可、土禾切）、蛇（弋支切／託何切，另有麻韻食遮切的讀音）。
从耑得聲	揣（初委切／丁果切）。
从奇得聲	旖（於綺切／烏可切）。
从多得聲	眵（池爾切／徒可切）、哆（尺氏、昌志切／丁可、丁佐切）。
从我得聲	蛾（魚倚切／五何切）。
从皮得聲	紴（匹靡切／博禾切）、跛（彼義切／布火切）。
从羸得聲	纝（力為切／魯過切）。
从垂得聲	種（是偽切／徒果切）。

推測歌部歌韻「歌、峨」除了保守音讀演變入中古果攝字外，兼有創新讀音與「妃、斐」相押，但《廣韻》失收。

（3）歌部「蛇」與脂部「夷」、微部「雷」等字相押，再次反映《楚辭》屈原作品「脂微」是一個整體，不可分割。原詩如下：

〈遠遊〉：使湘靈鼓瑟兮，令海若舞馮（夷）。玄螭蟲象並出進

分，形蟉虯而逶（蛇）。

〈東君〉：駕龍輈兮乘（雷），載雲旗兮委（蛇）。

我們現在說「虛以委蛇」的「蛇」，反映出的正是屈原作品中與「脂微」相押的讀音，而非歌部字低元音的讀音。

（4）「池、離」等歌部止攝字，除了和「悲、衰、歸」等微部止攝字相押外，還與「頹、哀」等微部蟹攝字相押。原因在於《楚辭》屈宋及西漢文人微部「支脂微／皆灰咍」混韻，仍高達 55.56% 及 42.11%，因此歌部止攝字元音高化後（jai＞je），兼押微部止攝、蟹攝字。

3. 東漢文人

作者	篇名	韻字	上古韻	中古韻	韻攝
王逸	疾世	乖／池	微／歌	皆／支	蟹／止

作者	篇名	韻字	上古韻	中古韻	韻攝
徐淑	答秦嘉詩	師／追衣歸違暉懷乖徊／差	脂／微／歌	脂／脂微微微微皆皆灰／支	止／止止止止止蟹蟹蟹／止

4. 三國詩歌

作者	篇名	韻字	上古韻	中古韻	韻攝
何晏	言志詩	知／彌／移池	支／脂／歌	支	止
曹丕	短歌行	知麑／棲／離	支／脂／歌	支齊／齊／支	止蟹／蟹／止

作者	篇名	韻字	上古韻	中古韻	韻攝
甄皇后	塘上行	知脾／悲／離	支／微／歌	支／脂／支	止
嵇康	五言贈秀才詩	崖／維／儀池虧差施羈離陂危巇奇隨	支／微／歌	支／脂／支	止
嵇康	詩	枝／懷／儀螭池離虧何	支／微／歌	支／皆／支支支支支歌	止／蟹／止止止止止果

作者	篇名	韻字	上古韻	中古韻	韻攝
郭遐周	贈嵇康詩	遲飢／悲歸飛違／離池	脂／微／歌	脂／脂微微微／支	止
應瑒	侍五官中郎將建章臺集詩	棲泥梯諧階／微歸淮懷徊頹哀／疲宜	脂／微／歌	齊齊齊皆皆／微微皆皆灰灰咍／支	蟹／止止蟹蟹蟹蟹蟹／止

作者	篇　名	韻　字	上古韻	中古韻	韻　攝
韋昭	炎精缺	綏微違依飛威機／麾麗奇羈施馳	微／歌	脂微微微微微微／支	止
曹丕	代劉勳妻王氏雜詩	輝歸／披	微／歌	微／支	止
曹丕	臨高臺	開／隨	微／歌	咍／支	蟹／止

從東漢文人到三國詩歌：

（1）三國歌部除了押脂部、微部字外，也與支部字相押，這是上古「歌脂微支」的三等字同往中古「止攝字合流」的必然過程。因為微部「止／蟹」兩攝尚未完全分開（依前文統計，三國仍有 14.29%混韻），所以還是有歌部與「微部蟹攝字」通押的情況。

（2）嵇康〈詩〉歌部的「何」字，我們懷疑另有止攝字的讀音，因此與支部止攝、微部蟹攝字相押。

（四）「脂微」的演變

周秦到兩漢「脂微」有什麼樣的演變呢？底下先表列脂部獨韻、微部獨韻以及兩部合韻的統計數字：

1. 脂部、微部獨韻

押韻情況	押韻材料	百分比	押韻情況	押韻材料	百分比
脂部獨韻	《詩經》	44.44%	微部獨韻	《詩經》	54.32%
	《楚辭》屈宋	30%		《楚辭》屈宋	60%
	西漢文人	22.22%		西漢文人	51.37%
	東漢文人	14.29%		東漢文人	35.73%
	三國詩歌	6.52%		三國詩歌	30.88%

2. 脂微合韻 〔註27〕

押韻情況	押韻材料	百分比	押韻情況	押韻材料	百分比
脂微合韻	《詩經》	47.22%	微脂合韻	《詩經》	41.98%

〔註27〕表中「脂微合韻」意謂脂微合韻在「脂部韻段」所佔的百分比；「微脂合韻」意謂脂微合韻在「微部韻段」所佔的百分比。

《楚辭》屈宋	30%		《楚辭》屈宋	20%
西漢文人	49.98%		西漢文人	24.32%
東漢文人	57.13%		東漢文人	28.57%
三國詩歌	63.05%		三國詩歌	42.66%

「脂微」的演變趨勢是獨韻百分比「越來越低」；合韻百分比「先低後高」。羅常培、周祖謨（1958）認為西漢「脂微」合併一部，他們說：

> 韻部分合的不同，在西漢時期最顯著是魚侯合為一部，脂微合
>
> 為一部，真文合為一部，質術合為一部。（羅常培、周祖謨 1958：13）

從「脂微合韻」和「微脂合韻」的角度來看，如果西漢文人 49.98%和 24.32%應把「脂微」合併，那麼《詩經》47.22%及 41.98%就沒有理由不合併了。由此來看，上古「脂微」應該是一部，到了兩漢逐漸分成「止／蟹」兩攝格局的前身，理由有四：

1. 從「脂部獨韻」和「微部獨韻」角度來看，其內部依照中古「止／蟹」兩攝分離的趨勢相當明顯：

用韻情況	用韻材料	「紙、脂旨至／齊皆」混韻
脂部獨韻	《詩經》	71.87%
	《楚辭》屈宋	100%　*韻段太少影響統計
	西漢文人	25%
	東漢文人	0%
	三國詩歌	0%

用韻情況	用韻材料	「支脂微／皆灰咍」混韻
微部獨韻	《詩經》	38.64%
	《楚辭》屈宋	55.56%
	西漢文人	42.11%
	東漢文人	0%
	三國詩歌	14.29%

2. 我們把各材料「脂部獨韻」、「微部獨韻」、「脂微合韻」的「止／蟹」混韻百分比整理如下表：

	止蟹混韻 / 脂部獨韻	止蟹混韻 / 微部獨韻	止蟹混韻 / 脂微合韻	止蟹混韻總數 / 韻段總數	止蟹混韻 百分比
詩經	23 / 32	17 / 44	21 / 34	61 / 110	55.45%
楚辭屈宋	3 / 3	5 / 9	2 / 3	10 / 15	66.67%
西漢文人	1 / 4	8 / 19	4 / 9	13 / 32	40.63%
東漢文人	0 / 1	0 / 5	3 / 4	3 / 10	30%
三國詩歌	0 / 3	3 / 21	10 / 29	13 / 53	24.53%

表中「止蟹混韻百分比」同樣可以看出《詩經》至三國「止蟹混韻」百分比衰減的情況。

3. 從合韻來看，反映出「止攝字合流」的韻段有：

（1）微歌合韻

宋玉〈九辯〉「毀 / 弛」；劉向〈遠遊〉「巍 / 迻」；東方朔〈自悲〉「悲衰歸頹 / 池」；韋昭〈炎精缺〉「綏微違依飛威機 / 麾罷奇羈施馳」；曹丕〈代劉勳妻王氏雜詩〉「輝歸 / 披」。

（2）脂微歌合韻

四皓〈歌〉「飢 / 歸 / 迤」；郭遐周〈贈嵇康詩三首〉「遲飢 / 悲歸飛違 / 離池」。

（3）支脂歌合韻

何晏〈言志詩〉「知 / 彌 / 移池」。

（4）支微歌合韻

甄皇后〈塘上行〉「知脾 / 悲 / 離」；嵇康〈五言贈秀〉「崖 / 維 / 儀池虧差施羈離陂危巇奇隨」。

4. 從合韻來看，反映出「蟹攝字合流」的韻段有：

（1）微歌合韻

劉向〈惜賢〉「開 / 塵」。

總結：從「算術統計法」來看，上古「脂微」沒有分作兩部的理由。西漢以後「脂微」有分裂成止、蟹兩類的趨勢，並與歌部、支部的止攝字及蟹攝字相押，逐步形成中古止、蟹兩攝的格局。

第八節　歌部的用韻情況

一、歌部獨韻

（一）周朝之初至春秋之末

作　品	歌部	歌部獨韻	百分比	中　古　韻	次數	百分比
詩經	60	55	91.66%	支	6	10.91%
				歌戈	13	23.64%
				麻	0	0%
				支／歌戈	16	29.09%
				支／麻	6	10.91%
				歌戈／麻	5	9.09%
				支／歌戈／麻	9	16.36%

（二）戰國之初至秦朝之末

作　品	歌部	歌部獨韻	百分比	中　古　韻	次數	百分比
楚辭屈宋	35	28	80%	支	5	17.86%
				歌戈	3	10.71%
				麻	0	0%
				支／歌戈	7	25%
				支／麻	8	28.58%
				歌戈／麻	3	10.71%
				支／歌戈／麻	2	7.14%

（三）楚漢之初至新莽之末

作　品	歌部	歌部獨韻	百分比	中　古　韻	次數	百分比
西漢文人	31	16	51.6%	支	1	6.25%
				歌戈	6	37.5%
				麻	0	0%
				支／歌戈	4	25%
				支／麻	0	0%
				歌戈／麻	2	12.5%
				支／歌戈／麻	3	18.75%

（四）東漢之初至獻帝之末

作　品	歌部	歌部獨韻	百分比	中　古　韻	次數	百分比
東漢文人	17	7	41.19%	支	3	42.85%
				歌戈	2	28.57%
				麻	0	0%
				支／歌戈	1	14.29%
				支／麻	0	0%
				歌戈／麻	1	14.29%
				支／歌戈／麻	0	0%

說明：

1. 「歌部獨韻」從《詩經》91.66%，下降到《楚辭》屈宋80%、西漢文人51.6%、東漢文人41.19%，顯示歌部的例外押韻漸趨頻繁。

2. 「歌部支韻」獨用從《詩經》10.91%，上升到《楚辭》屈宋 17.86%。西漢文人雖下降至 6.25%，但東漢文人又迅速飆升到 42.85%。同時期「支／歌戈」混韻從西漢文人 25%下降至東漢文人 14.29%；「支／歌戈／麻」混韻更下降至 0%。這意謂著東漢「歌部支」與「歌部歌戈／麻」有分離的趨勢；三國時期完全分開：

作　品	歌部	歌部獨韻	百分比	中　古　韻	次數	百分比
三國詩歌	63	18	28.57%	支	7	38.89%
				歌戈	6	33.33%
				麻	0	0%
				支／歌戈	0	0%
				支／麻	0	0%
				歌戈／麻	4	22.22%
				支／歌戈／麻	0	0%
				支／佳（釵字）	1	5.56%

表中「支／歌戈」混韻從東漢文人 14.29%下降到 0%；「支／歌戈／麻」混韻也維持在 0%。

3. 「歌戈／麻」混韻，從《詩經》9.09%，上升至《楚辭》屈宋 10.71%、西漢文人 12.5%、東漢文人 14.29%、三國詩歌 22.22%，顯示「歌戈／麻」的關係越來越密切。

二、歌部的例外押韻

（一）周朝之初至春秋之末

作　品	歌部總數	排行	用　韻　情　況	次數	百分比
詩經	60	1	歌部獨韻	55	91.66%
		2	歌元	3	5%
			歌錫	1	1.67%
			歌藥錫	1	1.67%

（二）戰國之初至秦朝之末

作　品	歌部總數	排行	用　韻　情　況	次數	百分比
楚辭屈宋	35	1	歌部獨韻	28	80%
		2	歌微	3	8.57%
		3	歌魚	2	5.71%
			歌脂	1	2.86%
			歌支	1	2.86%

（三）楚漢之初至新莽之末

作　品	歌部總數	排行	用韻情況	次數	百分比
西漢文人	31	1	歌部獨韻	16	51.6%
		2	歌微	5	16.13%
		3	歌支	4	12.9%
		4	歌鐸	2	6.45%
			歌元	1	3.23%
			歌月	1	3.23%
			歌脂	1	3.23%
			歌脂微	1	3.23%

（四）東漢之初至獻帝之末

作　品	歌部總數	排行	用韻情況	次數	百分比
東漢文人	17	1	歌部獨韻	7	41.19%
		2	歌支	4	23.53%
		3	歌魚	2	11.76%
			歌元	1	5.88%
			歌微	1	5.88%
			歌魚微	1	5.88%
			歌脂微	1	5.88%

說明：

1.「歌微合韻」從《楚辭》屈宋 8.57%，上升至西漢文人 16.13%。東漢文人雖降至 5.88%，但加上「歌魚微」、「歌脂微」合韻，則高達 17.64%。詳細的用韻情況見前文「脂微部與歌部的關係」。

2「歌支合韻」從《楚辭》屈宋 2.86%，上升到西漢文人 12.9%、東漢文人 23.53%，顯示「歌支」關係越來越密切。三國詩歌再提升至 33.35%，成為歌部最頻繁的用韻情況：

作　品	歌部總數	排行	用韻情況	次數	百分比
三國詩歌	63	1	歌支	21	33.35%
		2	歌部獨韻	18	28.57%
		3	歌魚	13	20.63%
		4	歌微	3	4.76%
		4	歌支微	3	4.76%
		6	歌支脂	2	3.17%
		6	歌脂微	2	3.17%
			歌魚脂	1	1.59%

3. 東漢「歌魚」百分比 11.76%；三國詩歌上升到 20.63%，顯示「歌魚」有一定程度上的用韻關係。

三、支歌兩部的合韻關係

（一）研究回顧

「支歌合韻」所牽涉到的語音問題較為複雜，王力〈先秦古韻擬測問題〉曾說：

> 我們本來可以設想支部為ε（其入聲錫部為εk），讓它與歌部的ai
> 比較接近，但是由於支耕對轉的關係，終於擬成了e。這個問題沒有
> 解決得很好，留待來哲討論。（王力 1964／2000：228）

這個「沒有解決得很好」的問題，其他學者或從「歌部支與支部支合流」或從「支部*-i分裂成複元音ia」嘗試解決，但迄今仍缺乏共識。底下節錄兩種觀點：

1.「歌部支」與「支部支」合流

羅常培、周祖謨（1958）指出：

歌部和支部，在《詩》韻裏是分割很清楚的兩部……，但是在晚周的時候歌部字已經有跟支部字相通的例子……，到西漢時期歌支兩部相叶更為普遍，幾乎支部的字都跟歌部字押韻。（羅常培、周祖謨 1958：24）

《詩經》以降「支歌」開始押韻，到了西漢只要出現支部字的韻段，幾乎都與歌部字相押。既然「支歌」的關係密切，為什麼不把兩部字合併呢？羅常培、周祖謨（1958）說：

西漢時期歌支兩部的讀音是很接近的，很像是併為一部。但是歌部字可以跟魚部字押韻，而支部字絕不跟魚部字押韻，足見歌支兩部還不能就做為一部看待。（羅常培、周祖謨 1958：26）

引文從歌部、支部與魚部的關係，來指出「支歌」仍有界線存在。東漢「支歌」關係益加密切，因此羅常培、周祖謨（1958）把「歌部支韻」一系的字併到支部：

到了東漢，歌部和支部有了新的變化。魚部的麻韻一系的字併到歌部裏來，而歌部的支韻一系的字併入到支部裏去。（羅常培、周祖謨 1958：26）

此外，羅常培、周祖謨（1958）說「歌部支」和「支部支」相押；「歌部歌麻」和「支部佳」相押，由此可以看出歌部支、歌麻不同以及支部支、佳有別：

歌支通押中在字類上也有一些分別。歌部跟支部支韻一系押韻的字大體都是歌部的支韻字，歌部跟支部佳韻一系押韻的字大體都是歌部的歌韻字和麻韻字。這裏就表現出歌部的支韻字和歌部的歌麻兩韻字有分別，同時也表現出支部的支韻字和支部的佳韻字有分別。（羅常培、周祖謨 1958：49）

除了「歌部支韻」轉入支部外，東漢部分脂部從「爾、累」得聲的字，也轉入支部，羅常培、周祖謨（1958）說：

《詩經》音屬於脂部的爾字累字和從爾從累得聲的字從東漢開始也轉入支部。（羅常培、周祖謨 1958：26）

綜上所述：羅常培、周祖謨（1958）主張「支歌合韻」除了中古支韻字合

流外，也有「歌部歌麻」與「支部佳」相押，不過未對後者多做解釋。此外，脂部的從「爾、累」得聲之字也轉入了支部。

2. 支部*-i分裂成複元音iǎ，與歌部-a相押

李方桂（1971 / 2001）指出歌部有與元部字（韻尾*-n）諧聲、押韻的痕跡，因此在歌部*-a元音後面擬了韻尾輔音*-r。周朝晚年開始，歌部*-r尾失落，支部*-g尾也失落，且*-i元音分裂成複合元音iǎ或iě，因此與歌部字及脂部字相押。李先生說：

> 這類（支錫部）到周朝晚年就開始與歌部有互協的現象，這似乎指示韻尾*-r跟*-g已開始失落。至少有些方言是如此的，而佳部（即支部）的元音*-i也開始分裂為複合元音*iǎ或*iě。（李方桂 1971 / 2001：69）

（二）「支歌合韻」所反映的語音現象

羅常培、周祖謨（1958）說西漢支部字幾乎都與歌部字相押，從我們所調查的支部用韻情況來看的確如此：

作　品	支部總數	排行	用　韻　情　況	次數
西漢文人	5	1	支歌	4
		2	支錫	1
			支部獨韻	0

至於「支歌」不合併的原因，除了羅常培、周祖謨（1958）所說：歌部可以和魚部字相押，支部不可以外。從歌部角度來看，西漢「歌支合韻」僅佔所有歌部字韻段 12.9%，排第三位，甚至還低於「歌微合韻」16.13%。如果「歌支」要合併，那麼「歌微」也有合併的必要了。

我們同意羅常培、周祖謨（1958）「歌部支」併入支部的觀點，不過時間點應在稍晚的三國，而非東漢，理由有二：

1. 東漢文人「歌部獨韻」中，「支／歌戈」混韻 14.29%，顯示「歌部支」和「歌部歌戈」尚未完全分開；三國「支／歌戈」降至 0%。

2. 「歌支合韻」從西漢文人 12.9%，上升到東漢文人 23.53%、三國詩歌 33.35%。如果「歌部支韻」東漢時併入支部，那麼東漢到三國就不該有 9.82% 的增幅。

底下另外整理《楚辭》屈宋到三國詩歌「支歌合韻」韻段的幾張表：

1. 楚辭屈宋

作者	篇　名	韻　　字	上古韻	中古韻	韻　攝
屈原	少司命	知／離	支／歌	支	止

2. 先秦民歌

作者	篇　名	韻　　字	上古韻	中古韻	韻　攝
不詳	琴歌附	雌／皮廖為	支／歌	支	止
不詳	成相雜辭	徙／施禍	支／歌	紙／寘果	止／止果
不詳	琴歌	雞／為皮	支／歌	齊／支	蟹／止
不詳	琴歌附	奚谿雞柴／為皮	支／歌	齊齊齊佳／支	蟹／止

3. 西漢文人

作者	篇　名	韻　　字	上古韻	中古韻	韻　攝
東方朔	哀命	知／離	支／歌	支	止
劉向	思古	灑／離	支／歌	寘	止
劉向	惜賢	螽／嵯	支／歌	支	止
劉向	愍命	柴／荷	支／歌	佳／歌	蟹／果

4. 東漢文人

作者	篇　名	韻　　字	上古韻	中古韻	韻　攝
崔駰	七言詩	規／池儀	支／歌	支	止
張衡	歌	枝／猗	支／歌	支	止
王逸	傷時	支／為	支／歌	支	止
王逸	疾世	岐／義	支／歌	支／寘	止

5. 兩漢民間

作者	篇　名	韻　　字	上古韻	中古韻	韻　攝
不詳	高誘引諺論毀譽	知／為	支／歌	支	止
不詳	艷歌何嘗行	知／離	支／歌	支	止
不詳	豔歌行	簃／為	支／歌	支	止
不詳	滿歌行	知／犧羅為移	支／歌	支	止
不詳	滿歌行	支知／犧羅移	支／歌	支	止
不詳	古詩為焦仲卿妻作	枝／池離	支／歌	支	止
不詳	苫梁妻歌	知／離隳	支／歌	支	止

不詳	岐山操	岐知斯／移	支／歌	支	止
不詳	古詩十九首	枝知涯／離	支／歌	支支佳／支	止止蟹／止
不詳	豔歌行	啼／離	支／歌	齊／支	蟹／止
不詳	練時日	麗／麗	支／歌	霽／紙	蟹／止

6. 三國詩歌

作　者	篇　名	韻字	上古韻	中古韻	韻　攝
王粲	從軍詩	知眥規／為隨垂麾移施虧	支／歌	支	止
劉楨	詩	枝眥／移	支／歌	支	止
徐幹	於清河見挽船士新婚與妻別詩	枝知／離隨移馳池	支／歌	支	止
曹丕	秋胡行	知／為儀危移	支／歌	支	止
曹丕	善哉行	枝知／為馳	支／歌	支	止
曹丕	猛虎行	知／儀池	支／歌	支	止
曹丕	秋胡行	枝／為	支／歌	支	止
曹丕	豔歌何嘗行	兒知／隨離虧	支／歌	支	止
甄皇后	塘上行	知／離儀	支／歌	支	止
曹叡	櫂歌行	祇／移隨媯	支／歌	支	止
曹植	木連理謳	枝規／披	支／歌	支	止
曹植	公讌詩	枝斯／疲隨差池移	支／歌	支	止
嵇康	述志詩	知枝／池羲陂宜離施儀崖羇馳為	支／歌	支	止
阮籍	詠懷詩	枝／池宜籬隨	支／歌	支	止
阮籍	詠懷詩	知／移差離迤	支／歌	支／支支支紙	止
阮瑀	駕出北郭門行	枝斯兒知眥規啼嘶／馳施皮離	支／歌	支支支支支支齊齊／支	止止止止止止蟹蟹／止
曹植	白馬篇	兒支卑蹄鞮／馳垂螭移差	支／歌	支支支齊齊／支支支支麻	止止止蟹蟹／止止止止假
曹丕	釣竿行	筵涯／為	支／歌	支佳／支	止蟹／止
曹植	升天行	枝谿涯／馳	支／歌	支齊佳／支	止蟹蟹／止
繁欽	槐樹詩	涯／離	支／歌	佳／支	蟹／止
曹植	桂之樹行	佳涯／螭	支／歌	佳／支	蟹／止

從歌部角度看，「歌支合韻」除了〈成相雜辭〉「禍」字、劉向〈愍命〉「荷」字屬於「歌部歌戈」；〈白馬篇〉「差」字屬於「歌部麻」，其餘都是「歌部支」。羅常培、周祖謨（1958）說：

> 歌部跟支部支韻一系押韻的字大體都是歌部的支韻字，歌部跟
> 支部佳韻一系押韻的字大體都是歌部的歌韻字和麻韻字。（羅常培、
> 周祖謨 1958：49）

事實上，「歌部支」除了與「支部支」相押外，也與「支部佳齊」通叶。「歌部歌麻」與「支部佳」押韻倒是絕少出現。我們可以說「歌支合韻」大體是「歌部支」併入支部的音變現象（jai＞je），但必須解決下面兩種合韻情況：

1. 「歌部歌戈」為何與「支部」相押？
2. 「歌部支」為何與「支部佳齊」相押？

合韻 1 的情況不多，且出現在時代較早的先秦以及西漢文人用韻，可以想見「歌部支」併入支部的初期，部分「歌部歌戈字」也往支部移動。《廣韻》又音可見上古歌部字的諧聲偏旁，兼有「果攝」和「止攝」兩讀：

諧聲偏旁	被諧字（止攝讀音／果攝讀音）
從隋得聲	隋（旬為切／徒果切、他果切）、墮（許規切／徒果切、他果切）、鬌（以水切／徒果切、他果切）、鬌（直垂切／丁果切、徒果切）。
從差得聲	嵯（同嵳字，楚宜切／昨何切）、鹺（同齹字，楚宜、士宜切／昨何切）、蓋（即夷切／昨何切）、縒（楚宜切／蘇可切）。
從也得聲	池（直離切／徒河切）。
從它得聲	詑（弋支切、香支切／徒何切、徒可切、土禾切）、蛇（弋支切／託何切，另有麻韻食遮切的讀音）。
從崇得聲	揣（初委切／丁果切）。
從奇得聲	旖（於綺切／烏可切）。
從多得聲	哆（池爾切／徒可切）、哆（尺氏切、昌志切／丁可切、丁佐切）。
從我得聲	蛾（魚倚切／五何切）。
從皮得聲	紴（匹靡切／博禾切）、跛（彼義切／布火切）。
從羸得聲	𨏥（力為切／魯過切）。
從垂得聲	種（是偽切／徒果切）。

這些上古歌部字，同時兼有中古果攝、止攝兩讀，應是音變初期階段部分「歌部歌戈」的字也產生止攝讀音，用韻上即與支部字相押。〈成相雜辭〉

「禍」从「咼」聲，同樣从「咼」得聲的「㞄」字，《康熙字典》曰：

> 【唐韻】於跪切【集韻】鄔毀切，𠀤音委。【說文】鷙鳥食已，吐其皮毛如丸。从丸咼聲，讀若骫。又【廣韻】許委切【集韻】虎委切，𠀤音毀。〔註28〕

其中於跪切、鄔毀切、許委切、虎委切都是止攝讀音。劉向〈愍命〉「荷」从「可」得聲，與「何、歌」等字另有止攝讀音，因此與支部、脂微部的止攝字相押。

合韻2的情況，大約從《楚辭》屈原作品開始有「歌部支」往支部移動的音變現象，而支部「支」與「佳齊」分離的時間較晚，因此元音高化的歌部字，可同時與支部「支」、「佳齊」相押。這種現象到了三國、西晉仍持續著，顯示支部支、佳齊仍有一定程度上的用韻關係。

四、魚歌兩部的合韻關係

邵榮芬（1997）指出兩漢「魚部麻」併入歌部：

> 魚部麻韻字在前漢時期跟歌部字通押的就已經時有所見，到了後漢時期，它們逐漸併入歌部，就是很自然的了。尤其張衡以後，這種趨勢更為明顯。（邵榮芬 1997：105）

多數學者認為上古歌部字帶韻尾（如：李方桂 ar、鄭張 al、ai），與其從「魚部麻韻」增生韻尾來併入歌部，不如說「歌部歌戈麻」韻尾脫落併入魚部。從「魚歌」用韻情況來看，兩漢只是音變起點，完全併入可能晚至西晉，理由在於「魚歌合韻」（中古麻韻字合流）從周秦到東漢佔魚部韻段的百分比不高。三國成長到 15.29%，西晉更成長到 35.44%，顯示兩漢「歌部歌戈麻」不足以併入魚部，音變完成的時間點可能在西晉。

第九節　陰聲韻部結論

一、之　部

「之部獨韻」從《詩經》82.77%下降到東漢文人 56.25%，顯示之部的例外

〔註28〕張玉書等編《康熙字典》，上海：上海書店出版社，1985年12月，頁211。

押韻漸趨頻繁。其中又以「之幽」、「之魚」等合韻現象較值得關注。

之部「之脂（止攝）／尤有宥厚（流攝）」混韻，從《詩經》34.73%下降到東漢文人11.11%，顯示「之脂／尤有宥厚」的界線逐漸清楚。若是完全分開，時間點應在魏立之初至孫吳之末。

二、幽　部

「幽部獨韻」從《詩經》84.6%下降到東漢文人 50%，顯示幽部的例外押韻漸趨頻繁。其中又以「幽之」、「幽侯」等合韻現象較值得關注。周秦至三國「幽宵」接觸的情況並不頻繁，兩部「效攝字合流」的時間點應該更晚。幽覺（陰入相押）自西漢起不再通叶。

幽部「蕭宵肴豪（效攝）／尤侯幽（流攝）」混韻，從《詩經》49.08%下降到三國詩歌8.33%，顯示幽部「效／流」兩攝的界線逐漸清楚。

三、之幽合韻

上古「之幽合韻」並非單一因素所造成。《詩經》「之幽」因為合韻百分比低且出現於用韻寬緩的篇章，反映出來的是「音近合韻」。《楚辭》屈原作品中，與幽部合韻的之部字，大多在同屬屈原作品的韻段中仍押之部字；與之部合韻的幽部字，大多仍押幽部字，因此也只能夠是「用韻寬緩」。

兩漢「之部尤有韻」開始與幽部字合流，使得部分地區「尤、久、牛、丘」等字轉入幽部；部分地區仍與之部字相押，反映出「同字異讀」現象。從諧聲字及《廣韻》又音來看，少數幽部字如：「仇、浮」等兼讀作之部字韻基。總之，不論「從之到幽」、「從幽到之」，都是可行的音變路徑，只不過限於某些特定字。

三國「之部流攝字」併入幽部，形成中古流攝格局的前身。

四、宵　部

「宵部獨韻」從《詩經》68.97%到三國66.67%維持在一定的百分比。宵藥（陰入相押）佔《詩經》宵部韻段18.97%，西漢文人降至10%，東漢對轉關係消失。

五、侯　部

「侯部獨韻」從《詩經》78.39%下降到東漢文人 21.05%，顯示侯部的例外押韻漸趨頻繁。其中又以「侯幽」、「侯魚」等合韻現象較值得關注。侯屋（陰入相押）佔《詩經》侯部韻段 13.51%，到了兩漢幾乎不再接觸。

六、魚　部

「魚部獨韻」從《詩經》88.04%下降到東漢文人 47.21%，顯示魚部的例外押韻漸趨頻繁。其中又以「魚侯」、「魚宵」等合韻現象較值得關注。魚鐸（陰入相押）從周秦到西漢維持在一定的百分比；東漢不再押韻，顯示魚鐸的陰入關係消失。

魚部「麻（假攝）／魚（遇攝）」混韻，從《詩經》40.12%下降到東漢文人 11.76%，顯見魚部「麻」、「魚虞模」的界線逐漸清楚。

七、侯魚合韻

「侯魚合韻」的音變起點是西漢，西漢到三國是快速成長時期，西晉時期音變完成。音變方向是「魚部魚虞模」的主要元音後化、高化往「侯部虞」移動（a＞o），部分韻段可見「侯部侯厚」與「魚部魚虞模」相押的例子，比較好的解釋，是魚部主要元音後化、高化的同時（a＞o），部分韻段「侯部侯韻字」尚未轉入幽部（o＞u），因此與元音後化、高化的「魚部魚虞模」相押。

八、幽侯魚合韻

「魚部魚虞模」主要元音後化、高化入侯部的同時（a＞o），「侯部侯韻」受鏈式音變的影響轉與「幽部尤韻」相押（o＞u），形成中古流攝格局的前身。部分「幽部尤」與「侯部虞」接觸的韻段，可以說明有少數幽部字轉入侯部，因此除了與「侯部虞」合韻，也可與元音後化、高化的「魚部魚虞模」相押。

九、之侯魚合韻

之部「母、部、不」等唇音聲母字，兩漢轉入侯部，因此與侯部（o）、魚部（a＞o）的魚虞模韻字相押。大約到了晉朝轉入「幽部尤韻」（ə＞o＞u）。

十、宵魚合韻

《詩經》、《楚辭》屈宋、西漢文人皆未見「宵魚合韻」。到了東漢「宵魚」占宵部韻段 30%，排第 1 位，但僅見於王逸作品當中，應是受方言因素影響的合韻現象。

十一、支　部

「支部獨韻」從《詩經》80%下降到三國詩歌 6.45%，顯見支部的例外押韻漸趨頻繁。其中又以「支歌合韻」最值得關注。

十二、脂微部

從「算術統計法」來看，周秦「脂微」沒有分作兩部的理由。西漢以後「脂微」有分裂成止、蟹兩類的趨勢，並與歌部、支部的止攝字和蟹攝字相押，逐步形成中古止、蟹兩攝格局的前身。

十三、歌　部

「歌部獨韻」從《詩經》91.66%下降到東漢文人 41.19%，顯示例外押韻漸趨頻繁。其中又以「歌微」、「歌支」、「歌魚」等合韻現象較值得關注。

東漢歌部「支」與「歌戈／麻」有分離的趨勢，三國時期完全分開。「歌戈／麻」混韻，從《詩經》9.09%上升到三國詩歌 22.22%，顯示「歌戈／麻」關係越來越密切。

十四、「脂微」與歌部合韻

《楚辭》屈宋以下，歌部的某些字可與「脂微」相通，一是反映中古「止攝字合流」的過程；二是少數歌部果攝字兼有脂部、微部止攝字的讀音（何、歌、峨）。

歌部「蛇」字與脂部「夷」、微部「雷」相押，反映《楚辭》屈原「脂微」應是一個整體，不可分割。「池、離」等歌部止攝字，除了與「悲、哀、歸」等微部止攝字通叶外，還和「頹、哀」等微部蟹攝字相押，原因在於《楚辭》屈宋、西漢文人微部「支脂微／皆灰咍」混韻仍高達 55.56%及 42.11%，因此歌部止攝字元音高化後，兼押微部止攝、蟹攝字。

十五、支歌合韻

《詩經》以降「支歌」開始通叶，到了西漢只要出現支部字的韻段，幾乎都與歌部字相押。我們注意到「歌部支」除了與「支部支」合韻外，也與「支部佳齊」相押；「歌部歌麻」與「支部佳」通叶倒是絕少出現。因此可以確定「歌支合韻」大抵是「歌部支」併入支部的音變現象（jai＞je），但必須解決下面兩種押韻情況：

1. 「歌部歌戈」為何與「支部」相押？
2. 「歌部支」為何與「支部佳齊」相押？

合韻 1 的情況不多，且出現在時代較早的先秦及西漢文人用韻，可以想見「歌部支」併入支部的初期，部分「歌部歌戈字」也往支部移動。合韻 2 的情況，大約從《楚辭》屈原作品開始有「歌部支」往支部移動的音變現象，而支部「支」與「佳齊」分離的時間較晚，因此元音高化的歌部字，可兼押支部「支」、「佳齊」。

十六、魚歌合韻

多數學者認為上古歌部字帶韻尾（如：李方桂 ar、鄭張 al、ai），與其從「魚部麻韻」增生韻尾來併入歌部，不如說「歌部歌戈麻」脫落韻尾併入魚部。從「魚歌」的用韻情況來看，兩漢只是音變起點，完全併入可能晚至西晉。

第參章　從詩歌用韻看入聲韻部的演變

第一節　職部的用韻情況

一、職部獨韻

（一）周朝之初至春秋之末

作　品	職部	職部獨韻	百分比	中　古　韻	次數	百分比
詩經	110	85	77.27%	志／宥	1	1.18%
				志／怪隊代／宥	1	1.18%
				麥／職德	7	8.24%
				屋／至	1	1.18%
				屋／麥	1	1.18%
				屋／麥／職德	2	2.35%
				屋／職德	24	28.24%
				屋／怪隊代／職德	2	2.35%
				職德	42	49.39%
				質／職德	1	1.18%
				怪隊代／職德	3	3.53%

（二）戰國之初至秦朝之末

作　品	職部	職部獨韻	百分比	中　古　韻	次數	百分比
楚辭屈宋	34	25	73.53%	志	1	4%
				志／怪隊代	1	4%
				屋／職德	7	28%
				職德	14	56%
				怪隊代	1	4%
				怪隊代／職德	1	4%

（三）楚漢之初至新莽之末

作　品	職部	職部獨韻	百分比	中　古　韻	次數	百分比
西漢文人	22	15	68.17%	志／職德	1	6.67%
				麥／職德	2	13.33%
				屋／職德	3	20%
				職德	9	60%

（四）東漢之初至獻帝之末

作　品	職部	職部獨韻	百分比	中　古　韻	次數	百分比
東漢文人	9	8	88.89%	屋／職德	2	25%
				職德	6	75%

說明：

1.「職部獨韻」從《詩經》77.27%，略降至《楚辭》屈宋 73.53%、西漢文人 68.17%。東漢文人迅速竄升至 88.89%；三國詩歌維持在 86.35%，如下表所示：

作　品	職部	職部獨韻	百分比	中　古　韻	次數	百分比
三國詩歌	22	19	86.35%	屋／職德	2	10.53%
				職德	17	89.47%

2. 古韻分部自黃侃以下，把部分中古去聲字歸到上古入聲，因此王力先生（1963／2000）說：

> 江氏（江永）、戴氏（戴震）所了解的上古入聲韻部，跟今天我們所了解的上古入聲韻部大不相同。當時他們是把《廣韻》去聲至未霽祭泰怪夬隊廢等韻歸到陰聲韻去，而我們今天卻把這些韻基本

上歸到入聲韻部裡來。（王力 1963／2000：170）

郭錫良《漢字古音手冊》把「至志」、「怪隊」、「宥」等中古去聲字歸到入聲職部。從上面的表來看，《詩經》「屋／至」、「屋／怪隊代／職德」、「怪隊代／職德」；《楚辭》屈宋「怪隊代／職德」；西漢文人「志／職德」等中古去、入聲混押的百分比都不高。到了東漢文人職部只剩下「屋／職德」、「職德」兩類入聲韻，去聲「至志」、「怪隊」、「宥」不再與入聲字相押。

　　3.「職德」從《詩經》49.39%，上升到《楚辭》屈宋 56%、西漢文人 60%、東漢文人 75%、三國詩歌 89.47%，顯示「職德」逐步成為職部最主要的用韻情況。

二、職部的例外押韻

（一）周朝之初至春秋之末

作　品	職部總數	排行	用韻情況	次數	百分比
詩經	110	1	職部獨韻	85	77.27%
		2	職之	20	18.18%
		3	職覺	4	3.64%
			職緝	1	0.91%

（二）戰國之初至秦朝之末

作　品	職部總數	排行	用韻情況	次數	百分比
楚辭屈宋	34	1	職部獨韻	25	73.53%
		2	職之	6	17.65%
			職質	1	2.94%
			職覺	1	2.94%
			職陽	1	2.94%

（三）楚漢之初至新莽之末

作　品	職部總數	排行	用韻情況	次數	百分比
西漢文人	22	1	職部獨韻	15	68.17%
		2	職之	5	22.73%
			職覺	1	4.55%
			職緝	1	4.55%

（四）東漢之初至獻帝之末

作　品	職部總數	排行	用韻情況	次數	百分比
東漢文人	9	1	職部獨韻	8	88.89%
			職之	1	11.11%

說明：《詩經》、《楚辭》屈宋、西漢文人「職之」（陰入對轉）百分比維持在 2 成上下。東漢文人剩下 11.11%，三國詩歌降至 0%，如下表所示：

作　品	職部總數	排行	用韻情況	次數	百分比
三國詩歌	22	1	職部獨韻	19	86.35%
			職覺	1	4.55%
			職錫質	1	4.55%
			職覺屋物	1	4.55%
			職之	0	0%

三、之職兩部的對轉關係

（一）研究回顧

前人對上古陰入關係的看法，大致可以分成「陰聲韻具輔音韻尾」及「陰聲韻不具輔音韻尾」兩派：

1. 陰聲韻具輔音韻尾

面對《詩經》用韻及諧聲系統的陰入關係，部分學者主張上古陰聲韻部具有輔音韻尾*-b、*-d、*-g，陸志韋先生（1985）說：

> 六朝以後入聲配陽聲。古音入聲配陰聲。這是顧炎武的創見。
>
> 後來王念孫、江有誥把段氏的第七、第八、第十二部裏的入聲分了
> 出來，上古音-m、-n、-ŋ對-b、-d、-g、-p、-t、-k的格局已經立定，
> 只是葉部、緝部不配陰聲，歌部沒有入聲，大純小疵而已。［註1］

李方桂先生（1971／2001）也主張陰聲韻部具有輔音韻尾，但沒什麼好的證據去解決這個問題：

> 其實陰聲韻就是跟入聲相配為一個韻部的平上去聲的字。這類

［註1］陸志韋〈陰入聲的通轉並論泰夬廢祭〉，《陸志韋語言學著作集》（一），北京：中華
　　　書局，1985 年 5 月，頁 168。

的字大多數我們也都認為有韻尾輔音的，這類的韻尾輔音我們可以寫作*-b、*-d、*-g等。但是這種輔音是否是真的濁音，我們實在沒有什麼很好的證據去解決他。（李方桂 1971 / 2001：33）

2. 陰聲韻不具輔音韻尾

王力先生（1960 / 2000）指出陰聲是不具有輔音韻尾的開口音節，他說：

> 在陰聲和入聲的收音方面，基本上依照錢玄同的擬測，把陰聲定為開口音節，入聲定為閉口音節，問題就解決了。（王力 1960 / 2000：150）

王力批評陰聲韻具輔音韻尾的說法有不合理之處，如：「完全沒有開口音節的語言是世界上所沒有並且不曾有過的。」（王力 1960 / 2000：169）又如：「在漢藏語系中，韻尾-g，-d，-b和-k，-t，-p是不能同時存在的。」（王力 1960 / 2000：163）既然陰聲韻不具備輔音韻尾，那麼為什麼陰入可以相押？原因在於入聲韻尾-k、-t、-p在漢語音節尾是唯閉音，聽覺上不易感知，因此可以和主要元音相同的陰聲韻部相押。

陰聲韻部構擬輔音韻尾的好處，在於可以凸顯上古的陰入關係，並以舌根尾-g、舌尖尾-d、雙唇尾-b的面貌，與入聲-k、-t、-p及陽聲-ŋ、-n、-m相配。但是遺留三個問題：一是上古漢語因此幾乎沒有開音節；二是現代漢語沒有留下-g，-d，-b的痕跡；三是上古陰入關係並不如想像中密切。前面兩點王力〈上古漢語入聲和陰聲的分野及其收音〉（1960 / 2000）一文已經論述得很清楚，這裡不再多談。第三點，從郭錫良先生（1987 / 2005）的統計數字來看：

> 全部《詩經》韻例共 2747 組，合韻、通押的各種情況如下：
>
> 陰聲合押 63　　占 2.3%弱
>
> 入聲合押 33　　占 1.2%強
>
> 陽聲合押 23　　占 0.8%強
>
> 陰入通押 69　　占 2.6%強
>
> 陰陽通押 11　　占 0.4%強
>
> 陽入通押 3　　占 0.1%強
>
> 如果百分之三不到的陰入通押必須擬成兩套相近的塞音韻尾才

算合理，那麼百分之一以上的輔音韻尾相距很遠的音節相押，又當如何處理呢？必須承認，上古詩文押韻要比後代寬一些，可以有唯閉音的*-uk和*u相押等一類不完全韻。〔註2〕

郭先生指出《詩經》陰入通叶僅占所有韻段的 2.6%強，且是上古詩文「用韻較寬」所造成。換言之，即承認 *-ə（之部）本來就可以和主要元音相同的*-ək（職部）通押。這種入聲「聽覺上不易感知」的觀點，解釋了陰入通押的問題，但從擬音來看無法解決下面的疑問（擬音參見郭錫良《漢字古音手冊》）：

（1）*-ə（之）為什麼專配*-ək（職）*-əŋ（蒸），而不配*-ət（物）*-ən（文）、*-əp（緝）*-əm（侵）。

（2）*-e（支）為什麼專配*-ek（錫）*-eŋ（耕），而不配*-et（質）*-en（真）。

（3）*-a（歌）為什麼專配*-at（月）*-an（元），而不配*-ap（葉）*-am（談）。

由此可見，上古「陰入對轉」的問題正如魯國堯先生（2005）所言：

這是一個老大難的問題！很多學人進行過探討，研究，方案不少，高論疊現，呈現出百家爭鳴的可喜局面。但是，沒有一家的學說是盡善盡美的。〔註3〕

底下就我們掌握的「之職對轉」數據來看：

（1）佔《詩經》之部韻段 11.49%；職部韻段 18.18%。

（2）佔《楚辭》屈宋之部韻段 8.45%；職部韻段 17.65%

（3）佔西漢文人之部韻段 11.11%；職部韻段 22.73%。

（4）佔東漢文人之部韻段 6.25%；職部韻段 11.11%。

有沒有必要為了「之職」1-2 成的百分比，把周秦到東漢之部字全擬上*-g尾？實有再商榷的必要。此外，部分學者認為上古「去入一類」，因此將部分中古的去聲字歸到上古入聲，如王力先生（1960／2000）所言：

〔註2〕郭錫良〈也談上古韻尾的構擬問題〉（1987），《漢語史論集》，北京：商務印書館，2005 年 10 月，頁 342。

〔註3〕魯國堯〈對詩經音系陰聲韻具輔音韻尾說的思考〉（稿），《第九屆國際暨二十三屆全國聲韻學學術研討會論文集》（下冊），臺中：靜宜大學中文系，2005 年 5 月，頁演講 2～5。

他（高本漢）把一些去聲字如「異」、「意」、「富」、「代」、「告」、「釣」、「耀」、「貌」、「易」、「避」等的上古音擬成收-g，那是有相當理由的；我們雖不同意擬成收-g，但是我們同意把這類去聲字擬成閉口音節（收-k），因為它們本來是古入聲。（王力 1960 / 2000：154）

又說：

上古入聲實有兩類，其中一類後代變為去聲，這就是說，從閉口音節發展為開口音節，另一類則維持閉口音節直到中古漢語裡和現代某些方言裡。（王力 1960 / 2000：157）

這些「中古去」是否歸到「上古入」所依據的標準有二：

1. 諧聲系統

王力（1937 / 2000）說：

「視」、「致」在中古同屬去聲，但是「視」在上古應屬陰聲韻，「致」在上古應屬入聲韻，我們往往可以這樣檢查：凡同聲符的字有在平上聲的，就算陰聲韻（如果不屬陽聲韻的話），例如「視」從示聲，而示聲中有「祁」（平聲），可見「視」屬陰聲韻；又如「致」從至聲，而至聲有室（入聲），可見「致」屬入聲韻。（王力 1937 / 2000：118）

2. 韻　文

王力（1960 / 2000）說：

例如「吠」字，它根本沒有聲符，但是《詩經·召南·野有死麕》以「吠」叶「脫」、「悅」，「吠」顯然是入聲字。（王力 1960 / 2000：139）

依循這兩項標準，郭錫良《漢字古音手冊》也將許多中古的去聲字，如「異、試、富、戒」……等字歸到上古入聲。但仔細斟酌，這些中古去聲字是否真讀作上古入聲可能是個問題？如以「異」字為例：

《詩經·邶風·靜女》：自牧歸荑，洵美且（異）。匪女之為美，美人之（貽）。

「異」是中古志韻字，一般歸入上古職部；同韻段「貽」字是中古之韻

字，歸入上古之部，看起來是個「之職對轉」的韻段。但我們再看下面幾個韻段：

屈原〈橘頌〉：嗟爾幼志，有以（異）兮。獨立不遷，豈不可（喜）兮？

屈原〈離騷〉：民好惡其不同兮，惟此黨人其獨（異）。戶服艾以盈要兮，謂幽蘭其不可（佩）。

屈原〈思美人〉：解萹薄與雜菜兮，備以為交（佩）。佩繽紛以繚轉兮，遂萎絕而離（異）。

荀子〈佹詩〉：琁玉瑤珠，不知（佩）也。雜布與錦，不知（異）也。

〈書後賦詩附〉：寶珍隋珠，不知（佩）兮。褘布與絲，不知（異）兮

這 5 個韻段「異」字全是和陰聲字「喜、佩」相押，和入聲字通叶 1 例也沒有，顯然「異」字是個非入聲的讀音。再舉「試」字為例：

《詩經・南有嘉魚之什・采芑》：鴥彼飛隼，其飛戾天，亦集爰（止）。方叔止，其車三千，師干之（試）。

《詩經・南有嘉魚之什・采芑》：薄言采芑，于彼新田，于此菑（畝）。方叔蒞止，其車三千，師干之（試）。

「試」是中古志韻字，一般歸入上古職部。同韻段「止」是中古止韻字、「畝」是中古厚韻字，一般歸入上古之部。「試」和「止、畝」相押，依當前古韻歸部只能是「之職對轉」。再看「試」字其它韻段：

《詩經・魯頌・閟宮》：俾爾昌而（熾），俾爾壽而（富）。黃髮臺（背），壽胥與（試）。

「熾、富、背」和「試」字一樣都被歸到上古職部。不過「熾」是中古志韻字，「富」是中古宥韻字，「背」是中古隊韻字，它們都是中古去聲字，這個韻段很可能就是去聲字相押。

上面的例子說明把大量中古去聲字歸到上古入聲，徒增「陰入對轉」的困

擾。事實上真正陰入通叶的例子不多。再舉「戒」字為例，這是個中古怪韻字，依《詩經》韻例歸到上古職部，如：

　　《詩經・小雅・鹿鳴之什・采薇》：四牡翼（翼），象弭魚（服）；
豈不日（戒），玁狁孔（棘）。

　　《詩經・大雅・蕩之什・常武》：整我六師，以修我戒，既敬既
（戒），惠此南（國）。

依這兩個韻段把「戒」字歸入上古職部相當合理，但忽略了「戒」字也常常和去聲字相押，如：

　　《詩經・小雅・谷風之什・楚茨》：禮儀既（備），鐘鼓既（戒）。
孝孫徂位，工祝致（告）。

　　《詩經・小雅・甫田之什・大田》：大田多稼，既種既（戒），既
備乃（事）。

　　屈原〈九歌・天問〉：皇天集命，惟何（戒）之？受禮天下，又
使至（代）之？

這些例子說明前人把「異、試、戒……」等中古去聲字歸到上古入聲未必可信。此外，陰入關係除了「去入」通叶外，也有不少「上入」相押，如：

　　《詩經・周頌・臣工之什・潛》：有鱣有（鮪），鰷鱨鰋（鯉）。
以享以（祀），以介景（福）。

韻段「鮪、鯉、祀」是中古上聲字；「福」是中古入聲字。

　　《詩經・大雅・生民之什・假樂》：假樂君（子），顯顯令（德）。

韻段「子」是上聲字；「德」是入聲字。

　　《詩經・小雅・谷風之什・楚茨》：楚楚者茨，言抽其（棘）。自
昔何為？我蓺黍（稷）。我黍與與，我稷翼（翼）。我倉既盈，我庾
維（億）。以為酒（食），以享以（祀），以妥以（侑），以介景（福）。

韻段「祀、侑」是上聲字；「福、棘、稷、翼、億、食」是入聲字。

綜上所述，總結出兩點結論：

1. 被劃入職部的中古去聲字大多與之部字通叶。

2. 與職部字押韻的既有中古去聲字，也有中古上聲字。

我們把這些劃入職部的中古去聲字與之部字相押的韻段去掉，那麼「之職對轉」只剩下：

1. 《詩經》

作者	篇　名	韻　字	上古韻	中古韻	韻　攝
不詳	臣工之什・潛	鮪鯉祀／福	之／職	旨止止／屋	止／通
不詳	生民之什・假樂	子／德	之／職	止／德	止／曾
不詳	蕩之什・崧高	事／式	之／職	志／職	止／曾
不詳	谷風之什・楚茨	祀勑／福食式稷極億	之／職	止代／屋職職職職職	止蟹／通曾曾曾曾曾
不詳	谷風之什・楚茨	祀侑／福棘稷翼億食	之／職	止賄／屋職職職職職	止蟹／通曾曾曾曾曾
不詳	蕩之什・蕩	止晦／式	之／職	止隊／職	止蟹／曾
不詳	節南山之什・小宛	又／克富	之／職	宥／德宥	流／曾流
不詳	文王之什・靈臺	囿來／伏虡	之／職	屋咍／屋職	通蟹／通曾
不詳	節南山之什・正月	載／輻意	之／職	海／屋志	蟹／通止
不詳	鹿鳴之什・出車	來載／牧棘	之／職	咍海／屋職	蟹／通曾
不詳	蕩之什・常武	來／塞	之／職	咍／德	蟹／曾
不詳	谷風之什・大東	載／息	之／職	海／職	蟹／曾
不詳	谷風之什・大東	來裘／服試	之／職	咍尤／屋志	蟹流／通止

2. 先秦民歌

作者	篇　名	韻　字	上古韻	中古韻	韻　攝
荀子	成相雜辭	辭事／備德	之／職	之志／至德	止／止曾
荀子	成相雜辭	忌態／備匿	之／職	志代／至職	止蟹／止曾
不詳	子產誦	嗣誨／殖	之／職	志隊／職	止蟹／曾

3. 西漢文人

作者	篇　名	韻　字	上古韻	中古韻	韻　攝
劉胥	歌	喜／虆	之／職	止／職	止／曾
東方朔	怨世	久／色	之／職	有／職	流／曾

重新統計這些「之職對轉」的百分比後，得到的數據如下：

1. 從《詩經》之部 11.49%降至 7.47%；從職部 18.18%降至 11.82%。

2. 從《楚辭》屈宋之部 8.45%降至 0%；從職部 17.65%降至 0%。

3. 從西漢文人之部 11.11%降至 4.44%；從職部 22.73%降至 9.09%。

4. 從東漢文人之部 6.25%降至 0%；從東漢文人 11.11%降至 0%。

從之部最高 7.47%的對轉百分比來看，把陰聲韻部全面擬上輔音韻尾顯得更不合理。

（二）之職對轉所反映的語音現象

我們把「中古去聲上古歸到入聲」的職部字去掉，「之職對轉」反映出三種語音現象：

1. 部分職部字兼有陰聲讀音

〈臣工之什・潛〉「福」字、〈節南山之什・正月〉「輻」字；〈蕩之什・崧高〉、〈蕩之什・蕩〉「式」字；〈子產誦〉「殖」字；劉胥〈歌〉「亟」字，除了職部外兼有之部韻基讀音。

「福」字，《廣韻》方六切、《集韻》敷救切；「輻」字，《廣韻》方六切、方副切兩讀。同樣從「畐」得聲之字，如：「副、髱、蔔」《廣韻》兼有去、入兩讀，可見從「畐」得聲之字除了入聲外兼有去聲讀音。回到《詩經》韻段來看：

> 《詩經・小雅・節南山之什・正月》：無棄爾輔，員于爾（輻）。

屢顧爾僕，不輸爾（載），終逾絕險，曾是不（意）！

「載」字中古代韻；「意」字中古志韻。「輻、載、意」應同是去聲讀音相押。

「式」字，《廣韻》賞職切（入聲）；同樣從「式」得聲的「試、弒」讀作式吏切（去聲）。回到《詩經》韻段來看：

> 《詩經・大雅・蕩之什・崧高》：亹亹申伯，王纘之（事）。于邑
> 于謝，南國是（式）。

> 《詩經・大雅・蕩之什・蕩》：文王曰：「咨！咨女殷商。天不湎
> 爾以酒，不義從（式）。既愆爾（止），靡明靡（晦）。

《詩經・大雅・蕩之什・崧高》與「式」相押的「事」字，中古讀作去聲志韻，但上古應讀作上聲，下面幾個韻段可以證明：

《詩經・召南・采蘩》：于以采蘩？于沼于（沚）。于以用之？公侯之（事）。

《詩經・大雅・蕩之什・抑》：於乎小（子）！未知臧（否）。匪手攜之，言示之（事）；匪面命之，言提其（耳）。借曰未知，亦既抱（子）。

《詩經・大雅・文王之什・綿》：迺慰迺（止），迺左迺（右），迺疆迺（理），迺宣迺（畝）。自西徂東，周爰執（事）。

《詩經・小雅・谷風之什・北山》：陟彼北山，言采其（杞）。偕偕士（子），朝夕從（事）。王事靡盬，憂我父（母）。

與「事」字相押的「沚、子、否、耳、子、止、右、理、畝、杞、母」全是上聲字，證明「事」字應讀作上聲，中古演變為去聲。

再看《詩經・大雅・蕩之什・蕩》與「式」字相押的「晦」字屬中古隊韻，上古也應讀作上聲，如：

《詩經・鄭風・風雨》：風雨如（晦），雞鳴不（已）。既見君子，云胡不（喜）？

既然《詩經・大雅・蕩之什・崧高》、《詩經・大雅・蕩之什・蕩》與「式」字相押的「事、止、晦」都讀作上聲，那麼上古「式」字自然也應讀作上聲。

「殖」字，《廣韻》常職切（入聲），《集韻》仕吏切，音事（去聲）。同樣從「直」得聲如「植、搢、埴」等字，《廣韻》兼有去入兩讀。從作者不詳的〈子產誦〉來看：

我有子弟，子產（誨）之。我有田疇，子產（殖）之。子產死，誰其（嗣）之。（逯欽立 1991：41）

與「殖」相押的「誨」字，《廣韻》去聲隊韻；「嗣」字，《廣韻》去聲志韻。「殖」字自然也應讀作去聲。

「亟」字，《廣韻》兼有紀力切（入聲）、去吏切（去聲）兩讀。劉胥〈歌〉曰：

何用為樂心所（喜），出入無悰為樂（亟）。（逯欽立 1991：111）

「亟」字當讀作去聲與「喜」字（《集韻》許記切、昌志切，去聲）相押。

2. 部分之部字兼有入聲讀音

〈文王之什・靈臺〉「囿」字；〈文王之什・靈臺〉、〈蕩之什・常武〉、〈谷風之什・大東〉「來」字；〈谷風之什・大東〉「裘」字，除了之部外兼有職部韻基讀音。

「囿」字，《廣韻》于六（入聲）、於救（去聲）兩切。同樣從「有」得聲的「栯」字兼讀於六切、云久切；「郁」字讀於六切。說明之部從「有」得聲之字兼讀入聲故同職部字相押。

「來」字，《廣韻》落哀切（平聲）。同樣從來得聲的「勑」字，《集韻》蓄力切，音敕，讀作入聲。回到《詩經》韻段來看：

> 《詩經・大雅・蕩之什・常武》：王猶允（塞），徐方既（來）。

> 《詩經・大雅・文王之什・靈臺》：經始勿（亟），庶民子（來）。
>
> 王在靈（囿），麀鹿攸（伏）。

> 《詩經・小雅・谷風之什・大東》：東人之子，職勞不（來）；西
>
> 人之子，粲粲衣（服），舟人之子，熊羆是（裘）；私人之子，百僚
>
> 是（試）。

「來」字與「塞、亟、囿」（兼讀入聲）、「伏、服、試」等職部字相押，說明「來」字的古音並非只歸屬於之部。《詩經・小雅・谷風之什・大東》「裘」字，《廣韻》雖讀作巨鳩切（平聲），但是《集韻》渠竹切，音鞠，同樣有入聲讀音。同樣從「求」得聲的「梂」字，《集韻》拘玉切、居六切、渠竹切，也都讀作入聲。

之部「來」字既兼讀入聲，那麼「來、麥」聲音上的假借關係就更加明確：

> 《說文》：來，周所受瑞麥來麰也。二麥一夆象其芒束之形。天
>
> 所來也，故為行來之來。〔註4〕

> 《說文》：麥，从來有穗者也。〔註5〕

〔註4〕（漢）許慎撰、（清）段玉裁注《新添古音說文解字注》，臺北：洪葉文化，2005
年10月，增修一版三刷，頁233。

〔註5〕（漢）許慎撰、（清）段玉裁注《新添古音說文解字注》，臺北：洪葉文化，2005
年10月，增修一版三刷，頁234。

「來」本義為麥，後被借去作行來之來，於是又造了「麥」字。「來」字既兼讀職部，那麼和「麥」字在韻基上就不是對轉關係，而是疊韻關係。

3. 音近相押

在「主要元音相同」的條件下（依陰聲韻具輔音韻尾一派，則收尾輔音發音部位也相同，如：之部*-g；職部*-k。）部分詩作用韻寬緩也會造成「之職對轉」，如：〈生民之什・假樂〉「子／德」相押；〈谷風之什・楚茨〉「祀勑／福食式稷極億」相押；〈谷風之什・楚茨〉「祀侑／福棘稷翼億食」相押；〈節南山之什・小宛〉「又／克富」相押；〈鹿鳴之什・出車〉「來載／牧棘」相押；〈谷風之什・大東〉「載／息」相押；荀子〈成相雜辭〉「辭事／備德」相押；荀子〈成相雜辭〉「忌態／備匿」相押；東方朔〈怨世〉「久／色」相押。

以《詩經・大雅・生民之什・假樂》為例：

假樂君（子），顯顯令（德）。

該韻段雖顯示「子」（之部）、「德」（職部）對轉。但「子」字在其它韻段裡總是與上聲字相押，如：

《詩經・周南・麟之趾》：麟之（趾），振振公（子）。于嗟麟兮！

《詩經・召南・何彼襛》：何彼襛矣？華如桃（李）。平王之孫，齊侯之（子）。

《詩經・邶風・旄丘》：瑣兮尾兮，流離之（子）。叔兮伯兮，褎如充（耳）。

《詩經・魏風・陟岵》：父曰：「嗟！予（子），行役，夙夜無（已）。上慎旃哉！猶來無（止）。」

《詩經・陳風・衡門》：豈其食魚，必河之（鯉）？豈其娶妻，必宋之（子）？

「德」字在其它韻段裡總是和入聲字相押，如：

《詩經・魏風・碩鼠》：碩鼠碩鼠，無食我（麥）！三歲貫女，莫我肯（德）。逝將去女，適彼樂（國）。樂國樂國，爰得我（直）。

《詩經・魯頌・泮水》：明明魯侯，克明其（德），既作泮宮，

淮夷攸（服）。矯矯虎臣，在泮獻（馘）。

　　《詩經·小雅·甫田之什·賓之初筵》：既醉而出，并受其（福）。醉而不出，是謂伐（**德**）。

　　《詩經·大雅·文王之什·文王》：無念爾祖，聿修厥（**德**）。永言配命，自求多（福）。

　　《詩經·大雅·文王之什·下武》：媚茲一人，應侯順（**德**）。永言孝思，昭哉嗣（服）。

　　既然「子」字總押上聲；「德」字總押入聲，那麼〈假樂〉「子／德」對轉只能夠是韻緩的音近通押。

　　綜上所述：從「之職對轉」百分比來看，不足以支持之部字全面擬作塞音收尾。除了部分中古去聲字，被歸到上古職部外，「之職對轉」的形成原因有三種：一是「部分職部字兼有陰聲讀音」；二是「部分之部字兼有入聲讀音」；三是「音近相押」。從諧聲偏旁來看，凡從「疑、而、有、音、耳、不」聲旁的之部字，如「礙、臑、薿、嶷、儗、栭、圃、殕、鮞、眲、踣、不」等字，《廣韻》兼讀入聲；職部諧聲偏旁的字，也有許多兼賅陰入。如果同一韻部的字只能讀作相同韻基，那麼兼押陰入的現象就不好解釋。此外，「音近相押」也是造成「之職對轉」的原因之一，但這種說法無法解釋*-ə（之）為何專配*-ək（職）*-əŋ（蒸），而不配*-ət（物）*-ən（文）、*-əp（緝）*-əm（侵）。

　　從「職部獨韻」分析來看：東漢職部只剩下「屋／職德」、「職德」兩種入聲韻相押，去聲「至志」、「怪隊」、「宥」不再押入聲字。比較合理的解釋，是「職部去」已從入聲韻部分離出來，轉入「之部去」。但是從「職部的例外押韻」來看，東漢「之職對轉」百分比不增反減，三國甚至不再出現。問題的癥結，在於從東漢開始「職部去聲」就很少被當作韻字，原因可能和各時期詩人選用韻字的偏好有關。我們統計《詩經》110 個職部韻段用了 20 個職部去聲字（18.18%）；《楚辭》屈宋 34 個職部韻段用了 10 個職部去聲字（29.41%）；西漢文人 22 個職部韻段用了 4 個職部去聲字（18.18%）；東漢文人 9 個職部韻段只出現 1 個職部去聲字（11.11%）；三國 22 個職部韻段也只出現 1 個職部去聲字，百分比降到 4.55%。

須強調的是，這些「職部去聲字」上古多數押之部字，因為古韻學者強調「去入一類」所以被劃到入聲。東漢到三國它們很少作為韻字（僅 2 例），所以「職部獨韻」只剩下「屋／職德」、「職德」相押。也因為減少使用這些「職部去聲字」，所以東漢、三國「職部的例外押韻」很少看到它們同之部字通押。

第二節　覺部的用韻情況

一、覺部獨韻

（一）周朝之初至春秋之末

作　品	覺部	覺部獨韻	百分比	中　古　韻	次數	百分比
詩經	25	14	56%	屋沃燭	12	85.72%
				屋沃燭／號／錫	1	7.14%
				屋沃燭／錫	1	7.14%

（二）戰國之初至秦朝之末

作　品	覺部	覺部獨韻	百分比	中　古　韻	次數	百分比
楚辭屈宋	6	3	50%	屋沃燭	2	66.67%
				屋沃燭／錫	1	33.33%

（三）楚漢之初至新莽之末

作　品	覺部	覺部獨韻	百分比	中　古　韻	次數	百分比
西漢文人	4	3	75%	屋沃燭	3	100%

（四）東漢之初至獻帝之末

作　品	覺部	覺部獨韻	百分比	中　古　韻	次數	百分比
東漢文人	7	2	28.57%	屋沃燭	1	50%
				覺／號	1	50%

說明：

1. 「覺部獨韻」佔《詩經》、《楚辭》屈宋覺部韻段 56%及 50%，獨韻的百分比較低。西漢韻段較少竄升至 75%；東漢文人降到 28.57%。

2. 中古「去入」在覺部混押的情況，《詩經》僅「屋／號／錫」1 例，佔7.14%；東漢文人也只有「覺／號」1 例，因韻例少佔 50%。

二、覺部的例外押韻

（一）周朝之初至春秋之末

作　品	覺部總數	排行	用　韻　情　況	次數	百分比
詩經	25	1	覺部獨韻	14	56%
		2	覺幽	6	24%
		3	覺職	4	16%
			覺屋	1	4%

（二）戰國之初至秦朝之末

作　品	覺部總數	排行	用　韻　情　況	次數	百分比
楚辭屈宋	6	1	覺部獨韻	3	50%
		2	覺幽	2	33.33%
			覺職	1	16.67%

（三）楚漢之初至新莽之末

作　品	覺部總數	排行	用　韻　情　況	次數	百分比
西漢文人	4	1	覺部獨韻	3	75%
			覺職	1	25%

（四）東漢之初至獻帝之末

作　品	覺部總數	排行	用　韻　情　況	次數	百分比
東漢文人	7	1	覺屋	3	42.85%
		2	覺部獨韻	2	28.57%
			覺侯	1	14.29%
			覺侯屋	1	14.29%

說明：

1. 覺幽（陰入對轉）佔《詩經》24%、《楚辭》屈宋 33.33%。西漢文人以後不再相押。

2. 「覺職合韻」佔《詩經》16%、《楚辭》屈宋 16.67%、西漢文人 25%。東漢文人降至 0%。

3. 「覺屋合韻」佔《詩經》4%；《楚辭》屈宋、西漢文人 1 例未見；東漢突然成為最頻繁的用韻情況，佔 42.85%。

三、幽覺兩部的對轉關係

（一）研究回顧

前人研究古韻的陰入關係，多著重在「輔音韻尾的有無」以及「去入關係」。前文「之職兩部的對轉關係」已經提過。底下看「幽覺」兩部的對轉關係。

（二）幽覺對轉所反映出的語音現象

《詩經》、《楚辭》屈宋「幽覺對轉」韻段如下：

1. 《詩經》

作者	篇　名	韻　字	上古韻	中古韻	韻　攝
不詳	蕩之什・蕩	究／祝	幽／覺	宥	流
不詳	清廟之什・維天之命	收／篤	幽／覺	尤／沃	流／通
不詳	中穀有蓷	嘯脩／淑	幽／覺	嘯尤／屋	效流／通
不詳	揚之水	皓憂繡／鵠	幽／覺	皓尤宥／沃	效流流／通
不詳	清人	陶好抽／軸	幽／覺	豪號尤／屋	效效流／通
不詳	兔爰	罦造憂／覺	幽／覺	虞皓尤／覺	遇效流／江

2. 《楚辭》屈宋

作者	篇　名	韻　字	上古韻	中古韻	韻　攝
屈原	天問	救／告	幽／覺	宥／覺	流／效
屈原	抽思	救／告	幽／覺	宥／覺	流／效

上面韻段可以分成三種情況：

1. 部分覺部字兼有陰聲讀音

〈蕩之什・蕩〉「祝」字；〈天問〉、〈抽思〉「告」字、〈揚之水〉「鵠」字，除了押入聲字外，[註6]也與「究、救、皓、憂、繡」等陰聲字相押。《廣韻》「祝」字有之六切（入聲）、職救切（去聲）兩讀；「告」字有古沃切（入聲）、古到切（去讀）兩讀，說明《廣韻》以前「祝、告」應可兼押陰入。從「告」

〔註6〕「祝」字押入聲，如〈鄘風・干旄〉：「素絲（祝）之，良馬（六）之。彼姝者子，何以（告）之？」「告」字押入聲，如〈齊風・南山〉：「既曰（告）止，曷又（鞠）止！」；〈衛風・考槃〉：「考槃在（陸），碩人之（軸）。獨寐寤（宿），永矢弗（告）。」「鵠」字押入聲，如〈汝南鴻陳陂童謠〉：「反乎（覆），陂當（復）。誰云者，兩黃（鵠）。」

得聲字，如「造」字又讀七到切（去聲）；「誥」字讀古到切（去聲），推知《楚辭》屈原「幽覺」應是去聲字相押，而非陰入通叶。

《詩經・兔爰》「覺」字，《廣韻》古岳切（入聲）又古孝切（去聲），應是去聲讀音同「罦、造、憂」等字相押。

〈清人〉韻段「軸」字在〈衛風・考槃〉同「陸、宿、告」相押，因此歸入覺部。但《說文》曰：「軸，所以持輪者也。从車由聲。」〔註7〕「軸」入覺部；聲旁「由」在幽部。劉熙《釋名》也說：「軸，抽也。」「抽」在幽部，「軸」字應兼有幽部韻基讀音同「抽」字聲訓。《廣韻》从「由」得聲字往往兼讀陰入，如：「柚」字，直六切又余救切；「邮」字，徒歷切又以周切；「妯」字，直六切又丑鳩切。推知〈清人〉韻段「軸」字以幽部讀音同「陶、好、抽」等字相押。

2. 部分幽部字兼有入聲讀音

〈中穀有蓷〉「淑」字出現在上古韻腳字中僅此 1 例，聲旁「叔」字也未見於韻段。不過从「叔」得聲的「菽」字押入聲字，〔註8〕加上《廣韻》从「叔」得聲字的反切都讀作入聲，因此「淑」字沒有兼讀陰聲的證據。反觀同韻段「嘯、脩」兩字可能兼讀入聲。

「嘯」字上古歸屬幽部或覺部有些爭議，《廣韻》讀作蘇弔切（去聲），但它的聲旁「肅」是個入聲字。同从「肅」得聲的「橚、潚、蟰、驌、捒」可讀作息逐切（入聲），推知〈中穀有蓷〉「嘯／淑」當是入聲讀音相押。

「脩」字，《說文》曰：「脩，脯也。从肉攸聲。」〔註9〕「脩」字从「攸」聲，當入上古幽部。不過《廣韻》从「脩」得聲的「睰」字讀作他歷、丑鳩兩切；从「攸」得聲的「倏、儵」讀作式竹切；「篠」字《集韻》同作式竹切。推知〈中穀有蓷〉「脩／淑」當為入聲字相押。

〔註7〕（漢）許慎撰、（清）段玉裁注《新添古音說文解字注》，臺北：洪葉文化，2005年 10 月，增修一版三刷，頁 731。

〔註8〕如〈豳風・七月〉：「六月食郁及（薁），七月亨葵及（菽）。」〈谷風之什・小明〉：「昔我往矣，日月方（奧）。曷云其還？政事愈（蹙）。歲聿云莫，采蕭穫（菽）。心之憂矣，自詒伊（戚）。念彼共人，與言出（宿）。豈不懷歸？畏此反（覆）。」

〔註9〕（漢）許慎撰、（清）段玉裁注《新添古音說文解字注》，臺北：洪葉文化，2005年 10 月，增修一版三刷，頁 176。

3. 音近相押

〈清廟之什・維天之命〉「收（幽部）／篤（覺部）」相押，找不出「收」字兼讀入聲或「篤」字兼讀陰聲的證據。推想「篤」字-k 尾聽覺上不易感知，因此與主元音相同的「收」字相押。

四、職覺兩部的合韻關係

（一）研究回顧

羅常培、周祖謨（1958）將「覺部」稱為「沃部」，並大略提及入聲各部的通押情況，如：

> 收-k 的幾部入聲韻幾乎都有彼此通押的例子。職部與沃部、藥部、屋部、鐸部、錫部在揚雄的韻文中都可以通押，這是比較突出的現象。董仲舒、司馬相如和王褒押韻的尺度也比較寬。（羅常培、周祖謨 1958：54）

羅、周（1958）提到「職部與沃部、藥部、屋部、鐸部、錫部」彼此都可通押，這應是詩韻混雜散文韻例所造成的情況，僅就詩韻來看收-k 各部混押的情況並不常見。

（二）職覺合韻所反映的語音現象

周秦至三國「職覺合韻」韻段如下：

1. 《詩經》

作者	篇　名	韻　字	上古韻	中古韻	韻　攝
不詳	谷風之什・楚茨	備戒／告	職／覺	至怪／號	止蟹／效
不詳	七月	麥／穋	職／覺	麥／屋	梗／通
不詳	蕩之什・抑	則／告	職／覺	德／沃	曾／通
不詳	生民之什・生民	稷／育夙	職／覺	職／屋	曾／通

2. 《楚辭》屈原

作者	篇　名	韻　字	上古韻	中古韻	韻　攝
屈原	懷沙	默／鞫	職／覺	德／屋	曾／通

3. 先秦民歌

作者	篇　名	韻　字	上古韻	中古韻	韻　攝
不詳	楊朱歌	識／覺	職／覺	職／覺	曾／江

4. 西漢文人

作者	篇　名	韻　字	上古韻	中古韻	韻　攝
劉向	愍命	服／逐	職／覺	屋	通

5. 兩漢民間

作者	篇　名	韻　字	上古韻	中古韻	韻　攝
不詳	氾勝之引諺	富／覆	職／覺	宥	流

6. 三國詩歌

作者	篇　名	韻　字	上古韻	中古韻	韻　攝
韋昭	克皖城	革息賊愿德／覆	職／覺	麥職德德德／德	梗曾曾曾曾／曾

　　「職覺合韻」最高佔職部韻段 4.55%；佔覺部韻段 16%～25%，一般以「主要元音相近，韻尾相同」的旁轉現象解釋。從「中古韻」來看，劉向〈愍命〉「服／逐」相押反映出中古屋韻字合流；〈氾勝之引諺〉「富／覆」相押反映出中古宥韻字合流，這兩個韻段是「職部三等唇音聲母字」轉向覺部的音變現象，同「之部流攝字」轉向幽部音變平行。

　　韋昭〈克皖城〉雖同是覺部「覆」字與職部字相押，卻反映出「覆」字兼有匹北切，前上古讀作職部的早期階段讀音。其餘韻段集中在周秦時期，除了以「音近相押」解釋外，難以考察出原因。

第三節　藥部的用韻情況

一、藥部獨韻

（一）周朝之初至春秋之末

作　品	藥部	藥部獨韻	百分比	中　古　韻	次數	百分比
詩經	23	11	47.83%	覺／藥鐸	2	18.18%
				覺／藥鐸／錫	2	18.18%
				藥鐸	2	18.18%

				藥鐸／錫	2	18.18%
				效	1	9.1%
				沃／藥鐸	2	18.18%

（二）戰國之初至秦朝之末

作　品	藥部	藥部獨韻	百分比	中　古　韻	次數	百分比
楚辭屈宋	5	1	20%	覺	1	100%

（三）楚漢之初至新莽之末

作　品	藥部	藥部獨韻	百分比	中　古　韻	次數	百分比
西漢文人	2	0	0%	*	*	*

（四）東漢之初至獻帝之末

作　品	藥部	藥部獨韻	百分比	中　古　韻	次數	百分比
東漢文人	2	0	0%	*	*	*

說明：

1.《詩經》「藥部獨韻」僅佔 47.83%。《楚辭》屈宋以下韻段太少不見獨韻。

2.「藥部獨韻」只見效韻 1 例去聲字韻段。

二、藥部的例外押韻

（一）周朝之初至春秋之末

作　品	藥部總數	排行	用韻情況	次數	百分比
詩經	23	1	藥部獨韻	11	47.83%
		1	藥宵	11	47.83%
			藥錫歌	1	4.34%

（二）戰國之初至秦朝之末

作　品	藥部總數	排行	用韻情況	次數	百分比
楚辭屈宋	5	1	藥宵	4	80%
			藥部獨韻	1	20%

（三）楚漢之初至新莽之末

作　品	藥部總數	排行	用韻情況	次數	百分比
西漢文人	2		藥宵	1	50%
			藥鐸	1	50%
			藥部獨韻	0	0%

（四）東漢之初至獻帝之末

作　品	藥部總數	排行	用韻情況	次數	百分比
東漢文人	2		藥屋	1	50%
			藥葉	1	50%
			藥部獨韻	0	0%

　　說明：《詩經》「藥宵對轉」47.83%，同「藥部獨韻」並列最頻繁的用韻情況。《楚辭》屈宋高達80%，西漢文人50%，東漢文人1例未見。

三、宵藥兩部的對轉關係

　　《詩經》、《楚辭》屈宋、西漢文人、兩漢民歌「宵藥對轉」的韻段如下：

（一）《詩經》

作者	篇　名	韻　字	上古韻	中古韻	韻　攝
不詳	節南山之什・巧言	盜／暴	宵／藥	號	效
不詳	關雎	芼／樂	宵／藥	號／效	效
不詳	蕩之什・韓奕	到／樂	宵／藥	號／效	效
不詳	蕩之什・抑	昭／樂	宵／藥	宵／效	效
不詳	泮水	昭藻／蹻	宵／藥	宵皓／宵	效
不詳	岷	笑／暴悼	宵／藥	笑／號	效
不詳	終風	笑敖／暴悼	宵／藥	笑豪／號	效
不詳	羔裘	膏／曜悼	宵／藥	豪／笑號	效
不詳	蕩之什・抑	耄／藐虐	宵／藥	號／小藥	效／效宕
不詳	節南山之什・正月	炤殽／虐樂（喜樂）	宵／藥	笑肴／藥鐸	效／宕
不詳	文王之什・靈臺	沼／鳥濯躍	宵／藥	小／沃覺藥	效／通江宕

（二）《楚辭》屈宋

作者	篇　名	韻　字	上古韻	中古韻	韻　攝
宋玉	九辯	效／約	宵／藥	效／笑	效
屈原	遠遊	驚／燿	宵／藥	號／笑	效
屈原	遠遊	撟／樂	宵／藥	宵／效	效
宋玉	九辯	教高／樂	宵／藥	肴豪／效	效

（三）西漢文人

作者	篇 名	韻 字	上古韻	中古韻	韻 攝
東方朔	哀命	到／樂	宵／藥	號／效	效

（四）兩漢民間

作者	篇 名	韻 字	上古韻	中古韻	韻 攝
不詳	桓譚引關東鄙語	笑／樂嚼	宵／藥	笑／效藥	效／效宕
不詳	桓帝末京都童謠	鐃／嚼	宵／藥	肴／藥	效／宕

這些韻段大致可分成三種情況：

1. 部分藥部字兼有陰聲讀音

上表可見「宵藥對轉」主要是中古的效攝字相押，說明這些與宵部字押韻的「藥部效攝字」或丟失-k尾轉入宵部；或本就讀作宵部韻基，因同聲旁有入聲字被歸到上古藥部，如〈衛風・氓〉、〈邶風・終風〉、〈唐風・羔裘〉的「悼」字從「卓」聲（竹角切），因此被歸到藥部。但「悼」字中古是個去聲字（徒到切），同韻段「暴、笑、敖〔註10〕、膏〔註11〕、曜」等字同樣具備去聲讀音，這些韻段可視為去聲字押韻，而非陰入的通叶關係。同理，《檜風・羔裘》「曜」字雖從「翟」得聲被歸入了藥部，不過「曜」字《廣韻》弋照切（去聲），同「悼、膏」等去聲字相押，可能是-k尾丟失轉入宵部；或本就讀作宵部韻基。〈文王之什・靈臺〉「濯」、「躍」；屈原〈遠遊〉「燿」字，也都從「翟」得聲。「濯」字，《廣韻》又音直教切；「燿」字，《廣韻》弋照切，說明從「翟」得聲的字與宵部字押韻，都不宜視為陰入的對轉關係。

〈文王之什・靈臺〉「鼉」字從「高」得聲（宵部），《集韻》又作下老切，音皓，視為宵部字也無不可。

〈桓譚引關東鄙語〉、〈桓帝末京都童謠〉的「嚼」字，《廣韻》在爵切，又因從「爵」得聲，歸到上古「藥部」。不過「嚼」字，《集韻》又讀才肖切、子肖切，〈桓譚引關東鄙語〉押去聲「笑、樂」，可視為去聲字相押。

〔註10〕《康熙字典・敖》曰：「【集韻】、【正韻】丛魚到切，同傲，慢也。」讀作去聲。

〔註11〕《康熙字典・膏》曰：「又【唐韻】古到切。【集韻】、【韻會】、【正韻】居號切，丛音誥，潤也。【詩・曹風】芃芃黍苗，陰雨膏之。【釋文】膏，古報反。」可見「膏」字可讀作去聲。

2. 部分宵部字兼有入聲讀音

〈蕩之什‧抑〉「耄」字，《說文》寫作「眊」。《說文》曰：「眊，目少精也，從目毛聲。虞書耄字從此。」〔註12〕「眊」從「毛」聲，上古入宵部。不過《廣韻》「眊」字有莫角切（入聲）、莫報切（去聲）兩讀。〈蕩之什‧抑〉「耄」與「薎、虐」相押，當同讀作入聲。

3. 音近相押

〈節南山之什‧正月〉宵部「炤、歗」和藥部「虐、樂」相押，除了「樂」字可讀作去聲，找不到「虐」字讀作陰聲或「炤、歗」讀作入聲的可能，只能從藥部-k 尾聽覺上不易感知，因此和主要元音相同的宵部字相押來解釋。

第四節　屋部的用韻情況

一、屋部獨韻

（一）周朝之初至春秋之末

作　品	屋部	屋部獨韻	百分比	中　古　韻	次數	百分比
詩經	31	24	77.41%	屋燭	18	75%
				屋燭／覺	5	20.83%
				屋燭／陌	1	4.17％

（二）戰國之初至秦朝之末

作　品	屋部	屋部獨韻	百分比	中　古　韻	次數	百分比
楚辭屈宋	5	3	60%	屋燭	3	100%

（三）楚漢之初至新莽之末

作　品	屋部	屋部獨韻	百分比	中　古　韻	次數	百分比
西漢文人	5	3	60%	屋燭	2	66.67%
				屋燭／覺	1	33.33%

〔註12〕（漢）許慎撰、（清）段玉裁注《新添古音說文解字注》，臺北：洪葉文化，2005
　　　　年 10 月，增修一版三刷，頁 132。

（四）東漢之初至獻帝之末

作　品	屋部	屋部獨韻	百分比	中　古　韻	次數	百分比
東漢文人	15	6	39.99%	屋燭	2	33.33%
				屋燭／覺	4	66.67%

說明：

　　1.「屋部獨韻」從《詩經》77.41%，下降到《楚辭》屈宋、西漢文人 60%；東漢文人再降至 39.99%，顯示屋部的例外押韻漸趨頻繁。

　　2.「屋部獨韻」沒有中古去、入混押的情況。

二、屋部的例外押韻

（一）周朝之初至春秋之末

作　品	屋部總數	排行	用　韻　情　況	次數	百分比
詩經	31	1	屋部獨韻	24	77.41%
		2	屋侯	5	16.13%
			屋錫	1	3.23%
			屋覺	1	3.23%

（二）戰國之初至秦朝之末

作　品	屋部總數	排行	用　韻　情　況	次數	百分比
楚辭屈宋	5	1	屋部獨韻	3	60%
		2	屋侯	2	40%

（三）楚漢之初至新莽之末

作　品	屋部總數	排行	用　韻　情　況	次數	百分比
西漢文人	5	1	屋部獨韻	3	60%
			屋之	1	20%
			屋質	1	20%

（四）東漢之初至獻帝之末

作　品	屋部總數	排行	用　韻　情　況	次數	百分比
東漢文人	15	1	屋部獨韻	6	39.99%
		2	屋覺	3	20%
		3	屋鐸	2	13.33%

		屋藥	1	6.67%
		屋質	1	6.67%
		屋侯	1	6.67%
		屋覺侯	1	6.67%

說明：

　　1. 屋侯（陰入對轉）佔《詩經》16.13%；《楚辭》屈宋韻例少竄升至 40%；西漢文人 0%，東漢文人 1 例佔 6.67%。

　　2.「屋覺合韻」佔《詩經》3.23%；《楚辭》屈宋、西漢文人未見 1 例；東漢文人竄升至 20%，成為屋部次要的用韻情況。

三、侯屋兩部的對轉關係

　　周秦到東漢「侯屋對轉」韻段如下：

（一）《詩經》

作者	篇　名	韻　字	上古韻	中古韻	韻　攝
不詳	谷風之什・楚茨	奏／祿	侯／屋	侯／屋	流／通
不詳	蕩之什・桑柔	垢／穀谷	侯／屋	厚／屋	流／通
不詳	魚藻之什・角弓	愈／裕	侯／屋	麌／遇	遇
不詳	魚藻之什・角弓	附／木屬	侯／屋	麌／屋燭	遇／通
不詳	小戎	驅／穀續轊	侯／屋	遇／屋燭遇	遇／通通遇

（二）《楚辭》屈宋

作者	篇　名	韻　字	上古韻	中古韻	韻　攝
屈原	天問	數／屬	侯／屋	覺／燭	江／通
屈原	離騷	具／屬	侯／屋	遇／燭	遇／通

（三）東漢文人

作者	篇　名	韻　字	上古韻	中古韻	韻　攝
王逸	憫上	數／促	侯／屋	覺／燭	江／通

　　上面韻段可以分成三種情況：

1. 部分屋部字兼有陰聲讀音

　　〈魚藻之什・角弓〉「裕」從「谷」聲，上古入屋部，但《廣韻》「裕」字讀作羊戍切（去聲）。〈角弓〉「裕、愈」的韻段應可視為去聲字相押。

2. 部分侯部字兼有入聲讀音

屈原〈天問〉、王逸〈憫上〉的「數」字，《說文》曰：「數，計也。从攴婁聲。」〔註13〕古韻學家把从「婁」得聲之字歸入侯部。不過上古「數」字多半與入聲字相押，如：

> 屈原〈天問〉：九天之際，安放安（屬）？隅隈多有，誰知其（**數**）？

> 王逸〈憫上〉：踜踚兮寒局（**數**），獨處兮志不申，年齒盡兮命迫（促）。

> 秦嘉〈贈婦詩〉：皇靈無私親，為善荷天（祿）。少小罹煢（獨），既得結大義，歡樂苦不（足）。念當遠離別，思念敘款（曲）。河廣無舟梁，道近隔丘（陸）。臨路懷惆悵，中駕正躑（躅）。浮雲起高山，悲風激深（谷）。良馬不回鞍，輕車不轉（轂）。針藥可屢進，愁思難為（**數**）。貞士篤終始，恩義可不（屬）。

「數」字押陰聲韻的僅此一例：

> 〈節南山之什・巧言〉：荏染柔木，君子（樹）之。往來行言，心焉（**數**）之。

《廣韻》「數」字兼所角切（入聲）、所矩切（上聲）、色句切（去聲）三個反切，〈天問〉、〈憫上〉當為入聲讀音同「屬、促」相押。

3. 音近相押

〈谷風之什・楚茨〉、〈蕩之什・桑柔〉、〈魚藻之什・角弓〉、〈秦風・小戎〉、屈原〈離騷〉等韻段，找不到「奏、垢、附、驅、具」等侯部字讀作入聲；或「祿、穀、谷、木、屬、轂」等屋部字讀作陰聲的證據，只能解釋為屋部-k尾聽覺上不易感知，因此和主要元音相同的侯部字相押。

四、覺屋兩部的合韻關係

《詩經》、東漢文人、三國詩歌「覺屋合韻」韻段如下：

〔註13〕（漢）許慎撰、（清）段玉裁注《新添古音說文解字注》，臺北：洪葉文化，2005年10月，增修一版三刷，頁124。

（一）《詩經》

作者	篇　名	韻　字	上古韻	中古韻	韻　攝
不詳	魚藻之什・采綠	匊／沐局綠	覺／屋	屋／屋燭燭	通

（二）東漢文人

作者	篇　名	韻　字	上古韻	中古韻	韻　攝
班固	論功歌詩	覆／穀	覺／屋	屋	通
崔駰	歌	篤／覿	覺／屋	沃／錫	通／梗
酈炎	詩	逐／卜祿促局足錄曲濁嶽	覺／屋	屋／屋屋燭燭燭燭燭覺覺	通／通通通通通通通江江

（三）三國詩歌

作者	篇　名	韻　字	上古韻	中古韻	韻　攝
薛綜	嘲蜀使張奉	腹／蜀	覺／屋	屋／燭	通

　　東漢起「覺屋合韻」反映出少數屋部（*ok）元音高化併入覺部（*uk）的音變現象，同「幽侯」音變平行。崔駰〈歌〉「覿」字雖是《廣韻》錫韻字，但《集韻》又徒谷切，音牘，有通攝字的讀音。

第五節　鐸部的用韻情況

一、鐸部獨韻

（一）周朝之初至春秋之末

作　品	鐸部	鐸部獨韻	百分比	中　古　韻	次數	百分比
詩經	56	37	66.07%	藥鐸	5	13.51%
				藥鐸／陌麥昔	23	62.18%
				禡／藥鐸	1	2.7%
				禡／藥鐸／陌麥昔	1	2.7%
				陌麥昔	5	13.51%
				御暮／藥鐸／陌麥昔	1	2.7%
				御暮／禡	1	2.7%

（二）戰國之初至秦朝之末

作品	鐸部	鐸部獨韻	百分比	中　古　韻	次數	百分比
楚辭屈宋	37	20	52.63%	藥鐸	5	25%

				藥鐸 / 陌麥昔	7	35%
				陌麥昔	1	5%
				御暮	6	30%
				御暮 / 禡	1	5%

（三）楚漢之初至新莽之末

作　品	鐸部	鐸部獨韻	百分比	中　古　韻	次數	百分比
西漢文人	23	10	43.47%	藥鐸	3	30%
				藥鐸 / 陌麥昔	4	40%
				陌麥昔	2	20%
				御暮	1	10%

（四）東漢之初至獻帝之末

作　品	鐸部	鐸部獨韻	百分比	中　古　韻	次數	百分比
東漢文人	6	3	50%	藥鐸 / 陌麥昔	2	66.67%
				陌麥昔	1	33.33%

說明：

　　1.「鐸部獨韻」從《詩經》66.07%，下降到《楚辭》屈宋 52.63%、西漢文人 43.47%。東漢文人略回升至 50%。

　　2.《詩經》「禡 / 藥鐸」、「禡 / 藥鐸 / 陌麥昔」、「御暮 / 藥鐸 / 陌麥昔」等去、入相押的情況並不常見。《楚辭》屈宋以後鐸部去、入不再押韻。

二、鐸部的例外押韻

（一）周朝之初至春秋之末

作　品	鐸部總數	排行	用　韻　情　況	次數	百分比
詩經	56	1	鐸部獨韻	37	66.07%
		2	鐸魚	19	33.93%

（二）戰國之初至秦朝之末

作　品	鐸部總數	排行	用　韻　情　況	次數	百分比
楚辭屈宋	38	1	鐸部獨韻	20	52.63%
		2	鐸魚	16	42.11%
			鐸錫	1	2.63%
			鐸耕	1	2.63%

（三）楚漢之初至新莽之末

作品	鐸部總數	排行	用　韻　情　況	次數	百分比
西漢文人	23	1	鐸部獨韻	10	43.47%
		2	鐸魚	8	34.78%
		3	鐸歌	2	8.7%
			鐸宵	1	4.35%
			鐸藥	1	4.35%
			鐸侯	1	4.35%

（四）東漢之初至獻帝之末

作品	鐸部總數	排行	用　韻　情　況	次數	百分比
東漢文人	6	1	鐸部獨韻	3	50%
		2	鐸屋	2	33.33%
			鐸錫質	1	16.67%

說明：鐸魚（陰入對轉）佔《詩經》33.93%、《楚辭》屈宋 42.11%、西漢文人 34.78%，維持在一定的百分比。東漢文人可能是韻段太少 1 例未見；三國詩歌只剩下 11.76%，如下表所示：

作品	鐸部總數	排行	用　韻　情　況	次數	百分比
三國詩歌	17	1	鐸部獨韻	8	47.08%
		2	鐸魚	2	11.76%
		2	鐸侯魚	2	11.76%
			鐸質	1	5.88%
			鐸藥	1	5.88%
			鐸覺	1	5.88%
			鐸錫	1	5.88%
			鐸質物月	1	5.88%

三、魚鐸兩部的對轉關係

周秦到三國「魚鐸對轉」韻段如下：

（一）《詩經》

作者	篇　名	韻　字	上古韻	中古韻	韻　攝
不詳	鹿鳴之什・天保	除固／庶	魚／鐸	御暮／御	遇

不詳	遵大路	袪故／惡	魚／鐸	魚暮／暮	遇
不詳	蕩之什・抑	虞／度	魚／鐸	虞／暮	遇
不詳	式微	故／露	魚／鐸	暮	遇
不詳	文王之什・皇矣	固／路	魚／鐸	暮	遇
不詳	生民之什・生民	訏／路	魚／鐸	虞／暮	遇
不詳	蕩之什・雲漢	去虞故怒／莫	魚／鐸	御虞暮暮／鐸	遇／宕
不詳	蟋蟀	居除瞿／莫	魚／鐸	魚御虞／鐸	遇／宕
不詳	蕩之什・烝民	賦／若	魚／鐸	遇／藥	遇／宕
不詳	大叔于田	御／射	魚／鐸	御／禡	遇／假
不詳	文王之什・皇矣	椐／柘	魚／鐸	御／禡	遇／假
不詳	葛生	居／夜	魚／鐸	魚／禡	遇／假
不詳	蕩之什・蕩	呼／夜	魚／鐸	模／禡	遇／假
不詳	臣工之什・振鷺	譽／惡斁夜	魚／鐸	御／暮暮禡	遇／遇遇假
不詳	南有嘉魚之什・六月	茹／獲	魚／鐸	魚／麥	遇／梗
不詳	汾沮洳	洳／度路莫	魚／鐸	御／暮暮鐸	遇／遇遇宕
不詳	生民之什・行葦	御斝／酢席	魚／鐸	御馬／鐸昔	遇假／宕梗
不詳	駉	魚徂駆邪／繹	魚／鐸	魚模麻麻／昔	遇遇假假／梗
不詳	谷風之什・小明	除顧怒暇／庶莫	魚／鐸	御暮暮禡／御鐸	遇遇遇假／遇宕

（二）《楚辭》屈宋

作者	篇　名	韻　字	上古韻	中古韻	韻　攝
屈原	離騷	女／慕	魚／鐸	御／暮	遇
屈原	懷沙	懼／錯	魚／鐸	遇／暮	遇
屈原	離騷	序／暮	魚／鐸	語／暮	遇
屈原	離騷	女宇／惡	魚／鐸	語麌／暮	遇
屈原	離騷	圃／暮	魚／鐸	暮	遇
屈原	離騷	固／惡	魚／鐸	暮	遇
屈原	涉江	圃顧／路	魚／鐸	暮	遇
屈原	懷沙	故／慕	魚／鐸	暮	遇
屈原	懷沙	故／暮	魚／鐸	暮	遇
屈原	思美人	故／暮度	魚／鐸	暮	遇
屈原	遠遊	顧／路	魚／鐸	暮	遇
宋玉	九辯	固／錯	魚／鐸	暮	遇

屈原或宋玉	招魂	居呼／絡	魚／鐸	魚模／鐸	遇／宕
屈原	離騷	妒／索	魚／鐸	暮／鐸	遇／宕
屈原	離騷	御／夜	魚／鐸	御／禡	遇／假
屈原	離騷	故舍／路	魚／鐸	暮禡／暮	遇假／遇

（三）先秦民歌

作者	篇　名	韻　字	上古韻	中古韻	韻　攝
不詳	徐人歌	故／墓	魚／鐸	暮	遇
荀子	成相雜辭	途故／惡度	魚／鐸	模暮／暮	遇

（四）西漢文人

作者	篇　名	韻　字	上古韻	中古韻	韻　攝
東方朔	哀命	舍／路	魚／鐸	禡／暮	假／遇
劉向	愍命	語／愬	魚／鐸	御／暮	遇
東方朔	哀命	去／路	魚／鐸	御／暮	遇
劉友	歌	寤／惡	魚／鐸	暮	遇
韋孟	在鄒詩	顧／路	魚／鐸	暮	遇
劉向	離世	故／慕	魚／鐸	暮	遇
東方朔	謬諫	固／涸	魚／鐸	暮／鐸	遇／宕
李陵	歌	奴／漠	魚／鐸	模／鐸	遇／宕

（五）兩漢民間

作者	篇　名	韻　字	上古韻	中古韻	韻　攝
不詳	通博南歌	堵袴／度暮	魚／鐸	姥暮／暮	遇
不詳	鄉人為秦護歌	袴／護	魚／鐸	暮	遇
不詳	古詩十九首	寤固素誤／墓路暮露度	魚／鐸	暮	遇
不詳	李陵錄別詩	素固故步／路祚暮厝度慕	魚／鐸	暮	遇
不詳	將進酒	苦／索作搏白	魚／鐸	姥／鐸鐸鐸陌	遇／宕宕宕梗

（六）三國詩歌

作者	篇　名	韻　字	上古韻	中古韻	韻　攝
阮籍	詠懷詩	顧悟固素／路度暮慕露祚	魚／鐸	暮	遇
繆襲	太和	布／阼露度	魚／鐸	暮	遇

1. 部分鐸部字兼有陰聲讀音

從「韻攝」來看,「魚鐸對轉」主要是中古的遇攝字相押。遇攝沒有入聲字,和魚部押韻的鐸部遇攝字,應本該歸入魚部;或是和少數鐸部宕攝、假攝字一起丟失-k尾讀作魚部韻基。

〈鹿鳴之什・天保〉、〈谷風之什・小明〉的「庶」字,《廣韻》有商署切(去聲)、章恕切(去聲)兩讀。從「庶」得聲之字,如「樜」字兼讀商署切(去聲)、之夜切(去聲);〈生民之什・行葦〉的「席」字從「庶」省聲,這些都可視為魚部的去聲字。

〈遵大路〉、〈臣工之什・振鷺〉、屈原〈離騷〉、荀子〈成相雜辭〉、劉友〈歌〉的「惡」字,《廣韻》兼讀哀都切(平聲)、烏路切(去聲)、烏各切(入聲);〈蕩之什・抑〉、〈汾沮洳〉、屈原〈思美人〉、荀子〈成相雜辭〉、〈通博南歌〉、〈古詩十九首〉、〈李陵錄別詩〉、阮籍〈詠懷詩〉、繆襲〈太和〉的「度」字,《廣韻》兼讀徒故切(去聲)、徒落切(入聲);〈蕩之什・烝民〉「若」字,《廣韻》兼讀人賒切(平聲)、人者切(上聲)、而灼切(入聲);〈大叔于田〉的「射」字,《廣韻》兼讀羊謝切(去聲)、神夜切(去聲)、羊益切(入聲)、食亦切(入聲)。這些字雖然被歸到上古鐸部,但共通點是從反切來看兼讀陰入,應是陰聲字讀音押魚部;入聲字讀音押鐸部,而非全以入聲的面貌同魚部字通叶。

「莫」字,《廣韻》慕各切(入聲),上古歸入鐸部。但《康熙字典》曰:

> 又【說文】莫故切。同暮。【易・夬卦】莫夜有戎。　又菜也。
> 【詩・魏風】彼汾沮洳,言采其莫。【註】音暮……。又【唐韻古音】
> 平聲,音謨。〔註14〕

「莫」字,《說文》莫故切(去聲);《唐韻古音》音謨(平聲),說明〈蕩之什・雲漢〉、〈蟋蟀〉、〈汾沮洳〉、〈谷風之什・小明〉的「莫」字以及李陵〈歌〉「漠」字可能讀作陰聲。屈原〈離騷〉、屈原〈懷沙〉、屈原〈思美人〉、〈徐人歌〉、劉向〈離世〉、〈通博南歌〉、〈古詩十九首〉、〈李陵錄別詩〉、阮籍〈詠懷詩〉的「慕、暮、墓」等字,不但中古讀去聲,上古也押去聲字。古韻學者全依聲旁「莫」字歸到鐸部,徒增陰入相押的困擾。

〔註14〕張玉書等編《康熙字典》,上海:上海書店出版社,1985年12月,頁1153。

　　〈文王之什‧皇矣〉的「柘」從「石」聲，上古歸入鐸部。但「柘」字《廣韻》之夜切（去聲），〈皇矣〉「柘、椐」當同讀作去聲字相押。

　　「夜」從「亦」省聲，上古歸入鐸部。但是一方面《廣韻》「夜」字讀作羊謝切，中古是去聲字；另一方面〈葛生〉、〈蕩之什‧蕩〉、屈原〈離騷〉與「夜」字相押的「居、呼、御」都是陰聲字。「居」在《古今韻會舉要》、《洪武正韻》中是御韻字；「呼」在《廣韻》、《集韻》、《洪武正韻》忞荒故切，音冴，也是去聲字，說明這幾個是魚部去聲字相押的韻段。

　　〈臣工之什‧振鷺〉的「斁」從「睪」聲，上古歸到鐸部。但是《廣韻》「斁」字兼有徒故（去聲）、當故（去聲）、羊益（入聲）三個反切。應是以去聲字的讀音同「譽」、「夜、惡」等去聲字相押。同從「睪」聲的「繹」字，〈駉〉詩中和「魚、徂、駵、邪」相押，應屬魚部平聲字的韻段。

　　〈南有嘉魚之什‧六月〉的「獲」字以及〈鄉人為秦護歌〉的「護」字同從「蒦」聲，上古歸入鐸部。但《廣韻》「護」字讀作胡誤切（去聲）；「獲」字雖讀作胡麥切（入聲），但《康熙字典》曰：

> 又【集韻】胡故切，音護。【禮‧曲禮】毋固獲。又【集韻】胡
> 化切，音話，爭取也。【周禮‧春官‧司常】凡射，共其獲旌。【註】
> 獲旌，獲者所持旌。【釋文】李音胡霸反。〔註15〕

　　「獲」字兼有《集韻》胡故切、胡化切，《釋文》胡霸反，都是去聲字的讀音，和「茹」字相押應屬魚部去聲字的韻段。〔註16〕

　　屈原〈懷沙〉、宋玉〈九辯〉「錯」字；〈李陵錄別詩〉「厝」字，皆從「昔」得聲，上古入鐸部。但是《廣韻》「錯、厝」除了倉各切（入聲）還有倉故切（去聲）的讀音，不排除是去聲調類同「懼」、「固」形成魚部字相押的韻段。

　　屈原〈離騷〉「索」字，《廣韻》蘇各切，上古入鐸部。但《康熙字典》曰：

> 又【集韻】蘇故切，音素。【釋名】索，素也。八索，著素王之
> 法也。【屈原‧離騷】眾皆競進以貪婪兮，憑不厭乎求索。羌內恕以
> 量人兮，各興心而嫉妒。【註】索，音素。〔註17〕

〔註15〕張玉書等編《康熙字典》，上海：上海書店出版社，1985年12月，頁795。

〔註16〕「茹」字，《洪武正韻》而遇切，音孺。說明「茹」字有去聲調類的讀音。

〔註17〕張玉書等編《康熙字典》，上海：上海書店出版社，1985年12月，頁1021。

　　劉熙《釋名》以魚部去聲「素」字聲訓「索」字，加上《集韻》「索」字讀作蘇故切（去聲），應是去聲的讀音同「妒」字組成魚部字相押的韻段。

　　劉向〈愍命〉「愬」字，《說文》曰：「獟，犬獟獟不附人也，从犬鳥聲。南楚謂相驚曰獟，讀若愬。」〔註18〕「愬」从「朔」得聲且讀若「獟」，上古歸入鐸部。但《廣韻》「愬」字兼讀山責切（入聲）、桑故切（去聲），其中去聲的讀音同「語」字組成魚部字相押的韻段。

　　〈式微〉、〈古詩十九首〉、阮籍〈詠懷詩〉、繆襲〈太和〉的「露」字；屈原〈涉江〉的「璐」字；〈文王之什・皇矣〉、〈生民之什・生名〉、〈汾沮洳〉、屈原〈遠遊〉、屈原〈離騷〉、東方朔〈哀命〉、韋孟〈在鄒詩〉、〈古詩十九首〉、〈李陵錄別詩〉、阮籍〈詠懷詩〉的「路」字，依據《說文》「路、露、璐」三個字聲旁相同，上古都歸到鐸部。但「路、露、璐」《廣韻》都讀作洛故切（去聲），上古也往往和《廣韻》去聲字相押，如：

（1）「路」字和《廣韻》去聲字相押

　　〈文王之什・皇矣〉：帝遷明德，串夷載（路）。天立厥配，受命既（固）。

　　屈原〈遠遊〉：歷玄冥以邪徑兮，乘間維以反（顧）。召黔嬴而見之兮，為余先乎平（路）。

　　屈原〈離騷〉：彼堯舜之耿介兮，既遵道而得（路）。何桀紂之猖披兮，夫唯捷徑以窘（步）。

（2）「露」字和《廣韻》去聲字相押

　　〈邶風・式微〉：微君之（故），胡為乎中（露）？

　　〈召南・行露〉：厭浥行（露）。豈不夙（夜），謂行多（露）。

　　〈古詩十九首〉：驅車上東門，遙望郭北（墓）。白楊何蕭蕭，松柏夾廣（路）。

　　下有陳死人，杳杳即長（暮）。潛寐黃泉下，千載永不（寤）。浩浩陰陽移，年命如朝（露）。人生忽如寄，壽無金石（固），萬歲

〔註18〕（漢）許慎撰、（清）段玉裁注《新添古音說文解字注》，臺北：洪葉文化，2005年10月，增修一版三刷，頁479。

更相送，賢聖莫能（度）。服食求神仙，多為藥所（誤）。不如飲美酒，被服紈與（素）。

上面同「路」、「露」相押的韻段都是《廣韻》去聲字，有些字被古音學者歸到上古鐸部，如「度步夜墓路」；有些字依從《廣韻》去聲歸入魚部，如「固顧故寙誤素」。這些韻段依古韻框架只能解釋為「魚鐸對轉」，但實際上應視為魚部去聲字相押的韻段。

2. 部分魚部字兼有入聲讀音

東方朔〈謬諫〉「固」和「涸」字相押，《說文》曰：「固，四塞也。從口古聲。」〔註19〕、「涸，渴也。從水固聲。讀若狐貉之貉。」〔註20〕「固」字從古聲，古暮切（去聲），上古被歸到魚部；「涸」字從固聲，下各切（入聲），上古被歸到鐸部。「固」和「涸」的原始聲旁都從「古」，但上古一魚部，一鐸部；中古一去聲，一入聲。比較合理的解釋，是從「古」得聲之字前上古時期讀作入聲，音讀保留在「涸」字；上古時期丟失-k尾讀作去聲，音讀保留在「固」字，且〈鹿鳴之什・天保〉同「除、庶」等去聲字相押。既然從「古」得聲之字本讀作入聲，那麼〈將進酒〉的「苦」字應是收-k尾的保守讀音同「索作搏白」等鐸部字相押。

3. 音近相押

〈招魂〉韻段找不出魚部字「居、呼」讀作入聲；或鐸部字「絡」丟失-k尾的證據，只能從鐸部-k尾聽覺上不易感知，因此和主要元音相同的魚部字相押來解釋。

第六節 錫部的用韻情況

一、錫部獨韻

（一）周朝之初至春秋之末

〔註19〕（漢）許慎撰、（清）段玉裁注《新添古音說文解字注》，臺北：洪葉文化，2005年10月，增修一版三刷，頁281。

〔註20〕（漢）許慎撰、（清）段玉裁注《新添古音說文解字注》，臺北：洪葉文化，2005年10月，增修一版三刷，頁564。

作　品	錫部	錫部獨韻	百分比	中　古　韻	次數	百分比
詩經	17	13	76.48%	麥昔錫	8	61.54%
				真／霽祭蟹卦	1	7.69%
				霽祭蟹卦／麥昔錫	3	23.08%
				真／霽祭蟹卦／麥昔錫	1	7.69%

（二）戰國之初至秦朝之末

作　品	錫部	錫部獨韻	百分比	中　古　韻	次數	百分比
楚辭屈宋	4	3	75%	麥昔錫	1	33.33%
				霽祭蟹卦	1	33.33%
				霽祭蟹卦／麥昔錫	1	33.33%

（三）楚漢之初至新莽之末

作　品	錫部	錫部獨韻	百分比	中　古　韻	次數	百分比
西漢文人	3	1	33.33%	麥昔錫	1	100%

（四）東漢之初至獻帝之末

作　品	錫部	錫部獨韻	百分比	中　古　韻	次數	百分比
東漢文人	1	0	0%	*	*	*

　　說明：「錫部獨韻」從《詩經》76.48%、《楚辭》屈宋 75%，下降到西漢文人 33.33%。東漢文人韻例較少，百分比是 0%。

二、錫部的例外押韻

（一）周朝之初至春秋之末

作　品	錫部總數	排行	用　韻　情　況	次數	百分比
詩經	17	1	錫部獨韻	13	76.48%
			錫支	1	5.88%
			錫屋	1	5.88%
			錫歌	1	5.88%
			錫藥歌	1	5.88%

（二）戰國之初至秦朝之末

作　品	錫部總數	排行	用　韻　情　況	次數	百分比
楚辭屈宋	4	1	錫部獨韻	3	75%
			錫鐸	1	25%

（三）楚漢之初至新莽之末

作　品	錫部總數	排行	用　韻　情　況	次數	百分比
西漢文人	3		錫部獨韻	1	33.33%
			錫支	1	33.33%
			錫質	1	33.33%

（四）東漢之初至獻帝之末

作　品	錫部總數	排行	用　韻　情　況	次數	百分比
東漢文人	1		錫鐸質	1	100%
			錫部獨韻	0	0%

　　說明：《詩經》、西漢文人錫支（陰入對轉）各 1 例，佔前者 5.88%以及後者 33.33%（韻例太少影響統計）。

三、支錫兩部的對轉關係

　　《詩經》、先秦民歌、西漢文人「支錫對轉」韻段如下：

（一）《詩經》

作者	篇　名	韻　字	上古韻	中古韻	韻　攝
不詳	節南山之什・何人斯	知祇／易	支／錫	支／昔	止／梗

（二）先秦民歌

作者	篇　名	韻　字	上古韻	中古韻	韻　攝
不詳	申叔儀乞糧歌	睆／繫	支／錫	霽	蟹

（三）西漢文人

作者	篇　名	韻　字	上古韻	中古韻	韻　攝
劉向	愍命	智／嬖	支／錫	寘／霽	止／蟹

　　〈節南山之什・何人斯〉「易」字，《廣韻》兼讀以豉切（去聲）、羊益切（入聲）。同韻段「知、祇」讀作平聲，或許「易」字原有平聲讀音但《廣韻》失收。

　　〈申叔儀乞糧歌〉「睆、繫」相押；劉向〈愍命〉的「智、嬖」相押，這些字《廣韻》都讀作去聲，可視為支部去聲字相押的韻段。

第七節　質部的用韻情況

一、質部獨韻

（一）周朝之初至春秋之末

作　品	質部	質部獨韻	百分比	中　古　韻	次數	百分比
詩經	57	40	70.18%	屑	1	2.5%
				至	2	5%
				至／質術櫛沒	2	5%
				至／質術櫛沒／屑	1	2.5%
				質術櫛沒	13	32.5%
				質術櫛沒／屑	13	32.5%
				質術櫛沒／職	5	12.5%
				霽怪／屑	2	5%
				霽怪／質術櫛沒	1	2.5%

（二）戰國之初至秦朝之末

作　品	質部	質部獨韻	百分比	中　古　韻	次數	百分比
楚辭屈宋	11	4	36.37%	質術櫛沒	2	50%
				質術櫛沒／屑	1	25%
				霽怪／職	1	25%

（三）楚漢之初至新莽之末

作　品	質部	質部獨韻	百分比	中　古　韻	次數	百分比
西漢文人	18	6	33.32%	屑	1	16.67%
				質術櫛沒	4	66.66%
				質術櫛沒／屑	1	16.67%

（四）東漢之初至獻帝之末

作　品	質部	質部獨韻	百分比	中　古　韻	次數	百分比
東漢文人	5	3	60%	至／質術櫛沒	1	33.33%
				質術櫛沒	1	33.33%
				質術櫛沒／屑	1	33.33%

說明：

　　1.「質部獨韻」從《詩經》70.18%，下降到《楚辭》屈宋 36.37%、西漢

文人 33.32%。東漢文人韻例較少回升至 60%。三國詩歌 1 例未見，如下表所示：

作　品	質部	質部獨韻	百分比	中　古　韻	次數	百分比
三國詩歌	10	0	0%	*	*	*

　　2. 質部去、入相押的次數不多，但在《詩經》、《楚辭》屈宋、東漢文人中佔一定程度上的百分比。

二、質部的例外押韻

（一）周朝之初至春秋之末

作　品	質部總數	排行	用　韻　情　況	次數	百分比
詩經	57	1	質部獨韻	40	70.18%
		2	質月	5	8.77%
		3	質物	4	7.02%
		3	質脂	4	7.02%
		5	質之	2	3.51%
			質元	1	1.75%
			質物月	1	1.75%

（二）戰國之初至秦朝之末

作　品	質部總數	排行	用　韻　情　況	次數	百分比
楚辭屈宋	11	1	質部獨韻	4	36.37%
		2	質脂	2	18.18%
			質職	2	18.18%
			質物	1	9.09%
			質文	1	9.09%
			質幽	1	9.09%

（三）楚漢之初至新莽之末

作　品	質部總數	排行	用　韻　情　況	次數	百分比
西漢文人	18	1	質部獨韻	6	33.32%
		2	質物	5	27.78%
		3	質月	2	11.11%
		3	質緝	2	11.11%
			質脂	1	5.56%
			質錫	1	5.56%
			質屋	1	5.56%

（四）東漢之初至獻帝之末

作　品	質部總數	排行	用　韻　情　況	次數	百分比
東漢文人	5	1	質部獨韻	3	60%
			質屋	1	20%
			質鐸錫	1	20%

說明：

1. 質脂（陰入對轉）《詩經》4 例，佔 7.02%；《楚辭》屈宋 2 例，竄升至 18.18%（韻例較少）；西漢文人 1 例，佔 5.56%；東漢文人、三國詩歌 1 例未見。三國的數據見下表：

作　品	質部總數	排行	用　韻　情　況	次數	百分比
三國詩歌	10	1	質物	3	30%
		2	質月	2	20%
			質鐸	1	10%
			質之	1	10%
			質物月	1	10%
			質職錫	1	10%
			質鐸物月	1	10%
			質部獨韻	0	0%

2.《詩經》、《楚辭》屈宋「質物合韻」佔 7.02%及 9.09%；西漢文人上升到 27.78%，成為次高的用韻情況；東漢文人韻例少佔 0%；三國詩歌上升至 30%，成為最頻繁的用韻情況。

3.「質月合韻」從《詩經》8.77%，上升至西漢文人 11.11%、三國詩歌 20%。但中間的《楚辭》屈宋、東漢文人 1 例未見。

三、脂質兩部的對轉關係

周秦至兩漢「脂質對轉」韻段如下表：

（一）《詩經》

作者	篇　名	韻　字	上古韻	中古韻	韻　攝
不詳	干旄	紕／四界	脂／質	支／至	止
不詳	魚藻之什・采菽	膍／戾	脂／質	齊／霽	蟹
不詳	甫田之什・賓之初筵	禮／至	脂／質	薺／至	蟹／止
不詳	載馳	濟／閟	脂／質	霽／至	蟹／止

（二）《楚辭》屈宋

作者	篇　　名	韻　　字	上古韻	中古韻	韻　攝
屈原	悲回風	比／至	脂／質	至	止
宋玉	九辯	死濟／至	脂／質	旨霽／至	止蟹／止

（三）先秦民歌

作者	篇　　名	韻　　字	上古韻	中古韻	韻　攝
荀子	成相雜辭	恣視／至利	脂／質	至	止

（四）西漢文人

作者	篇　　名	韻　　字	上古韻	中古韻	韻　攝
東方朔	謬諫	死／至	脂／質	旨／至	止

（五）兩漢民間

作者	篇　　名	韻　　字	上古韻	中古韻	韻　攝
不詳	猛虎行	棲／日	脂／質	齊／至	蟹／止
不詳	時人為周澤語	妻泥迷齋／日	脂／質	齊齊齊皆／至	蟹／止

「脂質對轉」百分比雖然不高，但從「韻攝」來看，主要是中古止攝字相押，意謂著「質部至韻」丟失-t尾同脂部止攝字合流。

「算術統計法」顯示周秦「脂微」同部，為什麼入聲質部和脂部字相押，卻不押微部字呢？理由是脂部止攝字是「脂旨至」；微部止攝字是「微尾未」，「質部至韻」在演變過程中併入脂部「脂旨至」，而和微部「微尾未」關係較遠。

屈原〈悲回風〉「比／至」相押；荀子〈成相雜辭〉「恣視／至利」相押；宋玉〈九辯〉、東方朔〈謬諫〉「死／至」相押，反映的都是中古「脂旨至」合流。此外，脂部蟹攝是「齊皆」；微部蟹攝是「皆灰咍」，質部「霽」和脂部「齊皆」相近，而與微部「皆灰咍」關係較遠。

「質部至韻」丟失-t尾併入脂部的同時，部分脂部蟹攝字讀音較保守，因此和「質部至韻」字相押。如〈甫田之什‧賓之初筵〉「禮／至」相押；〈載馳〉「濟／閟」相押；宋玉〈九辯〉「濟／至」相押；〈猛虎行〉「棲／日」相押；〈時人為周澤語〉「妻泥迷齋／日」相押。

第八節　物部的用韻情況

一、物部獨韻

（一）周朝之初至春秋之末

作　品	物部	物部獨韻	百分比	中　古　韻	次數	百分比
詩經	27	18	66.68%	至未	6	33.33%
				至未／質術物迄沒	1	5.56%
				至未／霽泰隊代	7	38.88%
				質術物迄沒	3	16.67%
				霽泰隊代	1	5.56%

（二）戰國之初至秦朝之末

作　品	物部	物部獨韻	百分比	中　古　韻	次數	百分比
楚辭屈宋	7	2	28.57%	至未／霽泰隊代	2	100%

（三）楚漢之初至新莽之末

作　品	物部	物部獨韻	百分比	中　古　韻	次數	百分比
西漢文人	14	3	21.43%	至未／質術物迄沒	2	66.67%
				質術物迄沒	1	33.33%

（四）東漢之初至獻帝之末

作　品	物部	物部獨韻	百分比	中　古　韻	次數	百分比
東漢文人	3	2	66.67%	質術物迄沒	1	50%
				霽泰隊代	1	50%

說明：

　　1.「物部獨韻」從《詩經》66.68%，下降到《楚辭》屈宋 28.57%、西漢文人 21.43%；東漢文人韻例較少竄升至 66.67%；三國詩歌 42.87%，如下表所示：

作　品	物部	物部獨韻	百分比	中　古　韻	次數	百分比
三國詩歌	14	6	42.87%	至未	2	33.33%
				至未／質術物迄沒	1	16.67%
				至未／霽泰隊代	1	16.67%
				質術物迄沒	2	33.33%

2.《詩經》18 個「物部獨韻」僅 1 例「至未（去聲）／質術物迄沒（入聲）」相押，佔 5.56%；西漢 3 個「物部獨韻」有 2 例「至未（去聲）／質術物迄沒（入聲）」相押，佔 66.67%。底下是《詩經》、西漢文人 3 例去入相押的韻段：

作者	篇　名	韻　字	上古韻	中古韻	韻　攝
不詳	節南山之什·雨無正	瘁／出	物	至／術	止／臻
劉向	遠逝	悴／坲	物	至／物	止／臻
劉向	惜賢	悴／鬱	物	至／物	止／臻

物部「瘁、悴」從「卒」得聲，上古入物部，中古脫落-t尾入去聲至韻。除了這 3 個韻段，物部「去／入」分得清清楚楚。從《詩經》來看，中古去聲「至未」、「至未／霽泰隊代」、「霽泰隊代」相押分佔 33.33%、38.88%以及 5.56%，其間不雜 1 個中古入聲字；中古入聲「質術物迄沒」相押佔 16.67%，也不雜 1 個去聲字。

二、物部的例外押韻

（一）周朝之初至春秋之末

作　品	物部總數	排行	用　韻　情　況	次數	百分比
詩經	27	1	物部獨韻	18	66.68%
		2	物質	4	14.81%
		3	物月	2	7.41%
			物真	1	3.7%
			物文	1	3.7%
			物質月	1	3.7%

（二）戰國之初至秦朝之末

作　品	物部總數	排行	用　韻　情　況	次數	百分比
楚辭屈宋	7	1	物月	3	42.85%
		2	物部獨韻	2	28.57%
			物質	1	14.29%
			物之	1	14.29%

（三）楚漢之初至新莽之末

作　品	物部總數	排行	用　韻　情　況	次數	百分比
西漢文人	14	1	物質	5	35.71%

	1	物月	5	35.71%
	3	物部獨韻	3	21.43%
		物文	1	7.15%

（四）東漢之初至獻帝之末

作　品	物部總數	排行	用　韻　情　況	次數	百分比
東漢文人	3	1	物部獨韻	2	66.67%
			物月	1	33.33%

說明：

1. 《楚辭》屈宋有 1 例「物之合韻」，其餘物部字不與陰聲韻部相押。

2. 「物質合韻」從《詩經》14.81%、《楚辭》屈宋 14.29%，上升到西漢文人 35.71%；東漢文人韻例較少 1 例未見；三國「物質」下降至 21.43%，見下表：

作　品	物部總數	排行	用　韻　情　況	次數	百分比
三國詩歌	14	1	物部獨韻	6	42.87%
		2	物質	3	21.43%
			物月	1	7.14%
			物質月	1	7.14%
			物微月	1	7.14%
			物職覺屋	1	7.14%
			物鐸質月	1	7.14%

3. 「物月合韻」從《詩經》7.41%，上升到《楚辭》屈宋 42.85%；兩漢文人略降至 35.71%、33.33%；三國詩歌再降至 7.14%。

三、質物兩部的合韻關係

（一）研究回顧

羅常培、周祖謨（1958）稱「物部」為「術部」，兩位先生說：

> 質術兩部的分別在《詩經》裏是很嚴格的，晚周諸子裏雖然偶有通叶，如《管子》《心術下》「失物」為韻，《荀子》《天論篇》「物失」為韻，但還是不夠多。到了兩漢的時期就不同了，這兩部完全合用，沒有分別。（羅常培、周祖謨 1958：42）

　　羅常培、周祖謨（1958）主張西漢「脂微」合併，相承的入聲「質術」也完全合用，沒有分別。從合韻百分比來看：

	詩　　經	楚辭屈宋	西漢文人	東漢文人
脂微合韻	47.22%	30%	49.98%	57.13%
質物合韻	7.02%	10%	27.78%	0%

　　《詩經》、西漢文人「脂微合韻」都佔了相當高的百分比。羅、周（1958）把《詩經》「脂微」劃作兩部；西漢「脂微」合併，顯然不是採用相同的判別標準。我們在第二章指出：周秦「脂微」當視為同部，自西漢開始「脂微」有分裂作止／蟹兩攝格局的趨勢，並同歌部、支部的止攝字及蟹攝字相押。那麼，「脂微」的入聲相配情況如何？

　　羅、周（1958）把西漢「質物」合併，說：「完全合用，沒有分別」。但從前文的數據來看：一方面西漢「質部獨韻」佔第 1 位（33.32%）超過「質物合韻」，顯然有獨立地位；二方面「質物合韻」反映出「臻攝入聲」、「止攝去聲」、「蟹攝去聲」合流的過程，而不是兩部無條件合併。俞敏〈後漢三國梵漢對音譜〉羅列了一批後漢三國的對音材料，〔註 21〕我們整理「脂微質物」四部的對音字如下表：

　　1. 脂部字對音

漢　　字	對　　音	主要元音
師	śi	i
師	siṁ	i
私	se	e
私	ṣṭhi	i
私	（v）si	i
私	siṁ	i
夷	dha	a
夷	ya	a
夷	vas	a
夷	ke	e
夷	（v）ji	i

〔註 21〕俞敏〈後漢三國梵漢對音譜〉，《俞敏語言學論文集》，北京：商務印書館，1999 年 5 月，頁 1～62。

夷	tri	i
夷	（v）thi	i
夷	dhi	i
夷	（v）pi	i
夷	yi	i
夷	yin	i
夷	（v）si	i
稽	ke	e
昆	bhī	ī
昆	（v）vya	a
昆	vāi	ā
昆	pe	e
昆	bhe	e
毗	ve	e
毗	（v）pi	i
昆	（v）pi	i
昆	biḥ	i
昆	（v）bhi	i
昆	vi	i
昆	（v）vi	i
陛	pas	a
履	đī	ī
履	di	i
梨	rya	a
梨	la	a
梨	rāi	ā
梨	（v）ṭi	i
梨	ri	i
梨	li	i
犁	lay	a
犁	rāy	ā
犁	le	e
棃	（v）ti	i
黎	rya	a
荔	pre	e

彌	（v）manl	a
彌	may	a
彌	me	e
彌	mi	i
彌	mahi	a
彌	māi	ā
彌	mnī	ī
彌	mbī	ī
膩	nis	i
尼	nī	ī
尼	nay	a
尼	nya	a
泥	nya	a
尼	nāi	ā
尼	ne	e
尼	ṇī	.ī
尼	ṇi	i
泥	ni	i
尼	ni	i
泥	nir	i
尼	nir	i
尼	niṣ	i
尼	mbī	ī
尸	śe	e
尸	śi	i
尸	śyin	i
尸	ṣṭhi	i
尸	si	i
示	di	i
脂	kra	a
邸	ḍi	i
底	（v）ti	i
伊	aji{e}	i
伊	ha	a
伊	e	e

伊	i	i
坻	（v）ṭa	a
遟	ḍa	a
坻	ḍa	a
坻	（v）da	a
坻	dra	a
遟	ḍi	i
坻	ti	i
坻	（v）ti	i
遟	li	i
比	vāi	ā
比	bi	i
比	bhi	i
比	（v）bhi	i
比	vi	i
比	bṛ	ṛ
耆	jī	ī
祁	ṇa	a
耆	gi	i
耆	gir	i
耆	giḥ	i
耆	gni	i
耆	go	o
耆	gṛ	ṛ

2. 微部字對音

漢　字	對　音	主要元音
韋	ve	e
圍	ve	e
惟	bī	ī
維	vas	a
惟	vāi	ā
維	vāi	āi
惟	ve	e
惟	（v）pi	i

維	（v）pi	i
惟	（v）bhi	i
維	（v）bhi	i
惟	vi	i
惟	（v）vi	i
腓	vi	i
螺	luā	ā
螺	ri	i
洒	ṇa	a
絺	ṣṭhi	i
非	vi	i

3. 質部字對音

漢　字	對　音	主要元音
瑟	ṣik	i
悉	sid	i
膝	sid	i
悉	sud	u
日	ṇī	ī
逸	yat	a
逸	（v）ji	i
逸	（v）jit	i
鼻	（v）vi	i
利	rī	ī
利	（v）ṭi	i
利	（v）triṁ	i
利	（v）din	i
利	（v）dvi	i
利	dvi	i
利	ri	i
利	li	i
利	kti	i
逮	rya	a
逮	de	e
蜜	mat	a

蜜	mad	a
蜜	madh	a
蜜	mit	i
涅	nad	a
涅	nir	i
致	（v）ti	i
致	（v）tin	i
替	tis	i
替	ri	i
蛭	tis	i
匹	phin	i
棄	（v）kha	a
詰	kīrt	ī
懿	（v）cit	i

4. 物部字對音

漢　字	對　音	主要元音
勃	bud	u
孛	puṣ	u
纇	grod	o
律	grod	o
律	rud	u
突	duṣ	u
勿	bud	u
勿	mud	u
昧	madhi	a
術	（v）vat	a
術	ṣij	i
術	ṣit	i
術	yut	u
費	puṣ	u
鬱	ut	u
鬱	ur	u
沸	puṣ	u
沸	bud	u

弗	put	u
弗	puṣ	u
弗	pūr	ū
崛	kuṭ	u
掘	gul（v）	u

脂部字的主要元音有「i、ī、e、a、ā、o」，出現最多次數為「i」；微部字與脂部字大致相同，主要元音有「i、ī、e、a、ā、āi」，出現最多次的同樣是「i」。

入聲質部字除了有塞音尾「d、t」外，主要元音有「i、ī、e、u、a」，大致上與「脂微」相同。其中主要元音出現最多次的是「i」，可同「脂微」陰入相承。一般認為是微部入聲的物部，主要元音有「u、ū、o、a、i」，其中最常出現的是「u」，顯然不能夠與「脂微」的「i」元音相配。因此，「脂微質物」陰入的相配情況如下：

【陰】　　　脂微

【入】　　　質　　　　　　物

（二）質物合韻所反映的語音現象

周秦到三國「質物合韻」韻段如下：

1.《詩經》

作者	篇　名	韻　字	上古韻	中古韻	韻　攝
不詳	黍離	穗／醉	質／物	至	止
不詳	陟岵	棄／寐季	質／物	至	止
不詳	谷風	肆／墍	質／物	至／未	止
不詳	文王之什・皇矣	肆／拂茀仡忽	質／物	至／物物迄沒	止／臻

2.《楚辭》屈宋

作者	篇　名	韻　字	上古韻	中古韻	韻　攝
屈原	懷沙	汩／忽	質／物	沒	臻

3. 西漢文人

作者	篇　名	韻　字	上古韻	中古韻	韻　攝
韋孟	諷諫詩	壹／弼	質／物	質	臻
韋孟	在鄒詩	室／弼	質／物	質	臻

劉向	思古	日／鬱	質／物	質／物	臻
韋孟	諷諫詩	逸／黜	質／物	質／術	臻
韋玄成	戒子孫詩	逮／隊	質／物	霽／隊	蟹

4. 兩漢民間

作者	篇　名	韻　字	上古韻	中古韻	韻　攝
不詳	古歌	穗／悴	質／物	至	止

5. 三國詩歌

作者	篇　名	韻　字	上古韻	中古韻	韻　攝
曹植	白鳩謳	懿／類	質／物	至	止
曹植	責躬	肆／類	質／物	至	止
曹植	白鳩謳	質／出	質／物	質／術	臻

　　從「韻攝」來看，上表除了〈文王之什・皇矣〉，全是「質部止攝和物部止攝」、「質部臻攝和物部臻攝」、「質部蟹攝和物部蟹攝」字相押。再從「中古韻」來看，全是去聲押去聲；入聲押入聲，說明「質物合韻」反映出兩種音韻情況：一是質部入聲「質術櫛沒」和物部入聲「質術物迄沒」合流，形成中古臻攝入聲格局的前身。二是物部去聲「至未」併入「脂微」止攝去聲；「霽泰隊代」併入「脂微」蟹攝去聲，形成中古止、蟹兩攝格局的前身。

　　〈文王之什・皇矣〉質部「肆」字從「聿」聲，可入物部同「拂茀仡忽」等字相押，不必視為「質物合韻」的韻段。

第九節　月部的用韻情況

一、月部獨韻

（一）周朝之初至春秋之末

作　品	月部	月部獨韻	百分比	中　古　韻	次數	百分比
詩經	62	54	87.1%	月曷末鎋屑薛	21	38.89%
				物／月曷末鎋屑薛	1	1.85%
				祭泰夬廢	19	35.19%
				祭泰夬廢／月曷末鎋屑薛	13	24.07%

（二）戰國之初至秦朝之末

作　品	月部	月部獨韻	百分比	中　古　韻	次數	百分比
楚辭屈宋	19	14	73.69%	月曷末鎋屑薛	4	28.57%
				祭泰夬廢	8	57.14%
				祭泰夬廢／月曷末鎋屑薛	2	14.29%

（三）楚漢之初至新莽之末

作　品	月部	月部獨韻	百分比	中　古　韻	次數	百分比
西漢文人	27	16	59.26%	月曷末鎋屑薛	7	43.75%
				祭泰夬廢	7	43.75%
				祭泰夬廢／月曷末鎋屑薛	2	12.5%

（四）東漢之初至獻帝之末

作　品	月部	月部獨韻	百分比	中　古　韻	次數	百分比
東漢文人	3	2	66.67%	月曷末鎋屑薛	1	50%
				祭泰夬廢	1	50%

說明：

1.「月部獨韻」從《詩經》87.1%，下降到《楚辭》屈宋73.69%、西漢文人59.26%。東漢文人回升到66.67%；三國詩歌再上升至71.44%，如下表所示：

作　品	月部	月部獨韻	百分比	中　古　韻	次數	百分比
三國詩歌	28	20	71.44%	月曷末鎋屑薛	8	40%
				祭泰夬廢	10	50%
				祭泰夬廢／月曷末鎋屑薛	2	10%

2. 月部「祭泰夬廢（去）／月曷末鎋屑薛（入）」混韻，從《詩經》24.07%，下降到《楚辭》屈宋14.29%、西漢文人12.5%。東漢文人用韻較少1例未見；三國詩歌10%，顯示月部去、入逐步分離的趨勢。

二、月部的例外押韻

（一）周朝之初至春秋之末

作　品	月部總數	排行	用　韻　情　況	次數	百分比
詩經	62	1	月部獨韻	54	87.1%

		2	月質	5	8.06%
		3	月物	2	3.23%
			月質沒	1	1.61%

（二）戰國之初至秦朝之末

作　品	月部總數	排行	用　韻　情　況	次數	百分比
楚辭屈宋	19	1	月部獨韻	14	73.69%
		2	月物	3	15.79%
			月之	1	5.26%
			月緝	1	5.26%

（三）楚漢之初至新莽之末

作　品	月部總數	排行	用　韻　情　況	次數	百分比
西漢文人	27	1	月部獨韻	16	59.26%
		2	月物	5	18.52%
		3	月質	2	7.41%
		3	月葉	2	7.41%
			月歌	1	3.7%
			月元	1	3.7%

（四）東漢之初至獻帝之末

作　品	月部總數	排行	用　韻　情　況	次數	百分比
東漢文人	3	1	月部獨韻	2	66.67%
			月物	1	33.33%

說明：

1. 上表除了西漢文人有 1 例「月歌對轉」，〔註22〕月部字幾乎不和歌部字相押。

2.「月物合韻」從《詩經》3.23%，上升到《楚辭》屈宋 15.79%、西漢文人 18.52%、東漢文人 33.33%，顯示「月物」的關係穩定成長。但三國詩歌直降到 3.57%，如下表所示：

作　品	月部總數	排行	用　韻　情　況	次數	百分比
三國詩歌	28	1	月部獨韻	20	71.44%

〔註22〕劉向〈遠逝〉：躬純粹而罔愆兮，承皇考之妙（儀）。惜往事之不合兮，橫汨羅而下（瀨）。

2	月質	2	7.14%
	月錫	1	3.57%
	月物	1	3.57%
	月微	1	3.57%
	月微物	1	3.57%
	月質物	1	3.57%
	月鐸質物	1	3.57%

3.「月質合韻」佔《詩經》8.06%、西漢文人 7.41%、三國詩歌 7.14%。《楚辭》屈宋、東漢文人 1 例未見。

三、質月兩部的合韻關係

（一）研究回顧

郭錫良（1986／2010）依據上古「去入一類」的概念，把中古獨立去聲韻「祭泰夬廢」併到上古月部。羅常培、周祖謨（1958）把「祭泰夬廢」獨立為祭部（同中古沒有平上，只有去聲），放到和月部相承的陰聲韻地位。

「月部獨韻」的表格顯示《詩經》「祭泰夬廢（去）／月曷末鎋屑薛（入）」混押佔 24.07%。我們很難說「算數統計法」得出的 24.07%兩類是分還是合，姑且依郭錫良（1986／2010）不把祭部獨立。

羅常培、周祖謨（1958：50）說：「質月兩部音近（韻尾都是-t），所以祭部既跟月部通押，又跟質部通押。」至於如何音近？羅、周沒有說明。兩位先生又說：

> 入聲韻收-t 的兩部是質部和月部。質部跟月部通押的例子比較
>
> 多。凡是跟質部通押的月部字大半都是薛韻字。（羅常培、周祖謨
>
> 1958：55）

底下韻段可以看出「質月」通押的月部字，並非大半是薛韻字。

（二）質月合韻所反映的語音現象

周秦到三國「質月合韻」韻段如下：

1. 《詩經》

作者	篇　名	韻　字	上古韻	中古韻	韻　攝
不詳	節南山之什・正月	結／厲滅	質／月	屑／祭薛	山／蟹山

不詳	魚藻之什・采菽	淠駶屆／嘒	質／月	至至怪／霽	止止蟹／蟹
不詳	節南山之什・雨無正	戾／勩	質／月	霽／祭	蟹
不詳	文王之什・皇矣	翳／栵	質／月	霽／薛	蟹／山
不詳	蕩之什・瞻卬	惠屆疾／厲瘵	質／月	霽怪質／祭怪	蟹蟹臻／蟹

2. 先秦民歌

作者	篇　　名	韻　　字	上古韻	中古韻	韻　攝
不詳	孔子誦	戾／芾	質／月	霽／未	蟹／止
荀子	成相雜辭	巉／蔽勢制	質／月	祭	蟹
不詳	窮劫曲	悷節／越伐發闕發歇怛殺決劣孽滅雪滅絕褻	質／月	霽屑／月月月月月月曷黠屑薛薛薛薛薛薛薛	蟹山／山

3. 西漢文人

作者	篇　　名	韻　　字	上古韻	中古韻	韻　攝
劉向	惜賢	血／廢	質／月	屑／廢	山／蟹
劉向	遠遊	日／滅	質／月	質／薛	臻／山

4. 兩漢民間

作者	篇　　名	韻　　字	上古韻	中古韻	韻　攝
不詳	郭輔碑歌	至惠／裔世勢	質／月	至霽／祭	止蟹／蟹
不詳	古詩十九首	慄／札察缺別滅	質／月	質／黠黠屑薛薛	臻／山

5. 三國詩歌

作者	篇　　名	韻　　字	上古韻	中古韻	韻　攝
曹植	責躬	戾／越	質／月	屑／月	山
曹植	詩	穴／別	質／月	屑／薛	山

　　質部包含中古「止攝至」、「蟹攝霽怪」、「臻攝質術櫛」、「山攝屑」等韻；月部包含中古「蟹攝祭泰夬廢」、「臻攝物」、「山攝月曷末鎋屑薛」等韻。「質月合韻」合理的推想是「蟹攝」、「臻攝」、「山攝」合流過程中所造成的押韻現象。但是上面韻段有「蟹攝／山攝」、「止攝／蟹攝」、「臻攝／蟹攝」、「臻攝／山攝」混押的情況，可以推想三國以前「質月」通叶百分比不高且出現於少數詩人的用韻習慣，應是個別地域的方音現象。三國僅見於曹植韻段，反映出「山攝入聲字合流」，音變方向是質部四等字 i 元音裂化為 ia，轉押月

部字。底下粗略統計西晉「質月」的百分比：〔註23〕

（1）從質部角度看，「質月」49.98%，較三國高出 29.98%。

（2）從月部角度看，「月質」39.29%，較三國高出 32.15%。

這說明質、月兩部「蟹攝」、「臻攝」、「山攝」字要到西晉時期才大量合流，詩人也擴大到曹嘉、傅玄、陸機、董京、潘岳等人的用韻習慣，不再侷限於某一作家。

四、物月兩部的合韻關係

（一）研究回顧

羅常培、周祖謨（1958）把兩漢物（術）部併入質部，所以「物月合韻」在《漢魏晉南北朝韻部演變研究》書中是「質月合韻」的一部分。

（二）物月合韻所反映的語音現象

周秦到三國「物月合韻」韻段如下：

1.《詩經》

作者	篇　名	韻　字	上古韻	中古韻	韻　攝
不詳	生民之什・生民	穟／旆	物／月	至／泰	止／蟹
不詳	文王之什・皇矣	對／兌拔	物／月	隊／泰黠	蟹／蟹山

2.《楚辭》屈宋

作者	篇　名	韻　字	上古韻	中古韻	韻　攝
屈原	哀郢	慨／邁	物／月	代／夬	蟹
屈原或宋玉	招魂	沫／穢	物／月	泰／廢	蟹
宋玉	九辯	昧慨／帶介邁敗穢	物／月	隊代／泰怪夬夬廢	蟹

3. 西漢文人

作者	篇　名	韻　字	上古韻	中古韻	韻　攝
劉向	愍命	喟／傺	物／月	至／祭	止／蟹

〔註23〕逯欽立《先秦漢魏晉南北朝詩》輯校西晉詩人共 64 家。筆者力有未逮，僅統計司馬彪、嵇喜、江偉、程咸、劉伶……等 40 家的用韻情況，故稱粗略。

劉向	思古	悴／袂	物／月	至／祭	止／蟹
淮南小山	招隱士	弟／軋	物／月	物／黠	臻／山
劉去	歌	忽／絕	物／月	沒／薛	臻／山
韋孟	諷諫詩	隊／衛	物／月	隊／祭	蟹

4. 東漢文人

作者	篇　名	韻　字	上古韻	中古韻	韻　攝
傅毅	迪志詩	墜／逮	物／月	至／代	止／蟹

5. 兩漢民間

作者	篇　名	韻　字	上古韻	中古韻	韻　攝
不詳	青陽鄒子樂	遂／逮	物／月	至／代	止／蟹

6. 三國詩歌

作者	篇　名	韻　字	上古韻	中古韻	韻　攝
曹植	責躬	物／紲	物／月	物	臻

「物月」中古具有共同的「臻攝」和「蟹攝」，但從上面「韻攝」來看，顯然不全是臻、蟹兩攝字合流的韻段，底下分出兩類：

（1）〈生民之什・生民〉「穟」字；韋孟〈諷諫詩〉「隊」字；傅毅〈迪志詩〉「墜」字；〈青陽鄒子樂〉「遂」字，這些字都從「㒸」得聲，上古入物部*ət，演變到中古看起來有*ə＞i、a 兩種音變類型，其中 a 元音類型同月部字相押，《廣韻》入蟹攝字（如：隊、顇、碎）；其餘從「㒸」得聲之字《廣韻》入止攝 i 元音。

（2）屈宋作品物部「泰隊代」同月部「泰怪夬」相押，反映中古蟹攝字合流的先聲。劉向〈愍命〉物部「喟」字，《廣韻》兼讀丘愧切（止攝）、苦怪切（蟹攝），應是「苦怪切」的讀音同月部蟹攝「傺」字相押。〈文王之什・皇矣〉「對／兌拔」合韻，「對」和「兌」是中古蟹攝字；「拔」字，《廣韻》讀作山攝黠韻，但《集韻》、《古今韻會舉要》汏蒲蓋切，音旆，同樣有蟹攝字讀音。

西漢劉向〈思古〉、淮南小山〈招隱士〉、劉去〈歌〉等韻段所透露的語音訊息不明，暫且不論。

第十節　緝部的用韻情況

一、緝部獨韻

（一）周朝之初至春秋之末

作　品	緝部	緝部獨韻	百分比	中　古　韻	次數	百分比
詩經	13	9	69.24%	緝	4	44.44%
				緝／合葉洽	5	55.56%

（二）戰國之初至秦朝之末

作　品	緝部	緝部獨韻	百分比	中　古　韻	次數	百分比
楚辭屈宋	4	3	75%	緝	2	66.67%
				緝／合葉洽	1	33.33%

（三）楚漢之初至新莽之末

作　品	緝部	緝部獨韻	百分比	中　古　韻	次數	百分比
西漢文人	4	1	25%	緝	1	100%

（四）東漢之初至獻帝之末

作　品	緝部	緝部獨韻	百分比	中　古　韻	次數	百分比
東漢文人	1	1	100%	緝	1	100%

說明：

1. 《詩經》、《楚辭》屈宋「緝部獨韻」維持在 69.24%及 75%。兩漢韻例較少分別是 25%及 100%。

2. 緝部「緝（深攝）／合葉洽（咸攝）」混韻，從《詩經》55.56%，下降到《楚辭》屈宋 33.33%。兩漢韻例太少顯示不出混韻情況。

二、緝部的例外押韻

（一）周朝之初至春秋之末

作　品	緝部總數	排行	用　韻　情　況	次數	百分比
詩經	13	1	緝部獨韻	9	69.24%
			緝葉	1	7.69%
			緝幽	1	7.69%
			緝魚	1	7.69%
			緝職	1	7.69%

（二）戰國之初至秦朝之末

作　品	緝部總數	排行	用　韻　情　況	次數	百分比
楚辭屈宋	4	1	緝部獨韻	3	75%
			緝月	1	25%

（三）楚漢之初至新莽之末

作　品	緝部總數	排行	用　韻　情　況	次數	百分比
西漢文人	4	1	緝質	2	50%
			緝職	1	25%
			緝部獨韻	1	25%

（四）東漢之初至獻帝之末

作　品	緝部總數	排行	用　韻　情　況	次數	百分比
東漢文人	1	1	緝部獨韻	1	100%

第十一節　葉部的用韻情況

一、葉部獨韻

（一）周朝之初至春秋之末

作　品	葉部	葉部獨韻	百分比	中　古　韻	次數	百分比
詩經	4	3	75%	葉狎業	2	100%

（二）戰國之初至秦朝之末

作　品	葉部	葉部獨韻	百分比	中　古　韻	次數	百分比
楚辭屈宋	2	2	100%	葉狎業	2	100%

（三）楚漢之初至新莽之末

作　品	葉部	葉部獨韻	百分比	中　古　韻	次數	百分比
西漢文人	2	0	0%	*	*	*

（四）東漢之初至獻帝之末

作　品	葉部	葉部獨韻	百分比	中　古　韻	次數	百分比
東漢文人	1	0	0%	*	*	*

說明：《詩經》、楚辭屈宋「葉部獨韻」分佔 75%及 100%。兩漢韻例太少不見獨韻韻段。

二、葉部的例外押韻

（一）周朝之初至春秋之末

作　品	葉部總數	排行	用　韻　情　況	次數	百分比
詩經	4	1	葉部獨韻	3	75%
			葉緝	1	25%

（二）戰國之初至秦朝之末

作　品	葉部總數	排行	用　韻　情　況	次數	百分比
楚辭屈宋	2	1	葉部獨韻	2	100%

（三）楚漢之初至新莽之末

作　品	葉部總數	排行	用　韻　情　況	次數	百分比
西漢文人	2	1	葉月	2	100%
			葉部獨韻	0	0%

（四）東漢之初至獻帝之末

作　品	葉部總數	排行	用　韻　情　況	次數	百分比
東漢文人	1	1	葉藥	1	100%
			葉部獨韻	0	0%

說明：

1. 《詩經》「葉緝合韻」1 例如下：

〈蕩之什·烝民〉：仲山甫出祖，四牡業（業），征夫捷（捷），每懷靡（及）。

「業」是中古業韻字；「捷」是中古葉韻字，兩字同屬上古葉部。同韻段「及」是中古緝韻字，上古緝部字。但仔細觀察從「及」得聲的「般、衱、极、笈」中古兼有葉韻、業韻兩讀，反推到上古都是葉部。推知從「及」得聲之字，上古兼有緝部、葉部兩讀，〈蕩之什·烝民〉以葉部韻基讀音同「業、捷」兩字相押。

2. 西漢「葉月合韻」2 個韻段如下：

劉向〈逢紛〉：歎曰：譬彼流水，紛揚（磕）兮，波逢洶涌，潰
滂（沛）兮。

王褒〈尊嘉〉：望淮兮沛（沛），濱流兮則（逝）。榜舫兮下流，
東注兮磕（磕）。蛟龍兮導引，文魚兮上（瀨）。抽蒲兮陳坐，援芙
葉兮為（蓋）。水躍兮余旌，繼以兮微（蔡）。雲旗兮電騖，儵忽兮
容（裔）。

「磕、蓋」從「盍」得聲，上古入葉部。因為走**-b＞*-d＞*-ø的音變路線，
到了漢代與同屬 a 元音的「沛、逝、瀨、蔡、裔」等月部去聲字相押。

第十二節　入聲韻部結論

前人對上古陰入關係的看法，可以分成「陰聲韻具輔音韻尾」及「陰聲
韻不具輔音韻尾」兩派。「陰聲韻具輔音韻尾」的觀點，可以凸顯上古的陰入
關係，並以舌根尾-g、舌尖尾-d、雙唇尾-b的面貌，與入聲-k、-t、-p及陽聲-ŋ、
-n、-m相配。但是遺留三個問題：一是上古漢語幾乎沒有開音節；二是現代
漢語沒有留下-g，-d，-b的痕跡；三是上古陰入關係並不如想像中的密切。「陰
聲韻不具輔音韻尾」的觀點主張入聲韻尾-k、-t、-p在漢語音節尾是唯閉音，
聽覺上不易感知，因此可以和主要元音相同的陰聲韻部相押。但是從擬音來
看無法解決*-ə（之）為什麼專配*-ək（職）*-əŋ（蒸），而不配*-ət（物）*-ən
（文）、*-əp（緝）*-əm（侵）等問題。從「陰入相押」百分比來看，如「之
職對轉」僅佔《詩經》之部韻段 7.47%；佔職部韻段 11.82%，實不足以支持
陰聲字全面構擬塞音韻尾的假說。

上古入聲韻部，包含《廣韻》入聲韻以及部分去聲韻字，如職部包含《廣
韻》入聲「屋、麥、職、德」以及去聲「志、怪、隊、代、宥」的部分字。
這些「中古去」歸到「上古入」的依據有兩點：一是同諧聲偏旁有入聲字；
二是詩韻裡同入聲字相押。但實際觀察韻段，這些「中古去歸到上古入」的
字，是不是只和上古入聲字相押呢？答案是否定的。前文「職部韻段」說明
被劃入職部的中古去聲字大多數與之部字相押；且除了「去入」也有不少「上
入」相押的韻段。把「中古去」劃入「上古入」的作法，徒增不必要的陰入
通叶。

一、職　部

　　周秦到東漢「職部獨韻」百分比增加且「職之」（陰入對轉）百分比下降。表面上看起來是「職之」陰入關係疏遠造成「職部獨韻」百分比增加，實際上東漢以後職部去聲「至志」、「怪隊」、「宥」很少被拿來作為韻字（因此減少與之部字通叶）；「職部獨韻」只剩下入聲「屋／職德」、「職德」相押（全用入聲字所以獨韻百分比增加）。

二、之職對轉

　　依照一部一韻基的古韻學框架，只能把陰入關係用「對轉」一詞簡單帶過。從韻段來看，「之職對轉」是入兼陰、陰兼入的「異讀現象」以及「音近相押」的關係。

1. 部分職部字兼有陰聲讀音

諧聲偏旁	韻 字	說　　　明
从畐聲	福	《廣韻》方六切（入聲）；《集韻》敷救切（去聲）。
	輻	《廣韻》方六切（入聲）、方副切（去聲）。
从式聲	式	《廣韻》賞職切（入聲）。 从式得聲：「試」、「弒」，《廣韻》式吏切（去聲）。
从直聲	殖	《廣韻》常職切（入聲）；《集韻》仕吏切，音事（去聲）。
从亟聲	亟	《廣韻》紀力切（入聲）、去吏切（去聲）。

2. 部分之部字兼有入聲讀音

諧聲偏旁	韻 字	說　　　明
从有聲	囿	于救切（去聲）、《廣韻》于六切（入聲）。
从來聲	來	《廣韻》落哀切（平聲）。 从來得聲：「勑」字，《集韻》蓄力切，音敕（入聲）。
从求聲	裘	《廣韻》巨鳩切（平聲）；《集韻》渠竹切，音鞠（入聲）。

3. 音近相押

　　在「主要元音相同」的條件下（依陰聲韻具輔音韻尾一派，則收尾輔音發音部位也相同，如：之部*-g；職部*-k。）部分詩作用韻寬緩也會造成「之職對轉」，如：〈生民之什・假樂〉雖顯示之部「子」字同職部「德」字相押，但「子」字在其它韻段總押上聲；「德」字其它韻段總押入聲，那麼〈假樂〉「子／德」對轉只能夠是音近相押。

三、覺　部

「覺部獨韻」從《詩經》覺部韻段 56% 下降到東漢文人 28.57%，顯示例外押韻漸趨頻繁，其中又以「覺職」、「覺屋」等合韻現象較值得關注。

四、幽覺對轉

「覺幽」（陰入對轉）佔《詩經》24%、《楚辭》屈宋 33.33%；西漢文人以後不再相押。「覺幽」反映出入兼陰、陰兼入的「異讀現象」以及「音近相押」。

1. 部分覺部字兼有陰聲讀音

諧聲偏旁	韻字	說　明
从祝聲	祝	《廣韻》之六切（入聲）、職救切（去聲）。
从告聲	告	《廣韻》古沃切（入聲）、古到切（去聲）。
从學省聲	覺	《廣韻》古岳切（入聲）、古孝切（去聲）。
从由聲	軸	《廣韻》直六切（入聲）。 从由得聲： 「柚」字，直六切（入聲）、余救切（去聲）。 「邮」字，徒歷切（入聲）、以周切（平聲）。 「妯」字，直六切（入聲）、丑鳩切（平聲）。 聲訓：《釋名》軸，抽也。抽字（平聲）。

2. 部分幽部字兼有入聲讀音

諧聲偏旁	韻字	說　明
从肅聲	嘯	《廣韻》蘇弔切（去聲）。 从肅得聲：肅字，息逐切（入聲）。 「橚」、「潚」、「蟰」等字，蘇彫切（平聲）、邊逐切（入聲）。 「璛」字，先鳥切（上聲）、息逐切（入聲）。 「擭」字，蘇彫切（平聲）、先鳥切（上聲）、蘇弔切（去聲）、息逐切（入聲）、所六切（入聲）。
从攸聲	脩	《廣韻》息流切（平聲）。 从脩得聲：「瞗」字，丑鳩切（平聲）、他歷切（入聲）。 从攸得聲：「倏」、「儵」等字，式竹切（入聲）。

3. 音近相押

〈清廟之什・維天之命〉覺部「篤」字-k 尾聽覺上不易感知，與主元音相同的幽部「收」字相押。

五、職覺合韻

　　「職覺合韻」最高佔職部韻段 4.55%；佔覺部韻段 16%～25%，一般以「主要元音相近，韻尾相同」的旁轉現象解釋。從韻段來看，周秦「職覺」相押原因不明。兩漢劉向〈愍命〉「服／逐」；〈氾勝之引諺〉「富／覆」相押，反映「職部三等唇音聲母字」轉向覺部的音變現象，同「之部流攝字」轉向幽部音變平行。三國韋昭〈克皖城〉反映出覺部「覆」字兼有匹北切，前上古讀作職部的早期階段讀音，因此同職部「革、息、賊、愿、德」等字相押。

六、藥　部

　　《詩經》「藥部獨韻」佔 47.83%；《楚辭》屈宋以下少見「藥部獨韻」。

七、宵藥對轉

　　周秦到西漢常見「藥宵」（陰入）相押；東漢韻段較少 1 例未見。「宵藥對轉」主要是中古的效攝字相押，反映這些與宵部字通叶的「藥部效攝字」或丟失-k 尾轉入宵部；或本就讀作宵部韻基，因同諧聲偏旁有入聲字所以被歸到上古藥部。從現有的古韻分部框架來看，「藥宵」反映出入兼陰、陰兼入的「異讀現象」以及「音近相押」。

1. 部分藥部字兼有陰聲讀音

諧聲偏旁	韻字	說　　明
從卓聲	悼	從卓得聲：「卓」字，竹角切（入聲）。 《廣韻》徒到切（去聲）。
從翟聲	曜	從翟得聲：「翟」字，場伯切（入聲）、徒歷切（入聲）。 《廣韻》弋照切（去聲）。
	濯	《廣韻》直角切（入聲）、直教切（去聲）。
	躍	《廣韻》以灼切（入聲）。
	燿	《廣韻》弋照切（去聲）。
從高聲	翯	《廣韻》許角切（入聲）、胡覺切（入聲）、胡沃切（入聲）。 《集韻》下老切，音皓（上聲）。 從高得聲：「高」字，古勞切（平聲）。
從爵聲	嚼	《廣韻》在爵切（入聲）；《集韻》才肖切、子肖切（去聲）。

2. 部分宵部字兼有入聲讀音

諧聲偏旁	韻字	說　　明
從毛聲	秏	《廣韻》莫報切（去聲）、莫角切（入聲）。

3. 音近相押

〈節南山之什・正月〉藥部「虐、樂」-k 尾聽覺上不易感知，因此和主要元音相同的宵部字「炤、殽」相押。

八、屋　部

「屋部獨韻」從《詩經》77.41%下降到東漢文人 39.99%，顯示例外押韻漸趨頻繁，其中以「屋覺合韻」最值得關注。

九、屋侯對轉

《詩經》、《楚辭》屈宋多見「屋侯」（陰入）相押。西漢文人未見，東漢僅 1 例（6.67%）。「屋侯」反映入兼陰、陰兼入的「異讀現象」以及「音近相押」。

1. 部分屋部字兼有陰聲讀音

諧聲偏旁	韻字	說　　明
從谷聲	裕	從谷得聲：「谷」字，古祿切（入聲）、盧谷切（入聲）、余蜀切（入聲）。 《廣韻》羊戍切（去聲）。

2. 部分侯部字兼有入聲讀音

諧聲偏旁	韻字	說　　明
從婁聲	數	《廣韻》所矩切（上聲）、色句切（去聲）、所角切（入聲）。

3. 音近相押

〈谷風之什・楚茨〉、〈蕩之什・桑柔〉、〈魚藻之什・角弓〉、〈秦風・小戎〉、屈原〈離騷〉等韻段中，「祿、穀、谷、木、屬、轂」等屋部字-k 尾聽覺上不易感知，因此和「奏、垢、附、驅、具」等侯部字相押。

十、覺屋合韻

周秦到西漢「覺屋合韻」佔覺部韻段的百分比不高，東漢突然成為覺部

最頻繁的用韻情況（42.85%），反映出少數屋部字（*ok）元音高化併入覺部（*uk）的音變現象，同「幽侯」音變平行。

十一、鐸　部

「鐸部獨韻」從《詩經》66.07%下降至東漢文人 50%，但是和其它韻部沒有顯著的合韻關係。

十二、魚鐸對轉

周秦到西漢「魚鐸」（陰入相押）常常接觸。從韻段來看，「魚鐸對轉」主要是中古的遇攝字相押。遇攝沒有入聲字，和魚部押韻的鐸部遇攝字，應本就讀同魚部韻基；或是和少數鐸部宕攝、假攝字一起丟失-k尾轉入魚部。從現有的古韻分部框架來看，「魚鐸」反映出入兼陰、陰兼入的「異讀現象」以及「音近相押」。

1. 部分鐸部字兼有陰聲讀音

諧聲偏旁	韻字	說　明
從庶聲	庶	从庶得聲：「樜」字，之夜切（入聲）、商署切（去聲）。《廣韻》商署切（去聲）、章恕切（去聲）。
	席	《廣韻》祥易切（入聲）。
	度	《廣韻》徒落切（入聲）、徒故切（去聲）。
從亞聲	惡	《廣韻》烏各切（入聲）、哀都切（平聲）、烏路切（去聲）。
從若聲	若	《廣韻》而灼切（入聲）、人賒切（平聲）、人者切（上聲）。
從射聲	射	《廣韻》羊益切（入聲）、食亦切（入聲）、羊謝切（去聲）、神夜切（去聲）。
從莫聲	莫	《廣韻》慕各切（入聲） 《康熙字典》： 【說文】莫故切，同暮（去聲）； 【詩·魏風】彼汾沮洳，言采其莫。【註】音暮（去聲）； 【唐韻古音】平聲，音謨（平聲）。
	慕	《廣韻》莫故切（去聲）。
	暮	《廣韻》莫故切（去聲）。
	墓	《廣韻》莫故切（去聲）。
從石聲	柘	从石得聲：「石」常隻切（入聲）。 《廣韻》之夜切（去聲）。

从亦省聲	夜	从亦得聲:「亦」羊益切（入聲）。 《廣韻》羊謝切（去聲）。
从睪聲	斁	《廣韻》羊益切（入聲）、徒故切（去聲）、當故切（去聲）。
	繹	《廣韻》羊益切（入聲）。
从蒦聲	獲	《廣韻》胡麥切（入聲）。 《康熙字典》： 【集韻】胡故切，音護（去聲）、胡化切，音話（去聲）； 【釋文】李音胡霸反（去聲）。
	護	《廣韻》胡誤切（去聲）。
从昔聲	錯	《廣韻》倉各切（入聲）、倉故切（去聲）。
	厝	《廣韻》倉各切（入聲）、倉故切（去聲）。
从索聲	索	《廣韻》蘇各切（入聲）。 《康熙字典》： 【集韻】蘇故切，音素（去聲）； 【釋名】索，素也（去聲）； 【屈原・離騷】眾皆競進以貪婪兮，憑不厭乎求索。羌內恕以量人兮，各興心而嫉妒。【註】索，音素（去聲）。
从朔聲	愬	《廣韻》山責切（入聲）、桑故切（去聲）。
从路聲	露	《廣韻》洛故切（去聲）。
	璐	《廣韻》洛故切（去聲）。
	路	《廣韻》洛故切（去聲）。
从乍聲	酢	《廣韻》在各切（入聲）、倉故切（去聲）。
	祚	《廣韻》昨誤切（去聲）。
	阼	《廣韻》昨誤切（去聲）。

2. 部分魚部字兼有入聲讀音

諧聲偏旁	韻字	說　　明
从古聲	固	《廣韻》古暮切（去聲）。
	苦	《廣韻》苦故切（去聲）。
	涸	《廣韻》下各切（入聲）。

3. 音近相押

〈招魂〉鐸部「絡」字-k尾聽覺上不易感知，因此和主要元音相同的魚部字「居、呼」相押。

十三、錫　部

「錫部獨韻」從《詩經》76.48%下降到西漢文人 33.33%以及東漢文人 0%，顯示例外押韻漸趨頻繁。但是兩漢韻段太少，看不出特殊的合韻現象。

十四、支錫對轉

「支錫對轉」的韻段不多，《詩經》、先秦民歌、西漢文人各 1 例。〈節南山之什・何人斯〉「易」字，《廣韻》兼讀羊益切（入聲）、以豉切（去聲）；同韻段「知、祇」讀作平聲，或許「易」字原有平聲讀音但《廣韻》失收。

〈申叔儀乞糧歌〉「睆、繫」相押；劉向〈愍命〉的「智、嫛」相押，這些字《廣韻》都讀作去聲，可視為支部去聲字相押的韻段。

十五、質　部

「質部獨韻」從《詩經》70.18%下降到三國詩歌 0%，顯示三國質部字皆與其它韻部通叶。其中以「質物」、「質月」等合韻現象較值得關注。

十六、脂質對轉

周秦到西漢文人可以看到少數「脂質對轉」的韻段，從「韻攝」來看主要是「質部至韻」同「脂部止攝字」相押，反映出「質部至韻」丟失-t 尾轉入脂部。部分「脂部蟹攝字」音讀較保守，尚未發生音變，因此同併入脂部的「質部至韻」字相押。

「算術統計法」顯示周秦「脂微」同部，為什麼入聲質部同脂部字相押，而不押微部字呢？理由是脂部止攝字是「脂旨至」；微部止攝字是「微尾未」。「質部至韻」在演變過程中併入脂部「脂旨至」而與微部「微尾未」關係較遠。

十七、物　部

「物部獨韻」從《詩經》66.68%下降到三國詩歌 42.87%，顯示物部的例外押韻漸趨頻繁，其中又以「物質」、「物月」等合韻現象較值得關注。

十八、質物合韻

羅、周（1958）把西漢「質物」合併，說：「完全合用，沒有分別。」但

從前文的數據來看：一方面西漢「質部獨韻」佔第 1 位（33.32%）仍超過「質物合韻」（27.78%），顯然有獨立地位。二方面「質物合韻」反映出質部入聲「質術櫛沒」和物部入聲「質術物迄沒」合流；物部去聲「至未」併入「脂微」止攝去聲；「霽泰隊代」併入「脂微」蟹攝去聲，而不是兩部無條件合併。從俞敏〈後漢三國梵漢對音譜〉「脂微質物」四部對音字來看：脂部、微部、質部主要對譯「i」元音；微部主要對譯「u」元音，因此，「脂微質物」陰入的相配情況如下：

　　　【陰】　　　　脂微

　　　【入】　　　　質　　　　　　物

十九、月　部

　　「月部獨韻」從《詩經》87.1%到三國詩歌 71.44%，下降約 1 成 6，但仍有一定獨立的音韻地位。值得關注的例外押韻有「月質」和「月物」合韻。

　　《詩經》月部「祭泰夬廢（去）／月曷末鎋屑薛（入）」相押佔了 24.07%，憑著「算數統計法」的數字很難說《詩經》「祭泰夬廢」該獨立還是該併入月部。《詩經》以降「祭泰夬廢（去）／月曷末鎋屑薛（入）」混押下降到《楚辭》屈宋 14.29%、西漢文人 12.5%、三國詩歌 10%，顯示「祭泰夬廢」逐步成為中古的獨立去聲韻。

二十、質月合韻

　　三國以前「質月合韻」百分比不高且出現於少數詩人的用韻習慣，應是個別地域的方音現象。三國曹植「質月」韻段反映出「山攝入聲字合流」，音變方向是質部四等字 i 元音裂化為 ia 轉押月部字。西晉以後質、月兩部「蟹攝」、「臻攝」、「山攝」字大量合流，詩人從單一作家擴大到曹嘉、傅玄、陸機、董京、潘岳等人的用韻習慣，而不僅僅是某一作家。

二一、物月合韻

　　物部從「㒸」得聲字演變到中古有 *ə>i、*ə>a 兩種音變類型，其中 a 元音類型同月部字相押，《廣韻》入蟹攝字（如：隊、頷、磑）。

　　屈宋作品物部「泰隊代」同月部「泰怪夬」相押，屬中古蟹攝字合流的先

聲。劉向〈愍命〉物部「𤟸」字，《廣韻》兼讀丘愧切（止攝）、苦怪切（蟹攝），應是「苦怪切」讀音同月部蟹攝「際」字相押。〈文王之什・皇矣〉「對／兌拔」合韻，「對」和「兌」是中古蟹攝字；「拔」字《廣韻》讀作山攝黠韻，但《集韻》、《古今韻會舉要》汱蒲蓋切，音旆，同樣有個蟹攝字讀音。

二二、緝　部

　　《詩經》、《楚辭》屈宋「緝部獨韻」維持在 69.24% 及 75%。兩漢韻例較少分別是 25% 及 100%，看不出什麼特殊的合韻現象。

二三、葉　部

　　《詩經》、楚辭屈宋「葉部獨韻」分佔 75% 及 100%。兩漢韻例太少不見獨韻。

二四、緝葉合韻

　　從「及」得聲之字，上古兼有緝部、葉部兩讀。〈蕩之什・烝民〉「及」字當讀同葉部韻基和「業、捷」兩字相押。

二五、月葉合韻

　　上古從「盍」得聲的葉部字，走 **-b ＞ *-d ＞ *-ø 的音變路線，到了漢代與同屬 a 元音的月部去聲字相押。

第肆章　從詩歌用韻看陽聲韻部的演變

第一節　蒸部的用韻情況

一、蒸部獨韻

（一）周朝之初至春秋之末

作　品	蒸部	蒸部獨韻	百分比	中 古 韻	次數	百分比
詩經	26	21	80.77%	東	0	0%
				蒸登	12	57.14%
				東／蒸登	9	42.86%

（二）戰國之初至秦朝之末

作　品	蒸部	蒸部獨韻	百分比	中 古 韻	次數	百分比
楚辭屈宋	7	5	71.42%	東	0	0%
				蒸登	4	80%
				東／蒸登	1	20%

（三）楚漢之初至新莽之末

作　品	蒸部	蒸部獨韻	百分比	中 古 韻	次數	百分比
西漢文人	3	2	66.67%	東	0	0%
				蒸登	2	100%
				東／蒸登	0	0%

（四）東漢之初至獻帝之末

作　品	蒸部	蒸部獨韻	百分比	中　古　韻	次數	百分比
東漢文人	1	0	0%	東	0	*
				蒸登	0	*
				東／蒸登	0	*

說明：

　　1.「蒸部獨韻」從《詩經》80.77%，下降到《楚辭》屈宋 71.42%、西漢文人 66.67%；東漢文人韻例太少佔 0%；三國詩歌佔 38.46%，如下表所示：

作　品	蒸部	蒸部獨韻	百分比	中　古　韻	次數	百分比
三國詩歌	13	5	38.46%	東	1	20%
				蒸登	4	80%
				東／蒸登	0	0%

　　2. 蒸部「東（通攝）／蒸登（曾攝）」混韻，從《詩經》42.86%，下降到《楚辭》屈宋 20%、兩漢文人、三國詩歌 0%。意謂著兩漢蒸部「東」、「蒸登」的界線已經清楚，不再相混。

二、蒸部的例外押韻

（一）周朝之初至春秋之末

作　品	蒸部總數	排行	用　韻　情　況	次數	百分比
詩經	26	1	蒸部獨韻	21	80.77%
		2	蒸侵	4	15.38%
			蒸之	1	3.85%

（二）戰國之初至秦朝之末

作　品	蒸部總數	排行	用　韻　情　況	次數	百分比
楚辭屈宋	7	1	蒸部獨韻	5	71.42%
			蒸文	1	14.29%
			蒸陽	1	14.29%

（三）楚漢之初至新莽之末

作　品	蒸部總數	排行	用　韻　情　況	次數	百分比
西漢文人	3	1	蒸部獨韻	2	66.67%
			蒸東陽	1	33.33%

（四）東漢之初至獻帝之末

作　品	蒸部總數	排行	用　韻　情　況	次數	百分比
東漢文人	0	1	蒸冬	1	100%
			蒸部獨韻	0	0%

說明：「蒸侵合韻」僅見於《詩經》15.38%，其餘材料未見。

第二節　冬部的用韻情況

一、冬部獨韻

（一）周朝之初至春秋之末

作　品	冬部	冬部獨韻	百分比	中　古　韻	次數	百分比
詩經	20	12	60%	東冬鍾	8	66.67%
				江	0	0%
				東冬鍾／江	4	33.33%

（二）戰國之初至秦朝之末

作　品	冬部	冬部獨韻	百分比	中　古　韻	次數	百分比
楚辭屈宋	8	4	50%	東冬鍾	3	75%
				江	0	0%
				東冬鍾／江	1	25%

（三）楚漢之初至新莽之末

作　品	冬部	冬部獨韻	百分比	中　古　韻	次數	百分比
西漢文人	6	2	33.33%	東冬鍾	2	100%
				江	0	0%
				東冬鍾／江	0	0%

（四）東漢之初至獻帝之末

作　品	冬部	冬部獨韻	百分比	中　古　韻	次數	百分比
東漢文人	4	0	0%	＊	＊	＊
				＊	＊	＊
				＊	＊	＊

說明：

　1.「冬部獨韻」從《詩經》60%，下降到《楚辭》屈宋 50%、西漢文人

33.33%；東漢文人韻例較少佔 0%；三國詩歌回升至 38.46%，如下表所示：

作　品	冬部	冬部獨韻	百分比	中　古　韻	次數	百分比
三國詩歌	13	5	38.46%	東冬鍾	5	100%
				江	0	0%
				東冬鍾／江	0	0%

　　2. 冬部「東冬鍾（通攝）／江（江攝）」混韻，從《詩經》33.33%，下降到《楚辭》屈宋 25%、西漢文人 0%、三國詩歌 0%。意謂著兩漢以降冬部「東冬鍾」、「江」的界線已經清楚，不再相混。

二、冬部的例外押韻

（一）周朝之初至春秋之末

作　品	冬部總數	排行	用　韻　情　況	次數	百分比
詩經	20	1	冬部獨韻	12	60%
		2	冬侵	5	25%
		3	冬真	2	10%
			冬侯	1	5%

（二）戰國之初至秦朝之末

作　品	冬部總數	排行	用　韻　情　況	次數	百分比
楚辭屈宋	8	1	冬部獨韻	4	50%
		2	冬陽	2	25%
			冬東	1	12.5%
			冬東侵	1	12.5%

（三）楚漢之初至新莽之末

作　品	冬部總數	排行	用　韻　情　況	次數	百分比
西漢文人	6	1	冬東	3	50%
		2	冬部獨韻	2	33.33%
			冬陽	1	16.67%

（四）東漢之初至獻帝之末

作　品	冬部總數	排行	用　韻　情　況	次數	百分比
東漢文人	4		冬侵	1	25%
			冬蒸	1	25%

		冬東	1	25%
		冬幽宵	1	25%
		冬部獨韻	0	0%

說明：

　　1.《詩經》「冬侵合韻」百分比不低，佔 25%；東漢文人雖同為 25%，但只有 1 個韻段。

　　2.「冬陽合韻」佔《楚辭》屈宋 25%；西漢文人雖也佔一定比例（16.67%），但只有 1 例。

　　3.「冬東合韻」分佔《楚辭》屈宋 12.5% 及東漢文人 25%，但只有 1 例；西漢文人 3 例佔 50%，顯見「冬東」有一定程度上的用韻關係。

　　4.「冬蒸」幾乎不接觸，僅見於東漢文人 1 例。

第三節　東部的用韻情況

一、東部獨韻

（一）周朝之初至春秋之末

作　品	東部	東部獨韻	百分比	中　古　韻	次數	百分比
詩經	51	48	94.12%	東鍾	36	75%
				江	0	0
				東鍾／江	12	25%

（二）戰國之初至秦朝之末

作　品	東部	東部獨韻	百分比	中　古　韻	次數	百分比
楚辭屈宋	16	11	68.75%	東鍾	8	72.73%
				江	0	0
				東鍾／江	3	27.27%

（三）楚漢之初至新莽之末

作　品	東部	東部獨韻	百分比	中　古　韻	次數	百分比
西漢文人	25	10	40%	東鍾	6	60%
				江	0	0
				東鍾／江	4	40%

（四）東漢之初至獻帝之末

作　品	東部	東部獨韻	百分比	中　古　韻	次數	百分比
東漢文人	7	3	42.85%	東鍾	2	66.67%
				江	0	0
				東鍾／江	1	33.33%

說明：

　　1.「東部獨韻」從《詩經》94.12%，下降到《楚辭》屈宋 68.75%、西漢文人 40%、東漢文人 42.85%，顯示東部的例外押韻漸趨頻繁。

　　2. 東部「東鍾（通攝）／江（江攝）」混韻，從周秦到東漢大致維持在 2 成 5 到 4 成，沒有明顯的分離趨勢。

二、東部的例外押韻

（一）周朝之初至春秋之末

作　品	東部總數	排行	用　韻　情　況	次數	百分比
詩經	51	1	東部獨韻	48	94.12%
			東元	1	1.96%
			東陽	1	1.96%
			東侯	1	1.96%

（二）戰國之初至秦朝之末

作　品	東部總數	排行	用　韻　情　況	次數	百分比
楚辭屈宋	16	1	東部獨韻	11	68.75%
			東侵	1	6.25%
			東陽	1	6.25%
			東幽	1	6.25%
			東冬	1	6.25%
			冬東侵	1	6.25%

（三）楚漢之初至新莽之末

作　品	東部總數	排行	用　韻　情　況	次數	百分比
西漢文人	25	1	東部獨韻	10	40%
		2	東陽	7	28%
		3	東冬	3	12%

			東幽	1	4%
			東談	1	4%
			東陽侵	1	4%
			東蒸陽	1	4%
			東侵	1	4%

（四）東漢之初至獻帝之末

作　品	東部總數	排行	用　韻　情　況	次數	百分比
東漢文人	7	1	東部獨韻	3	42.85%
		2	東陽	2	28.57%
			東耕真	1	14.29%
			東冬	1	14.29%

說明：

　　1.「東陽合韻」從《詩經》1.96%、《楚辭》屈宋 6.25%；上升到西漢文人 28%；東漢文人 28.57，成為僅次於「東部獨韻」的用韻情況。

　　2. 一般常討論的「東冬合韻」，各項材料百分比皆未超過「東陽」，顯見「東冬」不如「東陽」來得「有特色」。

三、冬東兩部的合韻關係

（一）研究回顧

　　自孔廣森把古韻「冬東」分作兩部，後面的學者如江有誥、章太炎、黃侃都贊成他的主張。江有誥說：「東每與陽通，冬每與蒸侵合，此東冬之界限也。」〔註1〕從前文《詩經》「東部獨用」佔 94.12% 來看，「冬東」的確應分作兩部。自《楚辭》屈宋以下，「冬東」開始有通叶情況，但百分比不高，也因此羅常培、周祖謨（1958）說：

　　　　兩漢韻文儘管有一些東冬相押的例子，但是兩部分用的現象十

　　分顯著。（羅常培、周祖謨 1958：33）

　　兩漢「東冬」押韻的例子，羅常培、周祖謨（1958）主張是「方音中讀音相同」，他們說：

　　　　東冬兩部通押見於東方朔、嚴忌、王褒、劉向、楊雄、劉歆幾

〔註1〕江有誥《音學十書》，北京：中華書局，1993 年 7 月，頁 13。

家的韻文裏。東方朔是平原厭次人，嚴忌是會稽人，劉向父子是沛

人，王褒、楊雄都是蜀人。東冬相押可能是方音中讀音相同。(羅常

培、周祖謨 1958：51)

但從里籍上來看，東方朔平原厭次屬「海岱方言」；嚴忌會稽屬「吳越方言」；劉向父子沛屬「荊楚方言」；王褒、楊雄屬「蜀方言」。這些方言區的「東冬」都可以相押，那麼顯然是個普遍現象。事實上兩漢「東冬」是部分東部字 o 元音高化併入冬部 u 元音的音變起點階段（同幽侯、覺屋音變平行），而非一時一地的方音表現。

史存直〈古音東冬兩部的分合問題〉一文不贊成「冬東分部」，史先生畫了統計表格如下：

	詩　經	楚　辭	合　計
東部獨用例	49	10	59
冬部獨用例	11	6	17
東冬合韻例	5	2	7

「東」、「冬」合韻對「冬」部獨用的比率是 7：17，約為 41%，

實在要說是不少了。(史存直 2002：61)

表格「東冬合韻」對「冬部獨用」雖高達 7：17（41%）；但「東冬合韻」對「東部獨用」是 7：59，只佔 11.86%。史先生找出的 7 個「東冬合韻」韻段如下：

襛雖（何彼襛矣一章，江謂兩字均屬東部）

戎東同（旄丘三章）

濃沖雖同（蓼蕭四章）

功崇豐（文王有聲二章，崇字江不入韻）

蜂螽（小瑟一章）——以上《詩經》

庸降（離騷）

中湛豐（九辯九，東中侵合韻）——以上《楚辭》

這 7 個例子，除了〈離騷〉、〈九辯〉2 例沒有爭議外，其餘韻段都有問題。

〈何彼襛矣〉：

何彼襛矣？唐棣之（華）。曷不肅雝？王姬之（車）。

何彼襛矣？華如桃（李）。平王之孫，齊侯之（子）。

二章「襛」、「孫」不相押，那麼一章「襛」、「雝」顯然也不合韻。

〈旄丘〉：

狐裘蒙戎，匪車不（東）。叔兮伯兮，靡所與（同）。

瑣兮尾兮，流離之（子）。叔兮伯兮，褎如充（耳）。

「戎」字在小停頓處，可不入韻，況且疊章的「尾」字也不入韻。

〈蓼蕭〉：蓼彼蕭斯，零露濃（濃）。既見君子，鞗革沖（沖）。

和鸞雝（雝），萬福攸（同）。

「濃、沖」是冬部字；「雝、同」是東部字，明顯分作兩個韻段。

〈文王有聲〉：文王受命，有此武（功）；既伐于崇，作邑于（豐）。

文王烝哉！

「崇」字在小停頓處，可不入韻；「豐」字上古往往押東部字，如屈原〈懷沙〉：「重仁襲義兮，謹厚以為（豐）。重華不可牾兮，孰知余之從（容）！」〈文王有聲〉「功、豐」當屬東部字相押。

〈小毖〉：予其懲，而毖後患。莫予荓蜂，自求辛螫。肇允彼桃蟲，拚飛維（鳥）。未堪家多難，予又集于（蓼）。

「蜂」、「蟲」在小停頓之處，可不入韻。

除去這些有爭議的韻段後，「冬東」也就沒有合併的理由了。

（二）冬東合韻所反映的語音現象

先秦到三國「冬東合韻」韻段如下：

1. 《楚辭》屈宋

作者	篇　名	韻　　字	上古韻	中古韻	韻　攝
屈原	離騷	降／庸	冬／東	江／鍾	江／通

2. 西漢文人

作者	篇　名	韻　　字	上古韻	中古韻	韻　攝
劉向	逢紛	降／洶	冬／東	江／鍾	江／通

| 莊忌 | 哀時命 | 忠宮窮忡／容凶匈 | 冬／東 | 東／鍾 | 通 |
| 王褒 | 匡機 | 宮酆窮中／從 | 冬／東 | 東／鍾 | 通 |

3. 東漢文人

作者	篇　名	韻　字	上古韻	中古韻	韻　攝
王逸	守志	忠／聰	冬／東	東	通

4. 三國詩歌

作者	篇　名	韻　字	上古韻	中古韻	韻　攝
應璩	詩	冬／空籠	冬／東	冬／東	通

　　從「韻攝」來看，「冬東合韻」大致反映出「通攝字合流」的情況，音變方向是東部字 o 元音高化併入冬部 u 元音（同幽侯、覺屋音變平行）。不過先秦到三國「冬東」的百分比不高，oŋ 大量併入 uŋ 的時間點大約在西晉以後。

　　屈原〈離騷〉和劉向〈逢紛〉兩個韻段是「冬部江」同「東部鍾」相押，且「冬部江」都是「降」字。底下單獨把「降」字韻段排列出來，《詩經》「降」字只押冬部字，《楚辭》屈宋起轉押東部及陽部字：

作者	篇　名	韻　字	上古韻	中古韻	韻　攝
屈原	離騷	降／庸	冬／東	江／鍾	江／通
屈原	東君	降／裳漿翔狼行	冬／陽	江／陽陽陽唐唐	江／宕
不詳	河梁歌	降／邦／梁王霜莊長當惶	冬／東／陽	江／江／陽陽陽陽陽唐唐	江／江／宕
劉向	逢紛	降／洶	冬／東	江／鍾	江／通
東方朔	沈江	降／芳狂傷香攘陽長傷光旁藏行當葬明	冬／陽	江／陽陽陽陽陽陽陽陽唐唐唐宕庚	江／宕宕宕宕宕宕宕宕宕宕宕梗

　　表中屈原、劉向、東方朔都是作楚聲、紀楚地、名楚物的《楚辭》體作家，應是楚地方言「降」字轉讀東部或陽部所造成的合韻現象。作者不詳的〈河梁歌〉詩前序曰：

> 吳越春秋曰：句踐已滅吳，乃以兵北渡江淮，與齊、晉諸侯會
> 于徐州，致貢於周，號令齊、楚、秦、晉皆輔周室，血盟而去。秦
> 桓公不如越王之命，句踐乃選吳越將士西渡河以攻秦。軍士苦之，
> 會秦怖懼，逆自引咎，越軍乃還。軍人悦樂，遂作河梁之詩曰。（逸

欽立 1991：31）

〈河梁歌〉為越軍所作，越、楚相距不遠，加上詩中有《楚辭》體慣用的「七言兮字句」，[註2] 同樣證明楚地「降」字應轉入東部或陽部。至於「東陽」兩部的用韻關係，我們待下文討論。

第四節　陽部的用韻情況

一、陽部獨韻

（一）周朝之初至春秋之末

作　　品	陽部	陽部獨韻	百分比	中　古　韻		次數	百分比
詩經	166	162	97.6%	陽唐		94	58.03%
				庚耕		2	1.23%
				陽唐／庚耕		66	40.74%

（二）戰國之初至秦朝之末

作　　品	陽部	陽部獨韻	百分比	中　古　韻		次數	百分比
楚辭屈宋	73	59	80.82%	陽唐		42	71.19%
				庚耕		0	0%
				陽唐／庚耕		17	28.81%

（三）楚漢之初至新莽之末

作　　品	陽部	陽部獨韻	百分比	中　古　韻		次數	百分比
西漢文人	53	37	69.79%	陽唐		28	75.68%
				庚耕		0	0%
				陽唐／庚耕		9	24.32%

（四）東漢之初至獻帝之末

作　　品	陽部	陽部獨韻	百分比	中　古　韻		次數	百分比
東漢文人	21	15	71.43%	陽唐		13	86.67%
				庚耕		2	13.33%
				陽唐／庚耕		0	0%

〔註2〕河梁歌曰：「渡河梁『兮』渡河梁，舉兵所伐攻秦王。……天下安寧壽考長，悲去歸『兮』河無梁。」

說明：

1.「陽部獨韻」雖從《詩經》97.59%，下降到《楚辭》屈宋 80.82%、西漢文人 69.79%、東漢文人 71.43%，但仍有一定的獨立地位。

2. 陽部「陽唐（宕攝）／庚耕（梗攝）」混韻，從《詩經》40.74%，下降到《楚辭》屈宋 28.81%、西漢文人 24.32%、東漢文人 0%；且「陽唐」、「庚耕」獨用百分比也同步增加，可看出東漢陽部「陽唐」、「庚耕」的界線已經清楚。

二、陽部的例外押韻

（一）周朝之初至春秋之末

作　品	東部總數	排行	用　韻　情　況	次數	百分比
詩經	166	1	陽部獨韻	162	97.6%
		2	陽談	2	1.2%
			陽東	1	0.6%
			陽元	1	0.6%

（二）戰國之初至秦朝之末

作　品	東部總數	排行	用　韻　情　況	次數	百分比
楚辭屈宋	73	1	陽部獨韻	59	80.82%
		2	陽魚	3	4.11%
		3	陽冬	2	2.74%
			陽東	1	1.37%
			陽談	1	1.37%
			陽耕	1	1.37%
			陽真	1	1.37%
			陽文	1	1.37%
			陽蒸	1	1.37%
			陽職	1	1.37%
			陽幽	1	1.37%
			陽元	1	1.37%

（三）楚漢之初至新莽之末

作　品	東部總數	排行	用　韻　情　況	次數	百分比
西漢文人	53	1	陽部獨韻	37	69.79%
		2	陽東	7	13.21%

		3	陽耕	4	7.55%
			陽冬	1	1.89%
			陽侵	1	1.89%
			陽魚	1	1.89%
			陽東侵	1	1.89%
			陽蒸東	1	1.89%

（四）東漢之初至獻帝之末

作　品	東部總數	排行	用　韻　情　況	次數	百分比
東漢文人	21	1	陽部獨韻	15	71.43%
		2	陽耕	3	14.29%
		3	陽東	2	9.52%
			陽魚	1	4.76%

說明：

1. 「陽東合韻」從《詩經》0.6%、《楚辭》屈宋 1.37%來看，尚未明顯合韻。西漢文人增至 13.21%，東漢文人略降至 9.52%，三國詩歌再降至 1.87%，如下表所示：

作　品	東部總數	排行	用　韻　情　況	次數	百分比
三國詩歌	107	1	陽部獨韻	86	80.4%
		2	陽耕	12	11.21%
		3	陽東	2	1.87%
			陽蒸東	2	1.87%
			陽耕真	1	0.93%
			陽東耕	1	0.93%
			陽冬東	1	0.93%
			陽冬東耕真	1	0.93%
			陽真文元	1	0.93%

從百分比來看「陽東」應是兩漢特有的合韻現象。

2. 「陽耕合韻」從《楚辭》屈宋 1.37%，上升至西漢文人 7.55%。東漢文人、三國詩歌再升至 14.29%及 11.21%，成為僅次於「陽部獨韻」的用韻情況。

三、東陽兩部的合韻關係〔註3〕

（一）研究回顧

過去研究上古收舌根鼻音韻尾的陽聲韻部，多著重在「冬東」以及「陽耕」關係。「冬東」演變到中古有共同的東韻字；「陽耕」有共同的庚韻字，至於「東陽」從《詩經》到《廣韻》沒有合流的韻，因此不容易被學者所注意。江有誥《音學十書》曾說：「東每與陽通，冬每與蒸侵合，此東冬之界限也。」〔註4〕文章雖指出「東陽合韻」的事實，卻是為進一步闡發「東冬」的界限所言。其後如于海晏《漢魏六朝韻譜》（1936／1989）、陸志韋《古音說略》（1947）、王力《漢語史稿》（1957）、羅常培、周祖謨《漢魏晉南北朝韻部演變研究・第一分冊》（1958）、李方桂〈上古音研究〉（1971）等談論古音演變的著作，多半也只順帶一提「東陽」的問題。這些學者的觀點，大致可分為三類：

1. 僅指出現象，但未說明分析

于海晏《漢魏六朝韻譜》考察中古「陽唐」在上古時的用韻情況說：

> 陽唐封疆，周秦時之跨有庚韻，西漢猶存此風，東漢後庚韻駸與耕清青合，陽唐獨用之迹甚著，已略述於庚耕清青中，惟陽唐與東之涯略，西漢仍相雜廁，淮南王安各篇已可數見，東方朔〈七諫〉混亂最甚，王褒、褚少孫均未能免，至楊雄已較明晰，東漢後，除王逸〈九思〉曾兩見「陽荒蠭螂」、「藏方衡雙」同用，此外幾絕見東部字。歷晉宋無他變遷，蕭梁以降，陽唐復與江通。（于海晏1936／1989：5）

中古「陽唐」以及「庚耕」的一部分字周秦組成陽部。于先生（1936／1989）指出周秦以降陽部字的演變：東漢後「陽部庚」轉與「耕部耕清青」合流（陽耕合韻）；西漢時「陽部陽唐」與「東部東」時相雜廁（東陽合韻），見於劉安、東方朔、王褒、褚少孫等人的作品；東漢「東陽」僅兩見於王逸〈九思〉。至於「東陽合韻」反映出什麼樣的語音現象？于先生沒有多談。

〔註3〕〈上古東陽合韻探討〉曾刊登於《聲韻學會通訊》第17期，高雄：高雄師範大學國文系，頁34～48，今略作修改後附於此。

〔註4〕江有誥《音學十書》，北京：中華書局，1993年7月，頁13。

2. 東陽合韻是音變現象

（1）陽部音變，造成東陽合韻

陸志韋《古音說略》說：

> 在《詩經》跟諧聲時期之後，先秦韻文漸漸發生「東陽合韻」
> 的現象。到了漢朝，東跟陽更為接近。唐aŋ跟東oŋ相叶，未免距離
> 太遠。漢音的唐韻系也許已經是ɒŋ跟oŋ、ɔŋ相叶。《詩》韻跟諧聲的
> 東部跟陽部絕對不通轉。《易經》的用韻是極通俗的，這兩部也絕不
> 通轉。（陸志韋 1999a：111）

陸先生主張《詩經》、《易經》、諧聲「東陽」絕不通轉。漢代「陽部唐」由
aŋ轉變為ɒŋ，才和東部oŋ、ɔŋ音近相叶。

（2）東部音變，造成東陽不押韻

王力《漢語史稿》指出：

> oŋ和aŋ聲音相近，因此，從很古的時候起，東陽就能夠合韻（注
> 曰：例如大豐簋「乙亥王又大豐，王凡三方」，見郭沫若《殷周青銅
> 器銘文研究》，17 頁。郭先生以為大豐簋乃周武王時器。）雖然在
> 《詩經》裏東陽的界線是清楚的，但直到西漢，東陽仍然有合韻的
> 現象（注曰：例如《淮南子精神訓》叶「明、聰、傷、揚」，東方朔
> 〈七諫〉叶「庿、明、翔、通」。）東漢以後，東和陽漸漸疏遠了，
> 因為東韻的元音已經高化（oŋ→uŋ），而陽韻沒有跟著高化，所以不
> 能再合韻了。〔註5〕

王力先生主張殷周東oŋ、陽aŋ音近故可通叶，即便《詩經》兩部界線清
楚，但西漢如《淮南子》、〈七諫〉仍見「東陽合韻」。東漢以後東部oŋ轉向 uŋ，
兩部關係逐漸疏遠。

陸、王兩位先生的說法，都是從周秦音和兩漢音的比較著眼，且主張「東
陽」是音近合韻的現象，不同之處有二點：

（1）合韻的時間點

陸先生認為《詩經》以後「東陽」才開始合韻，兩漢益加密切；王力先生

〔註5〕王力《漢語史稿》，北京：中華書局，1957／1980、2004，頁111。

主張殷周青銅器時期已見「東陽合韻」，雖然《詩經》兩部界線清楚，但西漢仍有合韻現象，東漢才因東部元音高化逐漸疏離。換言之，陸先生認為隨著時間推移，「東陽」兩部的關係益加密切；王先生主張「東陽」殷周時期本就音近，隨著時間推移兩部關係逐漸疏遠。

（2）合韻的原因

陸先生認為陽部aŋ與東部oŋ音值太遠不能相叶，兩漢「陽部唐」由aŋ轉ɒŋ，才與東部oŋ音近相押。王先生主張殷周陽部aŋ、東部oŋ音值相近所以通叶，東漢「東部東」由oŋ轉 uŋ才與陽部aŋ關係疏遠。

3. 東陽合韻是方言現象

（1）主元音相近，韻尾相同

羅常培、周祖謨《漢魏晉南北朝韻部演變研究·第一分冊》指出：

> 陽東相押在周代銅器銘文裏是比較常見的，《老子》裏也很多。西漢韻文中陽東相押的例子比較多的是東方朔、揚雄兩家。在個別的方言中這兩部的元音可能比較接近。（羅常培、周祖謨 1958：51）

又說：

> 陽東相押，《詩經》中沒有例子；耕真相押《詩經》中例子也不多。這兩種現象，從戰國以後才多起來。《老子》中陽東相押的較多，《莊子》、《楚辭》中耕真相押的較多。這都說明了陽東相押、耕真相押這兩種現象是楚方言的特點。《淮南子》裏陽東、耕真相押之多，尤為突出（注曰：《易林》也是如此）。猜想陽東兩部的元音必相近，耕真兩部的元音也一定很相近。（羅常培、周祖謨 1958：81）

（2）主元音相同，韻尾相同

李方桂〈上古音研究〉主張：

> 東部有*u元音而陽部有*a元音似乎難以解釋東陽通協的狀況。這個大概是個古代方言現象。《詩經》裏東陽互押的例子很少見，到了老子裏漸多起來，到了漢朝的韻文裏就更多起來，尤其《淮南子》、《陸賈新語》等書，因此有人以為這是楚語的特點。我以為上古的*i，*u 元音都有分裂為複合元音的傾向，有些方言*u 變成*uǎ後來

變成 a（如閩南語的東韻字）。（李方桂 1971 / 2001：73）

龔煌城〈李方桂先生的上古音系統〉認同李方桂（1971 / 2001）的看法：

> 我認為李先生把侯、東部的元音構擬為*-ug，*-uk，*-ung 是正
> 確的，東*-ung 分裂為*-uang 而與陽*-ang 押韻，總比構擬較開的東
> *-ong 來跟*-ang 押韻合理的多。〔註6〕

羅常培、周祖謨（1958）以及李方桂（1971 / 2001）的主張，都認為「東陽」是上古的方音現象。不同之處，在於羅、周（1958）認為是方言「元音相近」所造成（如何相近並未解釋）；李先生（1971 / 2001）主張是某種方言東部字*u 元音破裂成*ua 同陽部字*a 元音相押的元音裂變現象。

四、東陽合韻所反映的語音現象

（一）東陽合韻的時間點

王力（1957 / 1980、2004）、羅常培、周祖謨（1958）均觀察到殷周銅器銘文已見「東陽」通叶；卻又指出時代相當（或稍晚）的《詩經》不押「東陽」，這應是「散文韻」與「詩韻」用韻嚴緩不同所造成。從羅江文〈詩經與兩周金文韻部比較〉一文所統計的數字來看：〔註7〕

		國　風		雅　頌		金　文	
		次數	百分比	次數	百分比	次數	百分比
東	獨用	54	98.2%	91	94.8%	36	30.5%
	合韻	1	1.8%	5	5.2%	82	69.5%
陽	獨用	212	100%	397	98.3%	193	59.6%
	合韻	0	0%	7	1.7%	131	40.4%

表中《詩經・國風》、《詩經・雅頌》「東獨用」、「陽獨用」的百分比分別是 98.2%、94.8%、100%、98.3%；反觀金文只有 30.5%、59.6%。兩相比較下金文例外押韻機率要比《詩經》高出許多。

金文獨用百分比低不僅存在於「東陽」，也發生在其它韻部（如：陰聲之

〔註6〕龔煌城〈李方桂先生的上古音系統〉，丁邦新、余藹芹編《漢語史研究：紀念李方桂先生百年冥誕論文集》，臺北：中研院語言所，2005 年，頁 67。

〔註7〕羅江文〈詩經與兩周金文韻部比較〉，《思想戰線》第 5 期，雲南：雲南大學，2003 年，頁 135。

部45.2%；入聲職部17.8%）。〔註8〕這種用韻寬緩的現象同見於散文中的韻文，如羅常培、周祖謨（1958）所調查的《淮南子》、《易林》。不同的是，金文「東陽」沒有時代接近的《詩經》韻段作為佐證；《淮南子》、《易林》「東陽」則與漢詩韻段相互證明。

「東陽」頻繁合韻要從西漢開始，西漢每3.57個東部韻段有1個與陽部字相押（28%）；每7.57個陽部韻段有1個與東部字相押（13.21%）。東漢每3.5個東部韻段有1個與陽部字相押（28.57%）；每10.5個陽部韻段有1個與東部字相押（9.52%），顯見兩漢「東陽」維持差不多的百分比。三國「東陽」百分比急遽衰退（見前文），凸顯出「東陽」是兩漢特有的合韻現象。

（二）「東陽」是方言現象還是雅言現象？

「東陽」不論是「方言」還是「雅言」通叶，都可以再探討是「韻近」還是「韻同」相押。從雅言體系來思考，「東陽」有以下幾種可能：

1. 韻近合韻──韻基發生音變後相近。

2. 韻近合韻──韻基原本就相近。

3. 韻同合韻──韻基發生音變後相同。

情況1如陸志韋主張「陽部唐韻」由aŋ轉到ɒŋ同東部oŋ韻近相押；情況2如王力認為從殷周青銅器時期陽部aŋ與東部oŋ音近所以通叶，後來「東部東韻」oŋ轉向 uŋ才不與陽部aŋ相押。從元音圖來看，ɒ、a舌位低，o舌位高；前者口開，後者口半閉，音值相近的說法不能令人完全信服。情況3以圖示之如下：

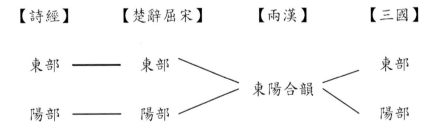

【詩經】　　【楚辭屈宋】　　【兩漢】　　【三國】

東部 ──── 東部　　　　　　　　　　　東部

　　　　　　　　　　　　　東陽合韻

陽部 ──── 陽部　　　　　　　　　　　陽部

先秦「東陽」分屬不同韻部，兩漢韻基相同必須合併的話，三國又因合韻減少而必須分開。短短四百餘年先合後分，且韻類轄字相同，難免啟人疑竇。再說「東陽」不像陰聲相承的「侯魚」；旁轉的「冬東」、「陽耕」，演變到中古

〔註8〕羅江文〈詩經與兩周金文韻部比較〉，《思想戰線》第5期，雲南：雲南大學，2003年，頁135。

有合流的韻，因此即便兩漢「東陽」一再出現，也未有學者主張兩部合併。

　　雅言體系的三種思考皆需商榷。若從方言來看，也應分出「韻近相押」、「韻同相押」兩類。前者見羅常培、周祖謨（1958）；後者見李方桂（1971／2001）。

　　羅、周（1958）以《老子》「東陽」相押韻段較多，認為是楚方言的特色。但事實上同時期楚國屈原、宋玉的作品不押「東陽」，兩項材料的歧異，應是《老子》屬散文韻，不如屈、宋用韻嚴謹有關。羅、周（1958）也指出兩漢《淮南子》、《易林》多押「東陽」，這兩部書雖然押散文韻，但同時期詩韻也常出現「東陽合韻」，顯見兩漢「東陽」不僅僅是用韻寬緩的關係。

　　我們調查兩漢五十六位文士用韻，發現「東陽」集中在賈誼、東方朔、劉向、王逸等 4 人作品，其中又以東方朔最多：

詩人	籍　貫	詩名	韻字（東／陽）
賈誼	洛陽人（今河南洛陽東）	〈惜誓〉	功／狂長
東方朔	平原厭次（今山東陵縣）	〈自悲〉	蒙／湯
		〈謬諫〉	公／堂
			通／揚
		〈沈江〉	功公矇／央
			蓬東凶容重壅／望
劉向	沛縣（今屬江蘇）	〈憂苦〉	茸／章行藏
王逸	南郡宜城（今湖北）	〈哀歲〉	蠡／穰章房陽傷涼愴唐光荒螂朗
		〈守志〉	功龍雙／衡

　　從籍貫上看，很難看出洛陽、平原厭次、沛縣、南郡宜城有什麼地域上的牽連。但從詩歌形式上看，這些作品都帶有《楚辭》體慣用的「七言兮字句」，﹝註9﹞且被收錄於王逸《楚辭章句》。黃伯思《翼騷序》曰：「蓋屈宋諸騷，皆書楚語、作楚聲、紀楚地、名楚物，故可謂之楚辭。」據此推斷「東陽」應屬楚地方音特色，更精確地說，應是兩漢詩人模仿楚地方音所造成的押韻現象。也許，楚方言從屈宋到兩漢曾發生過語音轉變，理由是屈宋不押「東陽」，兩漢《楚辭》體卻一再出現。兩漢樂府民歌有兩處「東陽合韻」韻段，同樣使用「七言兮字句」：

────────────

﹝註9﹞王逸〈哀歲〉為「五言兮字句」。

〈張公神碑歌‧之三〉：

　　朝陽蕩陰及犁（陽），三女所處各殊（方）。

　　三門鼎列推其（鄉），時攜甥幼歸候（公），

　　夫人□□□容□，□□□□饗□（觴）。

　　穆風屑兮起壇（旁），樂吏民「兮」永夫（央）。（逯欽立 1991：326）

〈信立退怨歌〉：

　　悠悠沂水經荊山「兮」，精氣鬱泱谷巖巖「兮」。中有神寶灼明
　　（明）「兮」，穴山采玉難為（功）「兮」，於何獻之楚先（王）「兮」。
　　遇王暗昧信讒言「兮」，斷截兩足離余身「兮」。俛仰嗟歎心催（傷）
　　「兮」，紫之亂朱粉墨（同）「兮」。空山歔欷涕龍（鍾）「兮」，天鑒
　　孔明竟以（彰）「兮」。沂水滂沌流於汶「兮」，進寶得刑足離分「兮」。
　　去封立信守休芸「兮」，斷者不續豈不冤「兮」。（逯欽立 1991：312）

　　〈張公神碑歌〉序文提到：「作歌九章達李君□。」九章指〈張公神碑歌〉
有九首，或與屈原〈九章〉有所牽連。〈信立退怨歌〉序文明言作者為楚人卞和，
反映出的自然是楚方言。不過，兩漢也有詩作押「東陽」而不用「兮」字句，
一首是〈古詩為焦仲卿妻作〉：

　　兩家求合葬，合葬華山（傍）。東西植松栢，左右種梧（桐）。

　　枝枝相覆蓋，葉葉相交（通）。中有雙飛鳥，自名為鴛（鴦）。

　　仰頭相向鳴，夜夜達五（更）。行人駐足聽，寡婦起彷（徨）。

　　多謝後世人，戒之慎勿（忘）。（逯欽立 1991：286）

　　一首是〈長歌行〉：

　　仙人騎白鹿，髮短耳何（長）。導我上太華，攬芝獲赤（幢）。

　　來到主人門，奉藥一玉（箱）。主人服此藥，身體日康（彊）。

　　髮白復更黑，延年壽命（長）。（逯欽立 1991：262）

　　〈古詩為焦仲卿妻作〉是敘事詩，用韻的要求不是太嚴格，除了「東陽」
也有「東陽元」、〔註10〕「陽真文元」〔註11〕等合韻現象。〈長歌行〉的問題比

〔註10〕通雙（東）／忘妝光瑲（陽）／丹（元）　相押。

較難解，「幢」字從童得聲，上古歸入東部，卻與「長、箱、彊」等陽部字相押，句中也未帶有《楚辭》體慣用的「七言兮字句」，只能算是孤例。〈太平御覽〉收錄的這首詩「幢」作「彊」字，或許可以「陽部獨韻」視之。

綜上所述，「東陽」屬於兩漢楚地方音特色的理由有三點：

1. 兩漢 56 位文士用韻僅 4 位押「東陽」，是少數詩人的用韻現象。

2. 4 位作家的作品都收錄於王逸《楚辭章句》，是書楚語、作楚聲、紀楚地、名楚物的文學作品。

3. 兩漢 16 例「東陽合韻」的韻段，除 2 處例外，其餘皆用「七言兮字句」的句式寫作，佔 87.5%。

（三）從方言看東陽兩部的接觸

李方桂（1971／2001）主張「東陽」是東部*u 元音裂化為複元音*ua 的方言音變現象。後來東部*ua 又演變成*a，使得上古東部字在某些方言裡讀作*a（如閩語東韻字）。底下列出兩漢「東陽合韻」的韻段：

1. 西漢文人

作者	篇　名	韻　字	上古韻	中古韻	韻　攝
東方朔	自悲	蒙／湯	東／陽	東／唐	通／宕
東方朔	謬諫	公／堂	東／陽	東／唐	通／宕
賈誼	惜誓	功／狂長	東／陽	東／陽	通／宕
東方朔	沈江	功公矇／央	東／陽	東／陽	通／宕
東方朔	謬諫	通／揚	東／陽	東／陽	通／宕
東方朔	沈江	蓬東凶容重壅／望	東／陽	東東鍾鍾鍾鍾／陽	通／宕
劉向	憂苦	茸／章行藏	東／陽	鍾／陽唐唐	通／宕

2. 東漢文人

作者	篇　名	韻　字	上古韻	中古韻	韻　攝
王逸	哀歲	蟲／穰章房陽傷涼愴唐光荒螂朗	東／陽	鍾／陽陽陽陽陽陽漾唐唐唐唐蕩	通／宕
王逸	守志	功龍雙／衡	東／陽	東鍾江／庚	通通江／梗

〔註11〕量（陽）／身姻（真）／婚君門云（文）／還官言煩專緣（元）　相押。

3. 兩漢樂府民歌

作者	篇 名	韻 字	上古韻	中古韻	韻 攝
不詳	長歌行	幢／長箱彊	東／陽	江／陽	江／宕
不詳	張公神碑歌	公／陽方鄉觴央旁	東／陽	東／陽陽陽陽陽唐	通／宕
不詳	信立退怨歌	同鍾／傷彰	東／陽	東鍾／陽	通／宕
不詳	古詩為焦仲卿妻作	桐通／鴦忘傍徨更	東／陽	東／陽陽唐唐庚	通／宕宕宕宕梗
不詳	信立退怨歌	功／王明	東／陽	東／陽庚	通／宕梗

表中東部字有：

1. 東部東韻：蒙、曚、公、功、通、蓬、東、同、桐。

2. 東部鍾韻：凶、容、重、壅、茸、蠹、龍、鍾。

3. 東部江韻：幢、雙。

表中陽部字有：

1. 陽部陽韻：狂、長、央、揚、望、章、彰、穰、章、房、陽、傷、涼、愴、箱、彊、方、鄉、觴、鴦、忘、王。

2. 陽部唐韻：湯、堂、行、藏、唐、光、荒、螂、朗、旁、傍、徨。

3. 陽部庚韻：衡、更、明。

這些東部東、鍾韻的字，廈門方言多半讀作文讀ɔŋ或白讀aŋ。白讀aŋ的讀音，也就是李方桂（1971/2001）元音裂變說的依據：

$$東部 \quad *uŋ \quad > \quad *uaŋ \quad > \quad aŋ（廈門音）$$

從廈門方言來看，上古東部字白讀層讀aŋ，陽部字多半白讀作ŋ（如：湯、堂）或iũ（如：揚、箱），僅有少數字保留aŋ韻基，換言之，即廈門白讀層少有共同的韻基形式。但若從廈門的文讀音來看，[註12]東部、陽部同時讀作ɔŋ的情況相當頻繁，說明「東陽」比較可能是陽部aŋ的主要元音後化、高化，同東部字ɔŋ相押。

廈門方言所呈現的韻類格局，雖不能直接等同於兩漢「東陽」的韻類和音值，但給我們的啟示在於：如果東部*uŋ＞*uaŋ＞aŋ這條音變路徑成立，那

[註12] 關於文、白異讀早晚的問題，我們採用張光宇（2006）的觀點，詳見幽侯兩部的合韻關係。

麼陽部字的主要元音*a 會位移成 ŋ 或 ĩũ；但若是陽部* aŋ 音變為 ɔŋ，東部字仍保留 ɔŋ 形成共同的押韻層次。此外，與「東陽」相承的陰聲「侯魚」，學者們多不採用元音破裂的觀點來解釋，而認為是「魚部魚虞模」*a 元音後化、高化同「侯部虞」*o 元音合流的音變現象，如邵榮芬〈古韻魚侯兩部在後漢時期的分合〉所言：

> 魚部的模、魚、虞 1 三韻和本部的麻韻字分道揚鑣，而和原來
> 具有後高元音的虞 2 合流，說明它們的主要元音已經由原來的 a 向
> 後高方向作了移動。（邵榮芬 1997：109）

張鴻魁〈從說文讀若看古韻魚侯兩部在東漢的演變〉也說：

> 東漢許慎時代，魚侯兩部仍然是對立的。不過原魚部中的虞系
> 字逐漸混同於侯部中的虞系字，即歸入侯部。（張鴻魁 1992：418）

這說明「侯魚」、「東陽」皆是「阿音歐化」*a＞o 所造成的音變合韻，不同之處在於兩漢以後「侯魚」逐步擴散為漢語普遍的音變定律；「東陽」僅見於兩漢個別地域且於漢後消失。

第五節　耕部的用韻情況

一、耕部獨韻

（一）周朝之初至春秋之末

作　品	耕部	耕部獨韻	百分比	中　古　韻	次數	百分比
詩經	58	57	98.28%	庚耕清青	57	100%

（二）戰國之初至秦朝之末

作　品	耕部	耕部獨韻	百分比	中　古　韻	次數	百分比
楚辭屈宋	26	17	65.37%	庚耕清青	18	100%

（三）楚漢之初至新莽之末

作　品	耕部	耕部獨韻	百分比	中　古　韻	次數	百分比
西漢文人	31	23	74.19%	庚耕清青	23	100%

（四）東漢之初至獻帝之末

作　品	耕部	耕部獨韻	百分比	中　古　韻	次數	百分比
東漢文人	15	6	40%	庚耕清青	6	100%

　　說明：「耕部獨韻」從《詩經》98.28%，下降到《楚辭》屈宋 65.37、西漢文人 74.19%、東漢文人 40%。三國詩歌回升至 66.23%，如下表所示：

作　品	耕部	耕部獨韻	百分比	中　古　韻	次數	百分比
三國詩歌	77	51	66.23%	庚耕清青	51	100%

二、耕部的例外押韻

（一）周朝之初至春秋之末

作　品	耕部總數	排行	用　韻　情　況	次數	百分比
詩經	58	1	耕部獨韻	57	98.28%
			耕文	1	1.72%

（二）戰國之初至秦朝之末

作　品	耕部總數	排行	用　韻　情　況	次數	百分比
楚辭屈宋	26	1	耕部獨韻	17	65.37%
		2	耕真	6	23.08%
			耕真文	1	3.85%
			耕陽	1	3.85%
			耕鐸	1	3.85%

（三）楚漢之初至新莽之末

作　品	耕部總數	排行	用　韻　情　況	次數	百分比
西漢文人	31	1	耕部獨韻	23	74.19%
		2	耕陽	4	12.9%
		3	耕真	2	6.45%
			耕之	1	3.23%
			耕宵	1	3.23%

（四）東漢之初至獻帝之末

作　品	耕部總數	排行	用　韻　情　況	次數	百分比
東漢文人		1	耕部獨韻	6	40%

		2	耕真	5	33.33%
		3	耕陽	3	20%
			耕東真	1	6.67%

說明：

1.「耕真合韻」從《楚辭》屈宋 23.08%，下降到西漢文人 6.45%，再上升到東漢文人 33.33%。三國詩歌又下降至 7.79%，如下表所示：

作　品	耕部總數	排行	用　韻　情　況	次數	百分比
三國詩歌	77	1	耕部獨韻	51	66.23%
		2	耕陽	12	15.58%
		3	耕真	6	7.79%
		4	耕脂真文元	2	2.6%
			耕陽真	1	1.3%
			耕蒸	1	1.3%
			耕冬東陽真	1	1.3%
			耕侵	1	1.3%
			耕東真	1	1.3%
			耕東陽	1	1.3%

2.「耕陽合韻」從《楚辭》屈宋 3.85%，上升至西漢文人 12.9%、東漢文人 20%、三國詩歌 15.58%。

三、陽耕兩部的合韻關係

（一）研究回顧

羅常培、周祖謨（1958）說：

> 西漢韻文本部（陽部）字都在一起押韻，是和《詩經》一樣的。
> 唯有庚韻一類字，像京明行兄等字偶爾和耕部字押韻。到了東漢，
> 這一類字大半都轉入耕部，惟有「行」字或跟本部叶，或跟耕部叶，
> 沒有一定的屬類，只可兩部兼收。這種轉變正是東漢音和西漢音不
> 同的一點。（羅常培、周祖謨 1958：34）

羅、周（1958）指出：西漢陽部庚韻「京明行兄」等字開始和耕部字押韻；東漢這一類字大半轉入耕部。這「大半」是多少字？從引文推敲，除了「行」字以外的「陽部庚韻字」都轉入了耕部。但是羅、周（1958）又說：

　　不過在東漢一個時期內也還有少數用陽唐韻字和這一類庚韻字

在一起通押的例子，甚至於同一個人的作品有時這麼押，有時那麼

押，沒有一定，這正代表轉變時期不規律的現象。等到三國以後這

種現象就很少了。（羅常培、周祖謨 1958：34）

　　羅、周（1958）認為東漢仍有少數「陽部庚韻字」與「陽部陽唐」通押，

這是轉變時期不規律的現象。「等到三國以後這種現象就很少了」意謂著三國

應是「陽部庚」完全轉入耕部的時間點。

（二）陽耕合韻所反映的語音現象

周秦至三國「陽耕合韻」韻段如下：

1.《楚辭》屈宋

作者	篇　名	韻　字	上古韻	中古韻	韻攝
屈原或宋玉	招魂	張璜光／瓊	陽／耕	陽唐唐／清	宕／梗

2. 西漢文人

作者	篇　名	韻　字	上古韻	中古韻	韻攝
韋孟	諷諫詩	京／平耕征寧	陽／耕	庚／庚耕清青	梗
韋玄成	自劾詩	兄／形	陽／耕	庚／青	梗
韋玄成	自劾詩	京／聲	陽／耕	庚／清	梗
韋玄成	戒子孫詩	慶／盛	陽／耕	映／勁	梗

3. 東漢文人

作者	篇　名	韻　字	上古韻	中古韻	韻攝
班固	辟雍詩	行／成	陽／耕	庚／清	梗
王逸	傷時	明／榮娛靈	陽／耕	庚／庚青青	梗
班固	白雉詩	英慶／精成	陽／耕	庚映／清	梗

4. 兩漢民間

作者	篇　名	韻　字	上古韻	中古韻	韻攝
不詳	郭喬卿歌	卿／平	陽／耕	庚	梗
不詳	貞女引	英／榮生名清	陽／耕	庚／庚庚清清	梗
不詳	時人為折氏諺	英／平經	陽／耕	庚／庚青	梗

不詳	王子喬	明／平令寧	陽／耕	庚／庚青青	梗
不詳	關中為游殷諺	明／靈	陽／耕	庚／青	梗
不詳	民為五門語	卿／聲	陽／耕	庚／清	梗
不詳	蔣橫遘禍時童謠	兵／寧	陽／耕	耕／青	梗

5. 三國詩歌

作者	篇名	韻字	上古韻	中古韻	韻攝
曹叡	長歌行	明／鳴生榮聲甍成情盈縈庭	陽／耕	庚／庚庚庚清清清清清青	梗
曹植	惟漢行	明／生平盈聲名形經庭寧	陽／耕	庚／庚庚清清青青青青	梗
阮籍	詠懷詩	行／榮生名情聲城冥形	陽／耕	庚／庚庚清清清青青	梗
韋昭	伐烏林	明／驚荊城征聲成程名	陽／耕	庚／庚庚清清清清清	梗
嵇康	六言詩	明／荊耕傾	陽／耕	庚／庚耕清	梗
嵇康	代秋胡歌詩	英／生城庭	陽／耕	庚／庚清青	梗
曹丕	秋胡行	英／榮傾頸萍庭	陽／耕	庚／庚清清青青	梗
嵇康	答二郭詩	京／生征營情成并盈形寧停馨	陽／耕	庚／庚清清清清清青青青青	梗
曹植	驅車篇	英／生城名清精征成程貞亭靈形冥	陽／耕	庚／庚清清清清清清清青青青青	梗
王粲	為潘文則作思親詩	祊／爭征嬰頸情誠逞寧齡	陽／耕	庚／耕清清清清清靜青青	梗
曹植	孟冬篇	明兵／清停	陽／耕	庚耕／清青	梗
曹植	贈丁儀王粲詩	京兵／清城名聲營經	陽／耕	庚耕／清清清清清青	梗

從「韻攝」來看，「陽耕合韻」主要是「陽部梗攝字」轉入耕部字的過程，即陽部二、三等字 raŋ、jaŋ＞reŋ、jeŋ。〈招魂〉「張璜光／瓊」相押的原因不明，只能算是孤例。

第六節　真部的用韻情況

一、真部獨韻

（一）周朝之初至春秋之末

作　品	真部	真部獨韻	百分比	中　古　韻	次數	百分比
詩經	71	65	91.54%	先仙	4	6.15%
				真諄臻	14	21.54%
				青映勁（从令）	0	0%
				真諄臻／先仙	36	55.38%
				真諄臻／先仙／映勁	4	6.15%
				先仙／青映勁（从令）	3	4.62%
				青映勁（从令）／真諄臻	1	1.54%
				真諄臻／青映勁（从令）	3	4.62%

（二）戰國之初至秦朝之末

作　品	真部	真部獨韻	百分比	中　古　韻	次數	百分比
楚辭屈宋	22	6	27.27%	先仙	1	16.67%
				真諄臻	4	66.66%
				青映勁（从令）	0	0%
				真諄臻／先仙	1	16.67%
				真諄臻／先仙／映勁	0	0%
				先仙／青映勁（从令）	0	0%
				青映勁（从令）／真諄臻	0	0%
				真諄臻／青映勁（从令）	0	0%

（三）楚漢之初至新莽之末

作　品	真部	真部獨韻	百分比	中　古　韻	次數	百分比
西漢文人	21	6	28.57%	先仙	0	0%
				真諄臻	4	66.66%
				青映勁（从令）	0	0%
				真諄臻／先仙	1	16.67%
				真諄臻／先仙／映勁	0	0%
				先仙／青映勁（从令）	1	16.67%
				青映勁（从令）／真諄臻	0	0%
				真諄臻／青映勁（从令）	0	0%

（四）東漢之初至獻帝之末

作　品	真部	真部獨韻	百分比	中　古　韻	次數	百分比
東漢文人	19	3	15.79%	先仙	0	0%
				真諄臻	1	33.33%
				青映勁（从令）	0	0%
				真諄臻／先仙	2	66.67%
				真諄臻／先仙／映勁	0	0%
				先仙／青映勁（从令）	0	0%
				青映勁（从令）／真諄臻	0	0%
				真諄臻／青映勁（从令）	0	0%

說明：「真部獨韻」從《詩經》91.54%，下降到《楚辭》屈宋 27.27%、西漢文人 28.57%、東漢文人 15.79%。顯見自屈、宋作品起，真部有大量的例外押韻。

二、真部的例外押韻

（一）周朝之初至春秋之末

作　品	真部總數	排行	用　韻　情　況	次數	百分比
詩經	71	1	真部獨韻	65	91.54%
		2	真文	2	2.82%
		2	真冬	2	2.82%
			真物	1	1.41%
			真脂	1	1.41%

（二）戰國之初至秦朝之末

作　品	真部總數	排行	用　韻　情　況	次數	百分比
楚辭屈宋	22	1	真部獨韻	6	27.27%
		1	真耕	6	27.27%
		1	真文	6	27.27%
		4	真元	2	9.09%
			真耕文	1	4.55%
			真陽	1	4.55%

（三）楚漢之初至新莽之末

作　品	真部總數	排行	用　韻　情　況	次數	百分比
西漢文人	21	1	真文	8	38.1%
		2	真部獨韻	6	28.57%
		3	真元	4	19.05%
		4	真耕	2	9.52%
			真侵	1	4.76%

（四）東漢之初至獻帝之末

作　品	真部總數	排行	用　韻　情　況	次數	百分比
東漢文人	19	1	真耕	5	26.32%
		1	真文元	5	26.32%
		3	真部獨韻	3	15.79%
		4	真文	2	10.53%
			真元	1	5.26%
			真元談	1	5.26%
			真東耕	1	5.26%
			真侵	1	5.26%

說明：

1.「真耕合韻」從《楚辭》屈宋 27.27%，下降到西漢文人 9.52%。東漢文人雖回升至 26.32%，但三國詩歌又下降到 6%，如下表所示：

作　品	真部總數	排行	用　韻　情　況	次數	百分比
三國詩歌	100	1	真文	28	28%
		2	真元	24	24%
		3	真部獨韻	23	23%
		4	真文元	11	11%
		5	真耕	6	6%
		6	真耕脂文元	2	2%
			真脂文元	1	1%
			真陽文元	1	1%
			真陽耕	1	1%
			真元侵	1	1%
			真冬東陽耕	1	1%
			真東耕	1	1%

2. 「真文合韻」從《詩經》2.82%，上升到《楚辭》屈宋 27.27%、西漢文人 38.1%。東漢文人雖下降至 10.53%，但加上同時期「真文元」26.32%，也高達 36.85%。三國詩歌「真文」28%、「真文元」11%，相加達 39%。這些數字顯示屈宋以降「真文」佔了相當高的百分比。

3. 「真元合韻」從《楚辭》屈宋 9.09%，上升到西漢文人 19.05%。東漢文人雖降至 5.26%，但同時期「真文元」合韻高達 26.32%。三國詩歌「真元」佔 24%，「真文元」是 11%。在在顯示「真元」有一定程度上的押韻關係。

三、耕真兩部的合韻關係

（一）研究回顧

古韻學者對於「耕真合韻」的看法相當分歧，大致可以歸納出三種觀點：

1. 耕部字轉真部

羅常培、周祖謨（1958）討論「耕真」問題時說：

> 真部還有一些跟耕部通押的例子。如賈誼、嚴忌、枚乘、司馬相如、王褒各家的作品裏都有這種例子。真耕兩部的韻尾是不同的，在個別的方言中也許耕部韻尾-ng有讀-n的，但真耕通押在元音方面一定是比較接近的。我們發現凡跟耕部字通押的真部字一般都是屬於《詩經》音真部的字，如真人神身天鱗親臣濱民秦年之類，很少是屬於《詩經》音文部的字。（羅常培、周祖謨 1958：52）

羅、周（1958）提及個別的方言中，耕部鼻音尾-ng可讀作-n，且兩部元音相近。兩位先生把兩漢「真文」合併，觀察出若「真文」與「耕」通叶，多半是原屬真部的字與「耕」相押，極少文部字。鄭張尚芳《上古音系》主張耕部字受到前高元音-i影響，使得韻尾-ŋ銳音化為-n，鄭張先生說：

> 「黽」有弭盡、母耿二切，「澠」有「泯、繩、繩」三音，「倩」有倉甸、七政二切，「瞑、零」都讀先、青兩韻，「奠」諧「鄭」通「定」，「臣」與「鏗」、「辛」與「驛」諧聲。從藏文「奠」ɦding、「薪」sjing木、「臣」ging僕人，錯那門巴語、獨龍語「年」niŋ看，漢語上述-n尾字，上古也應來自-iŋ。可見這些鼻尾字也應是以-i

為主元音才會引起-ŋ韻尾銳音化為-n。〔註13〕

引文「黽」字弭盡切反推上古為真部字；母耿切反推上古為耕部字。「倩」字倉甸切反推為真部字；七政切為耕部字。「暝、零」讀先韻反推上古是真部字；讀青韻是耕部字。「奠」是真部字；「鄭」是耕部字；所通的「定」是耕部字。「臣」是真部字；「鏗」是耕部字；「辛」是真部字；「騂」是耕部字。從這些字的反切及諧聲來看，鄭張先生認為本音是耕部收-ŋ的讀音，受到主要元音-i影響，引起-ŋ尾銳音化為-n。

2. 真部字轉耕部

蒲立本〈構擬上古真部的一些證據〉序文提及從「令」、從「黽」得聲字受到聲母影響，從真部轉入耕部：

「令」、「命」上古歸真部，以後的發展卻像耕部字。作者假設

原來真部的元音-ə-，被聲母*mr-拉低，變成-a-，轉入耕部。〔註14〕

又說：

「黽」字和上面的例子大致平行。這字中古兩讀，mjin?軫韻來

自真部，mɛˈŋ?耿韻來自耕部，以「黽」為聲符的「蠅」，「繩」上古

聲母是*l-，可見「黽」字具有複輔聲母*ml-，這是它由真部-ən變成

耕部-aŋ的原因。（蒲立本1982：255）

不論「耕轉真」、「真轉耕」，《廣韻》、諧聲字同留下收-ŋ和-n尾的讀音，這意謂著原有讀音並未完全從古籍文獻裡消失。

3. 合樂可歌下之特殊條件效應

謝美齡〈上古漢語之真、耕合韻再探討〉一文，除了依循龍宇純先生「共時同地容有多讀考量」的觀點外；也主張某些合韻現象和今日閩南語歌謠的叶韻背景相同，是「合樂可歌下之特殊條件效應」。謝美齡說：

前輩學者或從方言音殊解釋兩部皆作-n或-ng結論，龍宇純先生

雖同自方言詮解，但主張應從共時共地容有多讀考量，不必自泥作

〔註13〕鄭張尚芳《上古音系》，上海：上海教育出版社，2003年，頁161。

〔註14〕蒲立本〈構擬上古真部的一些證據〉，《清華學報》第14卷1、2期合刊，新竹：清華大學，1982年12月，頁255。

限。本文發現臺灣之閩南語流行歌謠對具鼻化韻尾及喉塞韻尾字容
有頗寬緩之叶韻模式，即主要元音相同之條件下，舒、促彼此間皆
可往來取叶。對真、耕二古韻部間之鼻音韻尾相異卻可叶韻或諧聲
互有往來之現象，本文以為龍先生主張可從之外；亦認為某些叶韻
現象或與閩南語歌謠叶韻背景雷同，是因為合樂可歌下之特殊條件
效應。〔註15〕

龍宇純「共時同地容有多讀考量」的觀點，意謂著「一字可以隸屬於一個
以上的韻部」，也就是承認上古有「同字異讀」現象，那麼就「耕真合韻」而言，
即一字兼有「耕真」兩部讀音所造成。謝美齡「合樂可歌下之特殊條件效應」
的說法，主張上古押韻如同今日的閩南語歌謠，在主要元音相同的條件下，韻
尾可以忽略相押。

（二）耕真合韻所反映的語音現象

周秦至三國「耕真合韻」韻段如下：

1. 《楚辭》屈宋

作者	篇　名	韻　字	上古韻	中古韻	韻　攝
屈原	遠遊	征成情程／零	耕／真	清／青	梗
宋玉	九辯	平生／憐	耕／真	庚／先	梗／山
屈原	哀郢	名／天	耕／真	清／先	梗／山
宋玉	九辯	名／天	耕／真	清／先	梗／山
屈原	遠遊	榮征／人	耕／真	庚清／真	梗／臻
屈原	離騷	名／均	耕／真	清／諄	梗／臻

2. 先秦民歌

作者	篇　名	韻　字	上古韻	中古韻	韻　攝
不詳	墨子引周詩	平／偏	耕／真	庚／仙	梗／山
不詳	輿人誦	佞／田	耕／真	徑／先	梗／山
荀子	成相雜辭	榮誠精／人	耕／真	庚清清／真	梗／臻
不詳	石鼓詩右八	寧／申	耕／真	青／真	梗／臻
不詳	成王冠辭	佞／民	耕／真	徑／真	梗／臻

〔註15〕謝美齡〈上古漢語之真、耕合韻再探討〉，《臺中師院學報》，臺中：臺中師院，2003
年12月，頁225。

不詳	忼慨歌	名／薪	耕／真	耕／真	梗／臻
荀子	成相雜辭	平傾／人天	耕／真	庚清／真先	梗／臻山

3. 西漢文人

作者	篇　名	韻　字	上古韻	中古韻	韻　攝
劉向	遠逝	正／神	耕／真	清／真	梗／臻
莊忌	哀時命	生榮成正名情聲清逞／真身年	耕／真	庚庚清清清清清靜／真真先	梗／臻臻山

4. 東漢文人

作者	篇　名	韻　字	上古韻	中古韻	韻　攝
蔡琰	悲憤詩	榮鳴驚生嚶筝精征營清盈頸聲莢情冥腥停扃庭星寧聽形／零泠	耕／真	庚庚庚庚耕耕清清清清清清清清青青青青青青青青／青	梗
桓麟	客示桓麟詩（附）	生名／齡	耕／真	庚清／青	梗
傅毅	歌	榮聲靈／苓	耕／真	庚清青／青	梗
張衡	歎	鳴征營／零	耕／真	庚清清／青	梗
秦嘉	贈婦詩	鳴誠聲瓊輕情形寧／鈴	耕／真	庚清清清清清青青／青	梗

5. 三國詩歌

作者	篇　名	韻　字	上古韻	中古韻	韻　攝
徐幹	情詩	榮生楹精聲醒庭停／泠	耕／真	庚庚清清清清青青／青	梗
曹丕	黎陽作詩	崢生征營傾情亭青／零	耕／真	庚庚清清清青青／青	梗
王粲	從軍詩	鳴平征情城貞誠榮聲刑寧／齡	耕／真	庚庚清清清清清清青青／青	梗
阮籍	詠懷詩	榮傾盈精清經零庭形／齡	耕／真	庚清清清清青青青青／青	梗
曹植	丹霞蔽日行	正聖／命	耕／真	勁／映	梗
徐幹	室思詩	情／零	耕／真	清／青	梗

　　上面的韻段可以分作兩個階段：

　　A.《楚辭》屈宋到西漢文人。

　　B. 東漢文人到三國詩歌。

　　B 階段真部包含「零泠齡苓鈴命」等從「令」得聲字，意謂著至晚後漢從「令」得聲字由真部轉入耕部，中古歸入梗攝字讀音。蒲立本說這類字受到聲母*mr-拉低主元音的影響，變成-a-轉入耕部。比較合理的解釋應是從「令」得聲字的*-ŋ 尾受高元音*-i 影響轉入-n 尾。要注意這條音變規律可解釋 B 組韻段，但不適用於 A 階段。A 階段除了屈原〈遠遊〉「零」字；宋玉〈九辯〉「憐」字（俗作怜）以外，其餘都不是從「令」得聲字。

　　A 階段是不是能用-iŋ＞-n的規律來解釋，只能暫且存疑。理由是耕部「名榮征平佞誠精寧傾」等字，除了「名」字外，〔註 16〕文獻上找不出兼收-n 尾的讀音。《廣韻》有許多兼收-ŋ、-n尾的異讀，但都不是這些字，只能等有確定的想法再談。

第七節　文部的用韻情況

一、文部獨韻

（一）周朝之初至春秋之末

作　品	文部	文部獨韻	百分比	中　古　韻	次數	百分比
詩經	35	27	77.15%	真諄臻文欣魂	18	66.67%
				真諄臻文欣魂／山先仙	6	22.22%
				山先仙	0	0%
				微（妡字）／欣	2	7.41%
				蟹（浼字）／銑	1	3.7%

（二）戰國之初至秦朝之末

作　品	文部	文部獨韻	百分比	中　古　韻	次數	百分比
楚辭屈宋	24	8	33.33%	真諄臻文欣魂	6	75%
				真諄臻文欣魂／山先仙	2	25%
				山先仙	0	0%
				微（妡字）／欣	0	0%
				蟹（浼字）／銑	0	0%

〔註16〕「名」字，《康熙字典》兼收《廣韻》房連切，《集韻》、《韻會》眠連切，《正韻》蒲眠切，丛音娗。不過這些反切倒推上古都應入元部字，而非真部字讀音。

（三）楚漢之初至新莽之末

作　品	文部	文部獨韻	百分比	中　古　韻	次數	百分比
西漢文人	15	1	6.67%	真諄臻文欣魂	1	100%
				真諄臻文欣魂／山先仙	0	0%
				山先仙	0	0%
				微（旂字）／欣	0	0%
				蟹（浼字）／銑	0	0%

（四）東漢之初至獻帝之末

作　品	文部	文部獨韻	百分比	中　古　韻	次數	百分比
東漢文人	16	6	37.5%	真諄臻文欣魂	6	100%
				真諄臻文欣魂／山先仙	0	0%
				山先仙	0	0%
				微（旂字）／欣	0	0%
				蟹（浼字）／銑	0	0%

說明：

1.「文部獨韻」從《詩經》77.15%，下降到《楚辭》屈宋 33.33%、西漢文人 6.67%。東漢文人短暫回升至 37.5%，三國詩歌又下降到 17.86%，如下表：

作　品	文部	文部獨韻	百分比	中　古　韻	次數	百分比
三國詩歌	56	10	17.86%	真諄臻文欣魂	10	100%
				真諄臻文欣魂／山先仙	0	0%
				山先仙	0	0%
				微（旂字）／欣	0	0%
				蟹（浼字）／銑	0	0%

2. 文部「真諄臻文欣魂（臻攝）／山先仙（山攝）」混韻，西漢文人以降是 0%，意謂著文部「臻、山」兩攝界線清楚，不再混押。

二、文部的例外押韻

（一）周朝之初至春秋之末

作　品	文部總數	排行	用　韻　情　況	次數	百分比
詩經	35	1	文部獨韻	27	77.15%
		2	文元	2	5.71%

		2	文微	2	5.71%
		2	文真	2	5.71%
			文物	1	2.86%
			文耕	1	2.86%

（二）戰國之初至秦朝之末

作　品	文部總數	排行	用　韻　情　況	次數	百分比
楚辭屈宋	24	1	文部獨韻	8	33.32%
		2	文真	6	25%
		2	文元	6	25%
			文耕真	1	4.17%
			文陽	1	4.17%
			文蒸	1	4.17%
			文質	1	4.17%

（三）楚漢之初至新莽之末

作　品	文部總數	排行	用　韻　情　況	次數	百分比
西漢文人	15	1	文真	8	53.32%
		2	文元	3	20%
			文部獨韻	1	6.67%
			文物	1	6.67%
			文脂	1	6.67%
			文微	1	6.67%

（四）東漢之初至獻帝之末

作　品	文部總數	排行	用　韻　情　況	次數	百分比
東漢文人	16	1	文部獨韻	6	37.5%
		2	文真元	5	31.25%
		3	文元	2	12.5%
		3	文真	2	12.5%
			文侵	1	6.25%

說明：

1.「文真合韻」從《詩經》5.71%，上升到《楚辭》屈宋 25%、西漢文人 53.32%，成為西漢最頻繁的用韻情況。東漢文人雖然降至 12.50%，但加上「文真元」31.25%，也高達 43.75%。由此可見「文真」兩部的密切關係。三國詩

歌「文真」49.99%，「文真元」19.64%，相加更高達 69.63%，如下表所示：

作　品	文部總數	排行	用　韻　情　況	次數	百分比
三國詩歌	56	1	文真	28	49.99%
		2	文真元	11	19.64%
		3	文部獨韻	10	17.86%
		4	文元	3	5.36%
		5	文耕脂真元	2	3.57%
			文脂真元	1	1.79%
			文陽真元	1	1.79%

「文真」關係牽涉到元部，待下文「元部用韻情況」再討論。

2.「文元合韻」從《詩經》5.71%，上升到《楚辭》屈宋 25%、西漢文人 20%。東漢文人雖然降至 12.5%，但加上「文真元」31.25%，則高達 43.75%，由此可見「文元」的密切關係。三國詩歌「文元」5.36%，「文真元」19.64%，相加降至 25%。

三、真文兩部的合韻關係

（一）研究回顧

不是每位學者都贊同「真文分部」，史存直〈古音真文兩部的分合問題〉一文指出：

> 周秦古音中的「真」、「文」兩部的分合，各家的意見也並不一致。自從段玉裁把「真」、「文」兩部分開以後，古音學家雖多數跟著把這兩部分開，但是也有不分的，例如孔廣森和嚴可均。（史存直 2002：72）

又說：

> 我們參考古韻文中的「真文合韻」現象覺得倒是把「真」、「文」兩部合併起來更好些。（史存直 2002：81）

史先生不認同周秦「真文」分部；羅常培、周祖謨（1958）則主張周秦「真文」分作兩部，到了西漢「真文」同陰聲「脂微」、入聲「質術」一樣完全合用，沒有分別：

到了兩漢時期這兩部就變得完全合用了。這和陰聲韻脂微合為
一部是相應的。（羅常培、周祖謨 1958：36）

前文「真部的例外押韻」、「文部的例外押韻」已見《詩經》「真文」佔
2.82%、「文真」佔 5.71%；《楚辭》屈宋「真文」27.27%、「文真」25%；西
漢文人「真文」38.1%、「文真」53.32%。從合韻百分比來看，《詩經》「真文」
毫無疑問分作兩部；《楚辭》屈宋以降兩部關係益加密切，但是是有條件的合
韻，而非羅、周（1958）所主張的無條件合併。

（二）真文合韻所反映的語音現象

周秦至三國「真文合韻」韻段如下：

1.《詩經》

作者	篇　名	韻　字	上古韻	中古韻	韻　攝
不詳	碩人	倩／盼	真／文	霰／襇	山
不詳	生民之什・既醉	胤／壼	真／文	震／混	臻

2.《楚辭》屈宋

作者	篇　名	韻　字	上古韻	中古韻	韻　攝
屈原	天問	寘／墳	真／文	先／文	山／臻
屈原	天問	陳／分	真／文	真／文	臻
屈原	大司命	塵／雲門	真／文	真／文魂	臻
屈原	天問	親／鰥	真／文	真／山	臻／山
屈原或宋玉	招魂	陳／紛分先	真／文	真／文文先	臻／臻臻山
屈原	遠遊	鄰天／聞	真／文	真先／文	臻山／臻

3. 先秦民歌

作者	篇　名	韻　字	上古韻	中古韻	韻　攝
荀子	成相雜辭	陳／銀分門	真／文	真／真文魂	臻

4. 西漢文人

作者	篇　名	韻　字	上古韻	中古韻	韻　攝
王褒	昭世	憐／紛門	真／文	先／文魂	山／臻
劉向	遠遊	淵／辰	真／文	先／真	山／臻
韋孟	諷諫詩	親／聞	真／文	真／文	臻

劉向	離世	神／聞	真／文	真／文	臻
王褒	昭世	真臻／芬昏	真／文	真臻／文魂	臻
劉向	離世	均純	真／文	諄	臻
韋孟	諷諫詩	信／俊	真／文	震／稕	臻
王褒	思忠	神憐／晨紛雲	真／文	真先／真文文	臻山／臻

5. 東漢文人

作者	篇　名	韻　字	上古韻	中古韻	韻　攝
崔駰	安封侯詩	命／震	真／文	映／震	梗／臻
蔡邕	答卜元嗣詩	人／文	真／文	真／魂	臻

6. 兩漢民間

作者	篇　名	韻　字	上古韻	中古韻	韻　攝
不詳	朝隴首（白麟歌）	麟／垠	真／文	真	臻
不詳	李陵錄別詩	因人身秦新賓親／辰	真／文	真	臻
不詳	五神	鄰／雲	真／文	真／文	臻
不詳	順陽吏民為劉陶歌	民／君	真／文	真／文	臻
不詳	宜城為封使君語	民／君	真／文	真／文	臻
不詳	古詩十九首	親薪人因／墳	真／文	真／文	臻
不詳	元帝時童謠	烟／門	真／文	真／魂	臻
不詳	桓譚引諺論巧習	神／門	真／文	真／魂	臻
不詳	上郡吏民為馮氏兄弟歌	民鈞／循君	真／文	真諄／諄文	臻
不詳	壽春鄉里為召馴語	恂／春	真／文	諄	臻
不詳	張公神碑歌	民隣／貧雲	真／文	真／真文	臻
不詳	董逃行	璘烟／紛	真／文	真先／文	臻山／臻

7. 三國詩歌

作者	篇　名	韻　字	上古韻	中古韻	韻　攝
曹植	桂之樹行	天／存	真／文	先／魂	山／臻
阮瑀	詩（隱士詩）	濱仁真／貧	真／文	真	臻
曹植	靈芝篇	濱神罳仁親／巾	真／文	真	臻

嵇康	四言贈兄秀才入軍詩	身人神／珍	真／文	真	臻
嵇康	五言詩	鄰塵津真神新人身／辰	真／文	真	臻
繁欽	定情詩	塵人／巾	真／文	真	臻
王粲	從軍詩	津人臣陳秦身／軍勳君	真／文	真／文	臻
阮瑀	詠史詩	賓秦津人／雲	真／文	真／文	臻
曹植	薤露行	因塵麟人／君羣分芬	真／文	真／文	臻
曹植	當牆欲高行	人親真陳津／雲	真／文	真／文	臻
曹操	陌上桑	神／雲君門崙	真／文	真／文文魂魂	臻
王粲	詩	因身／雲勤	真／文	真／文欣	臻
王粲	贈文叔良	濱鄰岷／勤	真／文	真／欣	臻
曹植	贈白馬王彪詩	神陳鄰親仁辛／懃	真／文	真／欣	臻
阮瑀	公讌詩	仁親／珍雲	真／文	真／真文	臻
曹丕	詩	津／闉雲	真／文	真／真文	臻
曹植	聖皇篇	人辛／珍銀輪雲	真／文	真／真真諄文	臻
阮籍	詠懷詩	人辛真身鄰／晨淪	真／文	真／真諄	臻
應瑒	鬥雞詩	賓陳／珍倫紛分羣勤欣	真／文	真／真諄文文文欣欣	臻
阮籍	詠懷詩	塵真神濱／貧倫殉	真／文	真／真諄稕	臻
孫皓	爾汝歌	鄰臣／春	真／文	真／諄	臻
繆襲	應帝期	親神鄰／循君	真／文	真／諄文	臻
劉楨	贈五官中郎將詩	濱人身鄰塵旬／珍春文分勤	真／文	真真真真真諄／真諄文文欣	臻
繆襲	平南荊	塵均／脣	真／文	真諄／諄	臻
阮籍	詠懷詩	濱鱗神仁塵真／震純倫綸	真／文	真／震諄諄諄	臻
曹操	短歌行	恩／存	真／文	痕／魂	臻
曹操	善哉行	仁臣命／君	真／文	真真映／文	臻臻梗／臻
韋昭	玄化	真民親新津鄰天／忻	真／文	真真真真真真先／欣	臻臻臻臻臻臻山／臻

從「韻攝」來看,「真文合韻」主要是「臻攝字合流」的過程,而非無條件合併。音變方向是文部三等字「真諄韻」i 音化併入真部（jən＞jin）；「欣韻」或變或不變（jən(～jin)），隨詩人有別；「文韻」或 i 音化入真部,或受唇音及圓唇聲母影響獨立一類（(B、kw) jən＞jun）。但是有兩種情形例外：

1.「真部山攝字」與「文部臻攝字」相押

文部三等字併入真部的同時,部分真部四等字（真部山攝字）in 尚未裂化為 ian 併入元部,因此同 jən＞jin 的文部三等字相押,如屈原〈天問〉「實／墳」；屈原〈遠遊〉「鄰天／聞」；韋昭〈玄化〉「真民親新津鄰天／忻」；王褒〈思忠〉「神憐／晨紛雲」；劉向〈遠遊〉「淵／辰」；〈董逃行〉「璘烟／紛」。

從音變規律來看,上古真部四等字 in 裂變為 ian 入元部,《廣韻》入山攝字,但部分文獻仍有其保守的高元音讀音,中古入臻攝,如「憐」字,《集韻》又讀離珍切,音鄰；「淵」字,《集韻》又讀一均切；「烟」字,《廣韻》又讀於真切、《洪武正韻》讀伊真切。

東漢〈安封侯詩〉、三國曹操〈善哉行〉的「命」是從令得聲字,因作者崔駰、曹操口語裡「命」字讀音保守（尚未轉移至耕部）,因此和轉向真部音變的「文部臻攝字」相押。

2.「真部真韻」與「文部山攝字」相押

部分「真部真韻」與「文部山攝字」相押的韻段,如屈原〈天問〉「親／鰥」相押；〈招魂〉「陳／紛分先」相押,前者應是用韻寬緩；後者文部山攝「先」字《廣韻》雖入山攝,但應失收臻攝字的異讀,同聲旁「詵、侁、駪、姺」等字,《廣韻》都作所臻切,可以證明從「先」得聲字不只山攝一條音變路徑。

第八節　元部的用韻情況

一、元部獨韻

（一）周朝之初至春秋之末

作　品	元部	元部獨韻	百分比	中　古　韻	次數	百分比
詩經	82	72	87.8%	元寒桓刪山先仙	72	100%

（二）戰國之初至秦朝之末

作　品	元部	元部獨韻	百分比	中　古　韻	次數	百分比
楚辭屈宋	29	20	68.96%	元寒桓刪山先仙	20	100%

（三）楚漢之初至新莽之末

作　品	元部	元部獨韻	百分比	中　古　韻	次數	百分比
西漢文人	35	26	74.28%	元寒桓刪山先仙	26	100%

（四）東漢之初至獻帝之末

作　品	元部	元部獨韻	百分比	中　古　韻	次數	百分比
東漢文人	21	11	52.39%	元寒桓刪山先仙	11	100%

說明：「元部獨韻」從《詩經》87.8%，下降到《楚辭》屈宋 68.96%、西漢文人的 74.28%、東漢文人 52.39%。

二、元部的例外押韻

（一）周朝之初至春秋之末

作　品	元部總數	排行	用　韻　情　況	次數	百分比
詩經	82	1	元部獨韻	72	87.8%
		2	元歌	3	3.66%
		3	元文	2	2.44%
			元東	1	1.22%
			元脂	1	1.22%
			元陽	1	1.22%
			元微	1	1.22%
			元質	1	1.22%

（二）戰國之初至秦朝之末

作　品	元部總數	排行	用　韻　情　況	次數	百分比
楚辭屈宋	29	1	元部獨韻	20	68.96%
		2	元文	6	20.69%
		3	元真	2	6.9%
			元陽	1	3.45%

（三）楚漢之初至新莽之末

作　品	元部總數	排行	用　韻　情　況	次數	百分比
西漢文人	35	1	元部獨韻	26	74.28%
		2	元真	4	11.43%
		3	元文	3	8.57%
			元歌	1	2.86%
			元月	1	2.86%

（四）東漢之初至獻帝之末

作　品	元部總數	排行	用　韻　情　況	次數	百分比
東漢文人	21	1	元部獨韻	11	52.39%
		2	元真文	5	23.81%
		3	元文	2	9.52%
			元真	1	4.76%
			元真談	1	4.76%
			元歌	1	4.76%

說明：

1.「元文合韻」從《詩經》2.44%，上升到《楚辭》屈宋20.69%。之後下降到西漢文人8.57%、東漢文人9.52%、三國詩歌中3.19%，如下表所示：

作　品	元部總數	排行	用　韻　情　況	次數	百分比
三國詩歌	94	1	元部獨韻	51	54.27%
		2	元真	24	25.53%
		3	元真文	11	11.7%
		4	元文	3	3.19%
		5	元耕脂真文	2	2.13%
			元真侵	1	1.06%
			元脂真文	1	1.06%
			元陽真文	1	1.06%

2.「元真合韻」從《楚辭》屈宋6.9%，上升到西漢文人11.43%；東漢文人下降至4.76；三國詩歌又急升至25.53%。

3. 東漢文人「元真文合韻」佔23.81%，三國詩歌降至11.7%。

三、真元兩部的合韻關係

（一）研究回顧

于海晏《漢魏六朝韻譜・韻部沿革總序》說：

> 兩漢、三國元寒桓刪山仙與真諄臻文欣魂痕疆界靡漫，區處特
> 難。段氏論：「漢以後用韻過寬，三部合用」，實亦有見於此。然探
> 其導源之異，衍其支流之遠，仍存其分立之勢，以覘其氾濫之一斑。
> （于海晏 1936／1989：2）

中古山攝「元寒桓刪山仙」、臻攝「真諄臻文欣魂痕」上古分屬真、文、
元三部。到了兩漢，這三部常有混韻，所以段玉裁說：「漢以後用韻過寬」。前
文指出「真文合韻」主要是「文部臻攝三等字」轉向真部 i 音化發展的音變現
象，而非詩人「用韻寬緩」所造成。羅常培、周祖謨（1958）批評段玉裁說：

> 所以論《詩經》音當宗段說，論兩漢音則不能但以「用韻過寬」
> 一句話輕輕放下就算完事。（羅常培、周祖謨 1958：37）

羅、周（1958）也指出兩漢「真（真文）元」通押的例子很多，但仍屬不
同韻部：

> 可是細心考察起來，漢人用韻真文合為一部，但是真文與元並
> 沒有完全混為一談。（羅常培、周祖謨 1958：36）

兩漢「真（真文）元」押韻的原因，羅、周（1958）視為音近通叶：

> 真元兩部的聲音可能是有相近的地方，但是並非元部全體的字
> 和真部音都相近，其中也有程度上的不同，所以元部元山仙等韻和
> 真部通叶的例子較多。（羅常培、周祖謨 1958：37）

問題的癥結在於「真（真文）元」為什麼周秦時期不音近，兩漢音近？是
不是語音起了什麼樣的變化？羅、周（1958）並未多談。

（二）真元合韻所反映的語音現象

先秦到三國「真元合韻」韻段如下：

1. 《楚辭》屈宋

作者	篇　名	韻　字	上古韻	中古韻	韻　攝
屈原	湘君	翩／閒	真／元	仙／山	山
屈原	抽思	進／願	真／元	震／願	臻／山

2. 先秦民間

作者	篇 名	韻 字	上古韻	中古韻	韻 攝
不詳	烏鵲歌	年天翩／還間懸鳶	真／元	先先仙／刪山先仙	山

3. 西漢文人

作者	篇 名	韻 字	上古韻	中古韻	韻 攝
劉向	惜賢	淵／山	真／元	先／山	山
劉向	愍命	賢／愆	真／元	先／仙	山
劉向	愍命	淵／遷	真／元	先／仙	山
劉向	遠逝	身／前	真／元	真／先	臻／山

4. 東漢文人

作者	篇 名	韻 字	上古韻	中古韻	韻 攝
趙壹	秦客詩	賢／邊錢延	真／元	先／先仙仙	山

5. 兩漢民間

作者	篇 名	韻 字	上古韻	中古韻	韻 攝
不詳	履雙操	偏／言冤寒肝愆	真／元	仙／元元寒寒仙	山
不詳	婦病行	翩／言寒	真／元	仙／元寒	山
不詳	時人為揚雄桓譚語	篇／官	真／元	仙／桓	山
不詳	順帝末京都童謠	弦／邊	真／元	先	山
不詳	古詩	天／山	真／元	先／山	山
不詳	江南	田／間蓮	真／元	先／山先	山
不詳	君子行	賢／餐難冠間肩	真／元	先／寒寒桓山先	山
不詳	時人為郭況語	千／錢	真／元	先／仙	山
不詳	古諺	年／錢	真／元	先／仙	山
不詳	豔歌行	盼／綻組見縣	真／元	霰／襇襉霰霰	山
不詳	張公神碑歌	偏／建萬難爛畔見	真／元	先／願願翰翰換霰	山
不詳	信立退怨歌	身／言	真／元	真／元	臻／山

6. 三國詩歌

作者	篇 名	韻 字	上古韻	中古韻	韻 攝
阮籍	詠懷詩	翩／山然娟連	真／元	仙／山仙仙仙	山

劉楨	贈徐幹詩	偏／垣言園源翻懸宣遷連焉	真／元	仙／元元元元元先仙仙仙仙	山
曹植	美女篇	翩／餐安玕難蘭歎觀端環還關顏間	真／元	仙／寒寒寒寒寒翰桓桓刪刪刪刪山	山
王粲	為潘文則作思親詩	天年顛／懸	真／元	先	山
阮籍	詠懷詩	顛天憐眠年／妍	真／元	先	山
曹植	大魏篇	玄年／山	真／元	先／山	山
曹植	升天行	天巔／山仙	真／元	先／山仙	山
曹丕	上留田行	天／怨	真／元	先／元	山
曹叡	步出夏門行	憐／繁言綿	真／元	先／元元仙	山
曹丕	董逃行	天／轅諠漫山	真／元	先／元元換山	山
曹植	豫章行	賢／言連然	真／元	先／元仙仙	山
曹植	苦思行	巔／言連然	真／元	先／元仙仙	山
曹丕	月重輪行	年／言前	真／元	先／元先	山
曹植	名都篇	年千／蹯端攀還間山前妍鮮連鳶筵	真／元	先／元桓刪刪山山先先仙仙仙仙	山
曹植	孟冬篇	弦／猨巒冠	真／元	先／元桓桓	山
曹丕	秋胡行	天／全	真／元	先／仙	山
曹植	靈芝篇	田賢年／宣虔然	真／元	先／仙	山
應璩	雜詩	眠／綿	真／元	先／仙	山
嵇康	四言詩	淵年／懸然	真／元	先／先仙	山
曹植	雜詩	淵／蠻間	真／元	先／刪山	山
曹操	陌上桑	千翩／元蘭泉愆	真／元	先仙／元寒仙仙	山
曹植	贈徐幹詩	天憐年篇／繁軒言山閒間愆然宣	真／元	先先先仙／元元元山山山仙仙仙	山
曹操	善哉行	人／仙	真／元	真／仙	臻／山
邯鄲淳	贈吳處玄詩	臻／難安山	真／元	臻／寒寒山	臻／山

從「韻攝」來看，《楚辭》屈宋到三國詩歌「真元合韻」基本上反映「山攝字合流」的過程，音變方向是真部四等字 in 裂化為 ian 併入元部。有幾處例外，分別是屈原〈抽思〉「進」字；劉向〈遠逝〉、〈信立退怨歌〉「身」字；邯鄲淳〈贈吳處玄詩〉「臻」字；曹操〈善哉行〉「人」字。

「進、身、臻」三字《廣韻》只收錄臻攝讀音。但「進」字，《說文》曰：「進，登也。从辵閵省聲。」〔註 17〕「進」从「閵」省聲，「閵」字上古歸屬

〔註 17〕（漢）許慎撰、（清）段玉裁注《新添古音說文解字注》，臺北：洪葉文化，2005

於真部，但《集韻》又讀郎甸切，音練。《康熙字典》曰：

> 【列子·黃帝篇】竭聰明，進智力，又通作薦。【列子·湯問篇】
> 王薦而問之。【註】薦猶進也。〔註18〕

「進」既从「閵」省聲又通作「薦」（《廣韻》作甸切），顯然有個山攝異讀。
「身」字，《說文》曰：「身，躬也。从人申省聲。」段注曰：

> 大徐作象人之身，从人厂聲。按：此語先後失倫，厂古音在十
> 六部，非聲也。今依《韻會》所據小徐本正。〔註19〕

依大徐本「身」从「厂」聲，「厂」字歸屬於上古元部，意謂「身」字當
有個元部異讀。雖然「身」从「厂」聲的說法不被段玉裁接受，但《史記》
西南夷的「身毒國」，有的作「乾毒國」；《康熙字典》引《史記》司馬貞索隱
曰：「身，音捐」：

> 【史記·西南夷傳】身毒國。【註】索隱曰：身音捐。〔註20〕

「身毒」作「乾毒」，又音「捐」，「身」字無疑有個元部 an 韻基讀音。
「臻」字，《康熙字典》曰：

> 又【集韻】將先切【韻會】則然切【正韻】則前切，丛音箋。
>
> 〔註21〕

「臻」字有「將先切」、「則然切」、「則前切」，音「箋」的讀音，意謂著
「臻」字有演變成中古山攝字的音變類型，應是以 an 韻基的面貌同元部山攝
字相押。

曹操〈善哉行〉「人、仙」通押原因不明。《康熙字典》引吳棫《韻補》曰：

> 【韻補】叶如延切，音然。【劉向·列女頌】望色請罪，桓公嘉
> 焉。厥後治內，立為夫人。〔註22〕

年 10 月，增修一版三刷，頁 71。

〔註18〕張玉書等編《康熙字典》，上海：上海書店出版社，1985 年 12 月，頁 1406。

〔註19〕（漢）許慎撰、（清）段玉裁注《新添古音說文解字注》，臺北：洪葉文化，2005
年 10 月，增修一版三刷，頁 392。

〔註20〕張玉書等編《康熙字典》，上海：上海書店出版社，1985 年 12 月，頁 1381。

〔註21〕張玉書等編《康熙字典》，上海：上海書店出版社，1985 年 12 月，頁 1114。

〔註22〕張玉書等編《康熙字典》，上海：上海書店出版社，1985 年 12 月，頁 91。

　　吳棫以叶韻的觀點，認為「人」字音「然」或許並不妥當。但吳氏引用〈劉向・列女頌〉「焉、人」相押的例子，可作為「人」字有低元音異讀的旁證。

四、文元兩部的合韻關係

（一）研究回顧

　　羅常培、周祖謨（1958）把兩漢文部併入真部，新的真部和元部屬音近通叶（見前文）。

（二）文元合韻所反映的語音現象

　　周秦到三國「文元合韻」韻段如下：

1.《詩經》

作者	篇　名	韻　字	上古韻	中古韻	韻　攝
不詳	小戎	群錞／苑	文／元	文諄／阮	臻／山
不詳	谷風之什・楚茨	孫／愆	文／元	魂／仙	臻／山

2.《楚辭》屈宋

作者	篇　名	韻　字	上古韻	中古韻	韻　攝
屈原或宋玉	招魂	先／還	文／元	先／刪	山
屈原	悲回風	雰／媛	文／元	文／元	臻／山
屈原	悲回風	聞／還	文／元	文／刪	臻／山
宋玉	九辯	垠春溫／餐	文／元	真諄魂／寒	臻／山
屈原	抽思	聞／患	文／元	問／諫	臻／山
屈原	遠遊	垠存門先／傳然	文／元	真魂魂先／仙	臻臻臻山／山

3. 先秦民歌

作者	篇　名	韻　字	上古韻	中古韻	韻　攝
不詳	忼慨歌	貧／錢	文／元	真／仙	臻／山

4. 西漢文人

作者	篇　名	韻　字	上古韻	中古韻	韻　攝
王褒	尊嘉	欣門根／難	文／元	欣魂痕／寒	臻／山

| 劉向 | 逢紛 | 運／漫 | 文／元 | 問／換 | 臻／山 |
| 劉向 | 離世 | 奔／轅 | 文／元 | 魂／元 | 臻／山 |

5. 東漢文人

作者	篇 名	韻 字	上古韻	中古韻	韻 攝
張衡	四愁詩	艱／翰山	文／元	山／寒山	山
劉蒼	武德舞歌詩	文／山	文／元	文／山	臻／山

6. 兩漢民間

作者	篇 名	韻 字	上古韻	中古韻	韻 攝
不詳	拘幽操	分／煩	文／元	文／元	臻／山
不詳	豫章行	斤／燔端山間泉捐連	文／元	欣／元桓山山仙仙仙	臻／山
不詳	拘幽操	勤昆／患	文／元	欣魂／諫	臻／山
不詳	信立退怨歌	汶分芸／冤	文／元	真文文／元	臻／山
不詳	古詩為焦仲卿妻作	珍輪雲婚門／幡鞍穿	文／元	真諄文魂魂／元寒仙	臻／山
不詳	刺巴郡郡守詩	門／喧錢	文／元	魂／元仙	臻／山
不詳	淮南王	尊／連	文／元	魂／仙	臻／山
不詳	象載瑜（赤雁歌）	文員／泉	文／元	文仙／仙	臻山／山

7. 三國詩歌

作者	篇 名	韻 字	上古韻	中古韻	韻 攝
劉楨	射鳶詩	雲／妍仙連旋	文／元	文／先仙仙仙	臻／山
阮瑀	琴歌	運／怨	文／元	問／願	臻／山
曹丕	短歌行	存／筵遷連	文／元	魂／仙	臻／山

「文元」中古有共通的「山先仙」，但從「韻攝」來看，兩部字通叶顯然不是「山攝字」的合流現象。底下分出兩類：

1. 元部山攝字兼有文部讀音（或是演變成臻攝讀音）

《詩經・小戎》「苑」；阮瑀〈琴歌〉「怨」，兩字歸屬於中古山攝元阮韻。既是元阮韻字，就可以推想兼有保守 jan 及創新 jən 兩種讀音，《切韻》作者著眼於元韻的創新讀音置於臻攝一類；韻圖作者著眼於元韻的保守性質置於

山攝一類。「元部元阮韻字」當是 jan 央化為 jən 的創新讀音同文部臻攝字相押。

　　「苑」字，《說文》曰：「苑，所以養禽獸也。从艸夗聲。」〔註23〕「苑」從「夗」得聲，《洪武正韻》委粉切，讀如蘊。同樣從「夗」聲的「鴛」字，《廣韻》又音烏渾切，《集韻》烏昆切，夶音溫；「怨」字，《字彙補》讀作委隕切，音惲，與薀同。這些讀音意謂著從「夗」得聲字除了韻基不變入中古山攝外，還有臻攝字的音變類型。

　　宋玉〈九辯〉「餐」字，《康熙字典》曰：

> 　　【王儉褚淵碑】餐輿誦于丘里，瞻雅詠于京國。【註】採輿論，
> 稱述其德也。又古通先。【古樂府‧君子行】周公下白屋，吐哺不足
> 餐。一沐三握髮，後世稱聖賢。又【集韻】蘇昆切，音孫，與飧同，
> 餔也。【爾雅‧釋言】粲，餐也。【釋文】餐，音飧。〔註24〕

　　「餐」字，《集韻》蘇昆切，音「孫」，與「飧」同。說明「餐」字也有 jan > jən 的音變類型。

2. 文部臻攝字兼有元部讀音（或是演變成山攝讀音）

　　〈谷風之什‧楚茨〉「孫」字；屈原〈悲回風〉「雰」字；〈忼慨歌〉「貧」字；〈拘幽操〉、〈信立退怨歌〉「分」字；屈原〈悲回風〉、〈抽思〉「聞」字；〈遠遊〉、王褒〈尊嘉〉、〈刺巴郡郡守詩〉「門」字；屈原〈遠遊〉「垠」字；王褒〈尊嘉〉「根」字；屈原〈遠遊〉、曹丕〈短歌行〉「存」字；劉向〈逢紛〉「運」字；劉向〈離世〉「奔」字；劉蒼〈武德舞歌詩〉、〈象載瑜〉「文」字；〈信立退怨歌〉「汶」字；〈信立退怨歌〉「芸」字；劉楨〈射鳶詩〉「雲」字；〈淮南王〉「尊」字；王褒〈尊嘉〉「欣」字；〈豫章行〉「斤」字，這些都是「文部臻攝字」，但古籍兼有元部（山攝）低元音讀音的記載。

　　「孫」字，《廣韻》思渾切，臻攝讀音。同從「孫」得聲字如：「蓀」字，《集韻》或作薞，或作荃；《類篇》又作蕿、蕽。其中「荃」字，《廣韻》此緣切、《韻會》逡緣切，夶音詮；「蕽」字，《集韻》雛免切，音撰，這些都是山攝字

〔註23〕（漢）許慎撰、（清）段玉裁注《新添古音說文解字注》，臺北：洪葉文化，2005年10月，增修一版三刷，頁41。

〔註24〕張玉書等編《康熙字典》，上海：上海書店出版社，1985年12月，頁1586。

讀音。

「雰」、「貧」从「分」得聲。同从「分」得聲字如：「頒」字，《廣韻》符分切、布還切；「扮」字，府文切、晡幻切，反推上古兼有文、元兩讀；中古兼讀臻、山兩攝。

「聞」从「門」得聲。同从「門」得聲字如：「閩」字，《集韻》謨官切，音瞞。

「垠」、「根」从「艮」得聲。同从「艮」得聲字如：「垠」字，《字彙》魚軒切，音言；「艱」字，《廣韻》古閑切；「狠」字，《廣韻》又音五閑切；「限」字，《廣韻》胡簡切，這些都是山攝韻基讀音。

「存」字，其聲子如「荐」字，《廣韻》在甸切、《集韻》才甸切，又寫作元部「薦」字；「栫」字，《廣韻》在甸切、《集韻》才殿切，這些都是山攝韻基讀音。

「運」从「軍」得聲。同从「軍」得聲字如：「睴」字，《五音集韻》虛縣切，音楥；「煇」字，《集韻》許元切，音萱，又呼願切，音楥；「緷」字，《集韻》窘遠切，音卷；「葷」字，《廣韻》戶關切、《集韻》胡關切，太音還。這些都是山韻基讀音。

「奔」字，《康熙字典》曰：

> 【韓愈・秋懷詩】鳴聲若有意，顛倒相追奔。空堂黃昏暮，我
> 坐默不言。○按奔言俱十三元韻。〔註25〕

《秋懷詩》「奔」同「言」相押，俱入十三元韻，意謂著「奔」字有山攝韻基的音變類型。

「汶」从「文」得聲。同从「文」得聲字如：「虔」字，《說文》曰：「虔，虎行貌。从虍文聲，讀若矜。」〔註26〕「虔」从文聲，讀若矜，上古應入文部。但《廣韻》渠焉切，音乾，反推上古兼讀元部，中古入山攝。

「芸」、「雲」从「云」得聲。同樣从「云」得聲字如：「園」字，《集韻》于元切，音袁；「抎」字，《康熙字典》曰：

〔註25〕張玉書等編《康熙字典》，上海：上海書店出版社，1985 年 12 月，頁 270。

〔註26〕（漢）許慎撰、（清）段玉裁注《新添古音說文解字注》，臺北：洪葉文化，2005
　　　　年 10 月，增修一版三刷，頁 211。

【史記・東越傳】不戰而抎，利莫大焉。按：俗本譌耘，《漢書》

作隕。〔註27〕

《漢書》「抎」作「隕」，「隕」从「員」得聲，古韻元部。

「尊」字，其聲子如「鐏」字，《集韻》祖管切、《正韻》作管切，𠀤音纂；「鱒」字，《五音集韻》士晚切，音撰，又士戀切，音饌。同是山攝韻基讀音。

「欣」从「斤」聲，同樣从「斤」得聲字，如：「齗」字，《集韻》牛閑切，音訮；又音忍善切，音齴；又音語蹇切，音齴，這些都是山攝韻基讀音。又如「訢」字，《康熙字典》曰：

【前漢・石奮傳】僮僕訢訢如也。【註】訢訢與誾誾同。【集韻】

亦作言言。〔註28〕

「訢訢」同「誾誾」，《集韻》亦作「言言」，山攝韻基讀音。再如「昕」字，《康熙字典》曰：

又【爾雅・釋天疏】四曰昕天。昕讀曰軒，言天北高南下，若

車之軒，是吳時姚信所說。〔註29〕

「昕」讀曰「軒」，同樣是山攝韻基讀音。

五、真文元三部的合韻關係

（一）研究回顧

見前文真文、真元、文元合韻。

（二）真文元合韻所反映的語音現象

1. 東漢文人

作者	篇　名	韻　字	上古韻	中古韻	韻　攝
劉辯	悲歌	玄／艱／蕃延	真／文／元	先／山／元仙	山
桓麟	答客詩	賢年／倫／言	真／文／元	先／諄／元	山／臻／山

〔註27〕張玉書等編《康熙字典》，上海：上海書店出版社，1985 年 12 月，頁 460。

〔註28〕張玉書等編《康熙字典》，上海：上海書店出版社，1985 年 12 月，頁 1282。

〔註29〕張玉書等編《康熙字典》，上海：上海書店出版社，1985 年 12 月，頁 539。

王逸	哀歲	陳 / 沄 / 干攢延蠉	真 / 文 / 元	真 / 文 / 寒緩仙仙	臻 / 臻 / 山
蔡邕	初平詩	臣親神人 / 震勳 / 戔	真 / 文 / 元	真 / 震文 / 寒	臻 / 臻 / 山
王逸	守志	神堅憐 / 珍氛雲勳分婚存 / 歎端姦鞭泉	真 / 文 / 元	真先先 / 真文文文文魂魂 / 翰桓刪仙仙	臻山山 / 臻 / 山

2. 兩漢民間

作者	篇　名	韻　　字	上古韻	中古韻	韻　攝
不詳	張公神碑歌	陳田 / 芬 / 錢	真 / 文 / 元	真先 / 文 / 仙	臻山 / 臻 / 山
不詳	古詩為焦仲卿妻作	神年 / 論門 / 言寒蘭間遷泉然全單	真 / 文 / 元	真先 / 諄魂 / 元寒寒山仙仙仙仙仙	臻山 / 臻 / 山

3. 三國詩歌

作者	篇　名	韻　　字	上古韻	中古韻	韻　攝
曹植	精微篇	淵天賢年 / 艱先川 / 原前船譽	真 / 文 / 元	先 / 山先仙 / 元先仙仙	山
曹植	豫章行	田賢 / 川 / 間然	真 / 文 / 元	先 / 仙 / 山仙	山
嵇康	四言贈兄秀才入軍詩	絃玄 / 川 / 言山荃	真 / 文 / 元	先 / 仙 / 元山仙	山
曹丕	芙蓉池作詩	天年 / 川 / 園間前鮮仙	真 / 文 / 元	先 / 仙 / 元山先仙仙	山
阮籍	詠懷詩	天玄煙淵 / 先川 / 山宣全鮮	真 / 文 / 元	先 / 先仙 / 山仙仙仙	山
曹植	送應氏詩	天年田阡煙 / 焚 / 言山	真 / 文 / 元	先 / 文 / 元山	山 / 臻 / 山
曹丕	燕歌行	眠憐 / 存 / 言難肝歡寬漫還顏	真 / 文 / 元	先 / 魂 / 元寒寒翰桓換刪刪	山 / 臻 / 山
徐幹	室思詩	人 / 辰勤 / 悁緣	真 / 文 / 元	真 / 真欣 / 仙	臻 / 臻 / 山
徐幹	答劉楨詩	旬 / 春 / 繁關	真 / 文 / 元	諄 / 諄 / 元刪	臻 / 臻 / 山
韋昭	漢之季	陣 / 刃運奮僨聞 / 建亂散館	真 / 文 / 元	震 / 震問問問問 / 願換換換	臻 / 臻 / 山
曹植	當欲游南山行	塵因身均年 / 川 / 前然	真 / 文 / 元	真真真諄先 / 仙 / 先仙	臻臻臻臻山 / 山 / 山

　　上面韻段可以先確定「真文元」押韻主要是「山攝字合流」的音變現象，

方向是「真部先仙」in＞ian；「文部山先仙」ən＞an，同元部低元音韻基相押。

〈答客詩〉文部「倫」字；曹植〈送應氏詩〉文部「焚」字；曹丕〈燕歌行〉文部「存」字，都應兼讀元部韻基。「倫」從「侖」聲，同樣從「侖」得聲字如：「綸」字，《廣韻》又音古頑切、《集韻》姑頑切，夶音鰥；「淪」字，《集韻》姑頑切，音鰥，姓也，這些都是山攝韻基讀音。「焚」字，《說文》本作「燓」，《唐韻》附袁切、《集韻》符袁切，夶音煩，山攝韻基讀音。「存」字讀作 an 韻基見前文「文元合韻」，此不贅述。

蔡邕〈初平詩〉元部「戔」字；〈張公神碑歌〉「錢」字，因兼有臻攝韻基讀音，同真部、文部（jən＞jin）臻攝字相押。「戔」字，《字彙補》讀作宗親切，音津。從「戔」得聲字如「棧」字，《集韻》、《類篇》又音鋤臻切，音榛，同屬臻攝韻基讀音。

東漢王逸〈哀歲〉、〈守志〉；東漢民間〈古詩為焦仲卿妻作〉；三國徐幹〈室思詩〉、〈答劉楨詩〉，韋昭〈漢之季〉，曹植〈當欲游南山行〉等「真文元」韻段無法從「同字異讀」解釋，暫且存而不論。

第九節　侵部的用韻情況

一、侵部獨韻

（一）周朝之初至春秋之末

作　品	侵部	侵部獨韻	百分比	中　古　韻	次數	百分比
詩經	45	34	75.56%	侵	16	47.06%
				侵／覃談添	14	41.18%
				東（風）／侵	3	8.82%
				東（風）／侵／覃	1	2.94%

（二）戰國之初至秦朝之末

作　品	侵部	侵部獨韻	百分比	中　古　韻	次數	百分比
楚辭屈宋	8	6	75%	侵	2	33.33%
				侵／覃談添	1	16.67%
				東（風）／侵	2	33.33%
				東（風）／侵／覃	1	16.67%

（三）楚漢之初至新莽之末

作　品	侵部	侵部獨韻	百分比	中 古 韻	次數	百分比
西漢文人	9	5	55.56%	侵	4	80%
				侵／覃談添	0	0%
				東（風）／侵	0	0%
				東（風）／侵／覃	1	20%

（四）東漢之初至獻帝之末

作　品	侵部	侵部獨韻	百分比	中 古 韻	次數	百分比
東漢文人	8	4	50%	侵	3	75%
				侵／覃談添	0	0%
				東（風）／侵	1	25%
				東（風）／侵／覃	0	0%

　　說明：「侵部獨韻」從《詩經》75.56%、《楚辭》屈宋75%，下降到西漢文人55.56%、東漢文人50%，顯見兩漢侵部有較多的例外押韻。三國詩歌迅速竄升至82.36%，如下表所示：

作　品	侵部	侵部獨韻	百分比	中 古 韻	次數	百分比
三國詩歌	34	28	82.36%	侵	25	89.29%
				侵／覃談添	2	7.14%
				東（風）／侵	1	3.57%
				東（風）／侵／覃	0	0%

二、侵部的例外押韻

1. 周朝之初至春秋之末

作　品	侵部總數	排行	用 韻 情 況	次數	百分比
詩經	45	1	侵部獨韻	34	75.56%
		2	侵冬	5	11.11%
		3	侵蒸	4	8.89%
			侵談	1	2.22%
			侵宵	1	2.22%

2. 戰國之初至秦朝之末

作　品	侵部總數	排行	用　韻　情　況	次數	百分比
楚辭屈宋	8	1	侵部獨韻	6	75%
			侵東	1	12.50%
			侵冬東	1	12.50%

3. 楚漢之初至新莽之末

作　品	侵部總數	排行	用　韻　情　況	次數	百分比
西漢文人	9	1	侵部獨韻	5	55.56%
			侵真	1	11.11%
			侵陽	1	11.11%
			侵東	1	11.11%
			侵東陽	1	11.11%

4. 東漢之初至獻帝之末

作　品	侵部總數	排行	用　韻　情　況	次數	百分比
東漢文人	8	1	侵部獨韻	4	50%
		2	侵冬	1	12.50%
			侵宵	1	12.50%
			侵真	1	12.50%
			侵文	1	12.50%

　　說明：「侵冬合韻」佔《詩經》11.11%、東漢文人 12.5%；「侵東合韻」佔《楚辭》屈宋 12.5%、西漢文人 11.11%；「侵蒸合韻」佔《詩經》8.89%；「侵陽」、「侵東陽」分佔西漢文人 11.11%。這幾組合韻顯示雙唇鼻音尾的「侵部」和舌根鼻音尾的「蒸冬東陽」有某種程度上的用韻關係。三國詩歌「侵蒸冬」8.82%、「侵冬」2.94%，如下表所示：

作　品	侵部總數	排行	用　韻　情　況	次數	百分比
三國詩歌	34	1	侵部獨韻	28	82.36%
		2	侵蒸冬	3	8.82%
			侵冬	1	2.94%
			侵耕	1	2.94%
			侵真元	1	2.94%

三、蒸侵、冬侵、東侵、陽侵的合韻關係

（一）研究回顧

雙唇鼻音尾-m 和舌根鼻音尾-ŋ 的押韻關係，最常被討論的是「冬侵合韻」。羅常培、周祖謨（1958）說：

> 司馬相如和王褒的文章裏侵部有跟冬部押韻的例子……。由此可證侵冬兩部元音相近。侵部字與蒸部、東部押韻的例子不多，主要是一個「風」字，而且僅見於揚雄的韻文裏……。這可以看出在揚雄的語音裏「風」字可能由-m尾變成-ng尾。（羅常培、周祖謨 1958：52）

引文指出西漢「冬侵」元音相近，但沒有說明如何音近。周祖謨〈漢字上古音東冬分部的問題〉一文說得比較清楚：

> 「冬」「蒸」「侵」三部韻母的讀音必然比較接近。現在學者一般都把這三部的主要元音擬為[ə]是有道理的。「侵」部是收-m的，「冬」部上古最早也可能是收-m的，因為「冬」「侵」有相押的關係。可是至少在東周時代已有廣大地區讀為收-ng的了。推想最早冬部字的韻母原來有合口性質的成分，合口成分與-m拼在一起而發生異化作用，所以-m就變為-ng。不過，在某地區的方言裏還有讀-m的遺留，因而出現「冬」「侵」通押的現象。〔註30〕

冬部字《廣韻》一般讀作合口，周祖謨（1984/2004）逆推上古同樣讀合口字且收-m 尾。東周時合口成分同-m 尾發生異化作用轉收-ng尾，但某些地區仍遺留-m 尾與侵部字通押。侵部字《廣韻》一般讀作開口，逆推上古開口不異化仍讀-m 尾。李方桂（197 / 2001：45）另外用「唇音聲母異化」的觀點解釋「風」字由侵到冬的過程（風*pjəm＞pjung）。這種「合口異化」、「唇音聲母異化」的說法可以解釋「冬侵」關係，但「蒸侵」也時有韻段通押，且《詩經》「蒸侵合韻」的蒸部字如「興陵乘膺懲承騰滕增」等字，《廣韻》除了讀作開口外也並非唇音聲母，無法用「異化作用」解釋。

〔註30〕周祖謨〈漢字上古音東冬分部的問題〉（1984），《周祖謨語言文史論集》，北京：學苑出版社，2004 年 12 月，頁 49。

（二）蒸侵、冬侵、東侵、陽侵合韻所反映的語音現象

周秦到三國「侵」與「蒸冬東陽」通押的韻段如下：

1. 《詩經》

作者	篇　名	韻　字	上古韻	中古韻	韻　攝
不詳	蕩之什・抑	夢／慘	蒸／侵	送／感	通／咸
不詳	閟宮	弓陵乘膺懲承崩騰朋縢增／綅	蒸／侵	東蒸蒸蒸蒸蒸登登登登登／侵	通曾曾曾曾曾曾曾曾曾曾／深
不詳	小戎	興／音	蒸／侵	蒸／侵	曾／深
不詳	文王之什・大明	興／林心	蒸／侵	蒸／侵	曾／深

作者	篇　名	韻　字	上古韻	中古韻	韻　攝
不詳	小戎	中／驂	冬／侵	東／覃	通／咸
不詳	生民之什・公劉	宗／飲	冬／侵	冬／寢	通／深
不詳	七月	沖／陰	冬／侵	東／侵	通／深
不詳	蕩之什・蕩	終／諶	冬／侵	東／侵	通／深
不詳	蕩之什・雲漢	蟲宮躬宗／臨	冬／侵	東東東冬／侵	通／深

2. 《楚辭》屈宋

作者	篇　名	韻　字	上古韻	中古韻	韻　攝
屈原	天問	封／沈	東／侵	鍾／寢	通／深

作者	篇　名	韻　字	上古韻	中古韻	韻　攝
宋玉	九辯	中／豐／湛	冬／東／侵	東／東／覃	通／通／咸

3. 西漢文人

作者	篇　名	韻　字	上古韻	中古韻	韻　攝
東方朔	怨思	容／心深林	東／侵	鍾／侵	通／深

作者	篇　名	韻　字	上古韻	中古韻	韻　攝
賈誼	惜誓	方羊商翔鄉旁明／風	陽／侵	陽陽陽陽陽唐庚／東	宕宕宕宕宕宕梗／通

作者	篇　名	韻　字	上古韻	中古韻	韻　攝
東方朔	謬諫	動/往/感	東/陽/侵	董/養/感	通/宕/咸

4. 東漢文人

作者	篇　名	韻　字	上古韻	中古韻	韻　攝
梁鴻	適吳詩	降/南	冬/侵	江/覃	江/咸

5. 三國詩歌

作者	篇　名	韻　字	上古韻	中古韻	韻　攝
曹植	雜詩	中窮戎充/風	冬/侵	東	通

作者	篇　名	韻　字	上古韻	中古韻	韻　攝
阮籍	詠懷詩	雄/隆融沖戎崇終/風	蒸/冬/侵	東	通
阮籍	采薪者歌	雄/中隆終/風	蒸/冬/侵	東	通
曹丕	黎陽作詩	陵/窮中/風	蒸/冬/侵	蒸/東/東	曾/通/通

《詩經》从「風」得聲之字與侵部字通押，如：

〈邶風·綠衣〉：絺兮綌兮，凄其以（風）。我思古人，實獲我（心）。

〈秦風·晨風〉：鴥彼晨（風），郁彼北（林）。未見君子，憂心欽（欽）。

〈蕩之什·烝民〉：吉甫作誦，穆如清（風）。仲山甫永懷，以慰其（心）。

〈節南山之什·何人斯〉：彼何人斯？其為飄（風）。胡不自北？胡不自（南）？胡逝我梁，祇攪我（心）。

《詩經》以後賈誼〈惜誓〉、曹植〈雜詩〉、阮籍〈詠懷詩〉、〈采薪者歌〉、曹丕〈黎陽作詩〉的「風」字皆轉入舌根鼻音尾-ŋ，中古入東韻。劉熙《釋名·釋天》曰：

風，兗豫司橫口合唇言之。風，氾也，其氣博氾而動物也。青

徐言風，蹙口開唇推氣言之。風，放也，氣放散也。〔註31〕

《釋名》「風」訓「氾」（談部），兗、豫、司讀作「橫口合唇」收-m尾；「風」訓「放」（陽部），青、徐讀作「蹙口開唇推氣」收舌根-ŋ尾。韻段中可見兗、豫、司-m尾的讀音較早；青、徐-m＞-ŋ的讀音較晚，《廣韻》東韻是繼承青、徐的讀音。

「冬侵合韻」我們同意「合口異化」、「唇音聲母異化」的觀點；「蒸侵合韻」如〈蕩之什‧抑〉「夢」字也可採用「合口異化」來解釋。值得關注的是「蒸侵」、「冬侵」大致集中在《詩經》以及東漢梁鴻（平陵人，秦晉方言）的韻段；「東侵」、「陽侵」集中在屈原、東方朔、賈誼等《楚辭》體作家，兩相對比應與南北用韻（方音）不同有關。其餘「東侵」、「冬東侵」、「東陽侵」等韻段不多，難以進一步討論。三國阮籍韻段「雄」字看起來轉入冬部，中古演變成東韻。至於曹丕「陵」字為什麼與冬部字通押？找不出音變條件，只能算是孤例。

第十節　談部的用韻情況

一、談部獨韻

（一）周朝之初至春秋之末

作　品	談部	談部獨韻	百分比	中　古　韻	次數	百分比
詩經	10	7	70%	覃談鹽銜	5	100%

（二）戰國之初至秦朝之末

作　品	談部	談部獨韻	百分比	中　古　韻	次數	百分比
楚辭屈宋	3	2	66.67%	覃談鹽銜	2	100%

（三）楚漢之初至新莽之末

作　品	談部	談部獨韻	百分比	中　古　韻	次數	百分比
西漢文人	2	1	50%	覃談鹽銜	1	100%

〔註31〕劉熙撰、畢沅疏證《釋名疏證》，臺北：廣文書局，1971年10月，頁1。

（四）東漢之初至獻帝之末

作　品	談部	談部獨韻	百分比	中　古　韻	次數	百分比
東漢文人	1	0	0%	覃談鹽銜	0	0%

　　說明：「談部獨韻」從《詩經》70%、《楚辭》屈宋66.67%，下降到西漢文人50%。東漢文人韻段較少佔0%。

二、談部的例外押韻

（一）周朝之初至春秋之末

作品	談部總數	排行	用　韻　情　況	次數	百分比
詩經	10	1	談部獨韻	7	70%
		2	談陽	2	20%
			談侵	1	10%

（二）戰國之初至秦朝之末

作品	談部總數	排行	用　韻　情　況	次數	百分比
楚辭屈宋	3	1	談部獨韻	2	66.67%
			談陽	1	33.33%

（三）楚漢之初至新莽之末

作品	談部總數	排行	用　韻　情　況	次數	百分比
西漢文人	2	1	談部獨韻	1	50%
			談東	1	50%

（四）東漢之初至獻帝之末

作品	談部總數	排行	用　韻　情　況	次數	百分比
東漢文人	1	1	談真元	1	100%
		2	談部獨韻	0	0%

　　說明：《詩經》「談陽合韻」佔20%，《楚辭》屈宋韻例較少佔33.33%。

三、陽談兩部的合韻關係

（一）研究回顧

　　羅常培、周祖謨（1958）談到談部的用韻情況，僅提及兩漢「談侵」分部

同《詩經》一致：

> 兩漢韻文中用談部字做韻腳的很少，平聲只有一個讒字。另外
> 有幾個上去聲的字⋯⋯。從分部上來說，這兩部（談侵）的分別還
> 是和《詩經》一樣的。（羅常培、周祖謨 1958：39）

（二）陽談合韻所反映的語音現象

《詩經》、《楚辭》屈宋「陽談合韻」韻段如下：

1.《詩經》

作者	篇　名	韻　字	上古韻	中古韻	韻　攝
不詳	殷武	遑／濫監嚴	陽／談	唐／闞銜嚴	宕／咸
不詳	蕩之什・桑柔	狂腸相臧／瞻	陽／談	陽陽陽唐／鹽	宕／咸

2.《楚辭》屈宋

作者	篇　名	韻　字	上古韻	中古韻	韻　攝
屈原	天問	亡／嚴	陽／談	陽／嚴	宕／咸

〈蕩之什・桑柔〉談部「瞻」字應兼有陽部韻基讀音，王輝《古文字通假字典》考證阜陽漢簡《詩經》指出：「章望即瞻望」〔註32〕「瞻」與「章」異文，應兼讀陽部字韻基。〈殷武〉「遑／濫監嚴」合韻；〈天問〉「亡／嚴」相押，應同屬-a-元音的韻近通押。

第十一節　陽聲韻部結論

一、蒸　部

「蒸部獨韻」從《詩經》80.77%下降到三國詩歌 38.46%，顯示例外押韻漸趨頻繁，其中又以「蒸侵合韻」最值得關注。

蒸部「東（通攝）／蒸登（曾攝）」混韻，從《詩經》42.86%下降至兩漢、三國 0%，意謂著蒸部「東」、「蒸登」兩類不再通押。

二、冬　部

「冬部獨韻」從《詩經》60%下降到三國詩歌 38.46%，顯示例外押韻漸

〔註32〕王輝《古文字通假字典》，北京：中華書局，2008 年 2 月，頁 801。

趨頻繁，其中又以「冬侵」、「冬陽」、「冬東」等合韻現象較值得關注。

冬部「東冬鍾（通攝）／江（江攝）」混韻，從《詩經》33.33%下降至西漢文人、三國詩歌 0%，意謂著冬部「東冬鍾」、「江」兩類不再通押。

三、東 部

「東部獨韻」從《詩經》94.12%下降到西漢文人 40%、東漢文人 42.85%，顯示例外押韻漸趨頻繁，其中又以「東陽」、「東冬」等合韻現象較值得關注。

東部「東鍾（通攝）／江（江攝）」混韻，從周秦到東漢大致維持在 2 成 5 到 4 成之間，沒有明顯的分離趨勢。

四、冬東合韻

《詩經》「東部獨用」佔 94.12%，「冬東」顯然應分作兩部。《楚辭》屈宋以降「冬東」多有通押，但百分比不高。羅常培、周祖謨（1958）主張兩漢「東冬」是「方音中讀音相同」，我們從詩人里籍來看排除了方音觀點。兩漢「東冬」應是部分東部字 o 元音高化併入冬部 u 元音的音變起點階段（同幽侯、覺屋音變平行），而非一時一地的方音現象。

《詩經》「降」字只押冬部字，《楚辭》屈宋起轉押東部及陽部字。從作者來看，屈原、劉向、東方朔都是作楚聲、紀楚地、名楚物的《楚辭》體作家，應是楚地方言「降」字轉讀東部或陽部韻基所造成的通叶現象。

五、陽 部

「陽部獨韻」從《詩經》97.59%下降到東漢文人 71.43%，但仍有一定的獨立地位。值得關注的例外押韻有「陽東」、「陽耕」。

陽部「陽唐（宕攝）／庚耕（梗攝）」混韻，從《詩經》40.74%下降到西漢文人 24.32%、東漢文人 0%；且「陽唐」、「庚耕」獨用百分比也同步增加，可以確定東漢「陽唐」、「庚耕」的界線已經清楚。

六、東陽合韻

陸志韋《古音說略》主張《詩經》以後「東陽」開始合韻，兩漢益加密切；王力《漢語史稿》則認為殷周青銅器已見，雖然《詩經》兩部界線清楚，但西漢仍有合韻現象，東漢因東部元音高化才逐漸疏遠。

　　陸先生認為陽部ɑŋ與東部oŋ音值太遠不能相叶，兩漢「陽部唐」由ɑŋ轉ɒŋ，才與東部oŋ音近通押；王先生主張殷周陽部ɑŋ、東部oŋ音值相近所以相叶，東漢「東部東」由oŋ轉uŋ才與陽部ɑŋ關係疏遠。

　　羅常培、周祖謨（1958）以及李方桂（1971／2001）都認為「東陽」是上古的方音現象。不同之處在於羅、周（1958）認為是方言「元音相近」所造成（如何相近並未解釋）；李先生（1971／2001）主張是某種方言東部字*u元音破裂成*ua同陽部字*a元音相押的現象。

　　我們指出殷周銅器銘文「東陽」通叶；《詩經》不押「東陽」，應是「散文韻」與「詩韻」用韻嚴緩不同所致。從詩歌韻段上來看，「東陽」是兩漢特有的合韻現象，集中在賈誼、東方朔、劉向、王逸等 4 人作品。從他們的籍貫上看，很難看出洛陽、平原厭次、沛縣、南郡宜城有什麼地域上的牽連。但從詩歌形式上看，這些作品都帶有《楚辭》體慣用的「七言兮字句」，且被收錄於王逸《楚辭章句》。據此推斷「東陽」應屬兩漢詩人模仿楚地方音所造成的押韻現象。

　　從廈門文讀音來看，東部、陽部同時讀作ɔŋ的情況相當頻繁，合理推斷「東陽」是陽部 ɑŋ主要元音後化、高化，同東部字 oŋ 相押的音變現象，與陰聲相承的「侯魚」音變方向平行。不同之處在於兩漢以後「侯魚」逐步擴散為漢語普遍的音變規律；「東陽」僅見於個別地域且消失於漢代以後。

七、耕　部

　　「耕部獨韻」從《詩經》98.28%下降到東漢文人 40%；三國詩歌又回升至66.23%。值得關注的例外押韻有「耕陽」、「耕真」。

八、陽耕合韻

　　「陽耕合韻」主要是「陽部梗攝字」轉入耕部字的音變現象，即陽部二、三等字 rɑŋ、jɑŋ＞reŋ、jeŋ。

九、真　部

　　「真部獨韻」從《詩經》91.54%下降到《楚辭》屈宋 27.27%、西漢文人28.57%、東漢文人 15.79%。顯見自屈宋作品起，真部有大量例外押韻。值得關注的合韻現象有「真耕」、「真文」、「真元」、「真文元」。

十、耕真合韻

古韻學者對於「耕真合韻」的看法可以歸納出「耕部字轉真部」、「真部字轉耕部」、「合樂可歌下之特殊條件效應」三種觀點。《楚辭》屈宋到西漢文人「耕真」通押的原因不明；東漢文人至三國詩歌真部字皆為「零泠齡苓鈴命」等從「令」得聲字，意謂著後漢從「令」得聲字由於真部*-ŋ尾受高元音*-i影響轉入耕部-n尾，中古演變成梗攝字讀音。

十一、文　部

「文部獨韻」從《詩經》77.15%下降到三國詩歌17.86%，顯示例外押韻漸趨頻繁，其中又以「文真」、「文元」、「文真元」等合韻現象較值得關注。

文部「真諄臻文欣魂（臻攝）/山先仙（山攝）」混韻，西漢以後是0%，意謂文部「臻、山」兩攝界線清楚，不再相混。

十二、真文合韻

羅常培、周祖謨（1958）主張周秦「真文」分作兩部，到了西漢「真文」同陰聲「脂微」、入聲「質術」完全合用，沒有分別。從用韻百分比來看，《詩經》「真文」分作兩部；《楚辭》屈宋以降兩部關係益加密切，但主要是「臻攝字合流」的過程，而非無條件合併。音變方向是文部三等字「真諄韻」i音化併入真部（jən＞jin）；「欣韻」或變或不變（jən(～jin)），隨詩人有別；「文韻」或i音化入真部，或受唇音及圓唇聲母影響獨立一類（(B、kw) jən＞jun）。

「真文」除了臻攝字合流外，有兩種情形例外：一是「真部山攝字」與「文部臻攝字」相押，反映出文部三等字併入真部的同時，部分真部四等字（真部山攝字）in尚未裂化為ian併入元部，因此同jən＞jin的文部三等字相押；二是「真部真韻」與「文部山攝字」相押，或反映出用韻寬緩，或表現出從「先」得聲字有i音化的音變類型。

十三、元　部

「元部獨韻」從《詩經》87.8%下降到東漢文人52.39%，顯示例外押韻漸趨頻繁。值得關注的合韻有「元文」、「元真」、「元真文」。

十四、真元合韻

　　《楚辭》屈宋到三國詩歌「真元合韻」基本上反映「山攝字合流」的過程，音變方向是真部四等字 in 裂化為 ian 併入元部。此外，真部臻攝「人、進、身、臻」等字應有中古山攝字的音變類型，以 an 韻基的面貌同元部山攝字相押。

十五、文元合韻

　　「文元合韻」有兩種情況，一是元部山攝字兼有文部讀音（或是演變成臻攝讀音）；二是文部臻攝字兼有元部讀音（或是演變成山攝讀音），列表如下：

1. 元部山攝字兼有文部讀音（或是演變成臻攝讀音）

諧聲偏旁	韻字	說　明
從夗聲	苑	《廣韻》於阮切；《洪武正韻》委粉切，讀如蘊。 從夗得聲： 「鴛」字，《廣韻》又讀烏渾切，《集韻》讀烏昆切，夶音溫。 「怨」字，《字彙補》讀委隕切，音惲，與薀同。
從夗聲	怨	《廣韻》於袁切。 《康熙字典》： 【字彙補】委隕切，音惲，與薀同。 【荀子‧哀公篇】富有天下而無怨財，布施天下而不病貧。 【註】怨讀爲薀，言無畜私財。
從奴聲	餐	《廣韻》七安切。 《康熙字典》：古通先。 【集韻】蘇昆切，音孫，與飧同，餔也。 【釋文】餐，音飧。

2. 文部臻攝字兼有元部讀音（或是演變成山攝讀音）

諧聲偏旁	韻字	說　明
從孫聲	孫	《廣韻》思渾切。 從孫得聲： 「蓀」字，《集韻》或作蓀，或作荃；《類篇》又作薰、蓬。 「荃」字，《廣韻》此緣切；《韻會》逡緣切，夶音詮。 「蓬」字，《集韻》雛免切，音撰。

从分聲	雰	《廣韻》撫文切。 从分得聲： 「頒」字，《廣韻》符分切、布還切。 「扮」字，《廣韻》府文切、甫幻切。
	貧	《廣韻》符巾切。
	分	《廣韻》府文切。
从門聲	門	《廣韻》莫奔切。 从門得聲： 「閿」字，《集韻》謨官切，音瞞。
	聞	《廣韻》無分切。 《唐韻》、《集韻》無分切，音文。
从艮聲	垠	《廣韻》五根切、語巾切、語斤切。 从艮得聲： 「垠」字，《字彙》魚軒切，音言。 「艱」字，《廣韻》古閑切。 「狠」字，《廣韻》五閑切。 「限」字，《廣韻》胡簡切。
	根	《廣韻》古痕切。
从才聲	存	《廣韻》徂尊切。 从存得聲： 「荐」字，《廣韻》在甸切；《集韻》才甸切，又寫作「薦」。 「栫」字，《廣韻》在甸切；《集韻》才殿切。
从軍聲	運	《廣韻》王問切。 从軍得聲： 「鞙」字，《五音集韻》虛縣切，音楥。 「煇」字，《集韻》許元切，音萱；又呼願切，音楥。 「緷」字，《集韻》窘遠切，音卷。 「韗」字，《廣韻》戶關切；《集韻》胡關切，<u>太</u>音還。
从賁省聲	奔	《廣韻》博昆切。 《康熙字典》：奔、言俱十三元韻。
从文聲	文	《廣韻》無分切。 从文得聲： 「虔」字，《廣韻》渠焉切，音乾。
	汶	《廣韻》無分切、武巾切、亡運切。
从云聲	芸	《廣韻》王分切。 从云得聲： 「囩」字，《集韻》于元切，音袁。 「抎」字，《漢書》「抎」作「隕」。「隕」从「員」聲，元部。
	雲	《廣韻》王分切。

从尊聲	尊	《廣韻》祖昆切。 从尊得聲： 「鐏」字，《集韻》祖管切；《正韻》作管切，夶音纂。 「鱒」字，《五音集韻》士晚切，音撰；又士戀切，音饌。
从斤聲	斤	《廣韻》舉欣切。 从斤得聲： 「斳」字，《集韻》牛閑切，音訐；又音忍善切，音趝；又音語蹇切，音齗。 「訢」字，訢訢與誾誾同；《集韻》亦作言言。 「昕」字，昕讀曰軒。
	欣	《廣韻》許斤切。

十六、真文元合韻

　　東漢起「真文元」三部通押的情況相當普遍，主要是「山攝字合流」的語音現象，音變方向是「真部先仙」in＞ian；「文部山先仙」ən＞an，同元部 an 韻基相押。文部臻攝字「倫、焚、存」應兼讀元部韻基同真部先仙、元部字相押；元部山攝的從「戔」得聲字兼有臻攝字讀音，同真部、文部（jən＞jin）臻攝字通叶。

十七、侵　部

　　「侵部獨韻」從《詩經》75.56%下降到兩漢 55.56%、50%；三國又迅速竄升至 82.36%。值得關注的例外押韻有「侵冬」、「侵東」、「侵蒸」、「侵陽」、「侵東陽」。

十八、蒸侵、冬侵、東侵、陽侵合韻

　　前上古時期侵部字擬作*əm，兼讀開合口成分。到了上古侵部開口韻基仍讀作 əm；合口受異化作用影響轉讀冬部 uŋ。

　　《詩經》從「風」得聲字保留 əm 韻基同侵部字相押；東漢《釋名》聲訓顯示「風」字讀音依地域有別：兗、豫、司讀作「橫口合唇」收-m尾；青、徐讀作「踧口開唇推氣」收舌根-ŋ尾。漢後韻段顯示「風」字讀作青、徐讀音應是主流，《廣韻》入東韻也承襲自青、徐。

　　「蒸侵」、「冬侵」合韻大致集中在《詩經》以及東漢梁鴻（平陵人，秦晉方言）的韻段；「東侵」、「陽侵」集中在屈原、東方朔、賈誼等《楚辭》體

作家，兩相對比應與南北用韻（方音）不同有關。

十九、談　部

「談部獨韻」從《詩經》70%下降到西漢文人 50%、東漢文人 0%（韻段較少）。值得關注的例外押韻有「談陽」。

二十、陽談合韻

《詩經》談部「瞻」字應兼讀陽部字韻基，如阜陽漢簡《詩經》「章望即瞻望」。「瞻」、「章」異文，顯示「瞻」字韻基應讀作-aŋ。其餘韻段為「陽談」同屬於-a-元音的韻近通押。

第伍章　上古聲調[註1]

第一節　前人研究

　　關於上古聲調，前人研究一直有不同的看法，如：段玉裁「古無去聲」、孔廣森「古無入聲」、黃侃「古只有平入二聲」、江有誥「古有四聲」、王國維「古有五聲」、李榮「二聲三調」等，諸家並行，一直沒有定論。近年來，比較主流的說法認為上古和中古一樣有四種調類，不過某些字的調類與中古不同，丁邦新先生說：

> 從江有誥的《唐韻四聲正》和夏燮的《述韻》（1840）之後，大
> 致古音學者都同意上古音中具有四個聲調，大體和中古的「平上去
> 入」相當。雖然有一部分人有不同的意見，如王力；也有一部分字
> 歸類不同，見《唐韻四聲正》，但基本上上古音有四聲，在我看來，
> 已經接近定論。[註2]

[註1]　《上古聲調再議》刊載於《漢語史與漢藏語研究》第 3 輯（北京：中國社會科學出版社），2018：106～127。今略作修改後附於此。

[註2]　丁邦新〈漢語聲調的演變〉（1989），《丁邦新語言學論文集》，北京：商務印書館，1998 年 10 月，頁 111。

　　學者們統計《詩經》用韻，發現百分之八十以上的韻段是「四聲分押」，史存直與何大安兩位先生的觀點如下：

一、史存直《漢語史綱要》

　　史先生（2008）推想上古漢語不但有聲調，而且調類也是「平上去入」。他認為四聲分押比四聲通押令人感覺更為和諧，所以如果沒有其他原因阻撓，作詩歌的人必然會盡量讓四聲分押。史先生參考江有誥《詩經韻讀》、顧炎武《詩本音》，對《詩經》中的調類做了全面統計，結果如下：

> （《詩經》）四聲分押的押韻單位：平聲 714，上聲 284，去聲135，入聲三種韻尾合計 247，一共是 1380，在全部押韻單位中（1679個押韻單位）所占的百分比竟達到 82.2%，可見漢語在上古不但有聲調，而且調類大約也是平上去入四類，實在和《廣韻》的聲調系統並沒有什麼不同。〔註3〕

　　史先生統計《詩經》四聲分押的百分比是 82.2%，認為可以證明上古漢語不但有聲調，而且調類也是「平上去入」。此外，史先生強調少數字在《廣韻》歸屬於某一調類，上古讀作另一調類，如：

> 「顧」字，《廣韻》歸入去聲，可是在《詩經》裏它總是和上聲字相押；
>
> 「慶」字，《廣韻》歸入去聲，可是在《詩經》裏它總是和平聲字相押；
>
> 「信」字，《廣韻》歸入去聲，可是在《詩經》裏它總是和平聲字相押。
>
> 因此我們就只好認為「顧」字在上古讀上聲，「慶」字、「信」字在上古讀平聲。（史存直 2008：47）

　　如果我們能把這樣的例子一一找出來，對於四聲分押重新做一次統計，那麼，四聲分押所佔的百分比就會再提高，更能使我們相信上古有平上去入四聲了。

〔註3〕史存直《漢語史綱要》，北京：中華書局，2008 年 9 月，頁 47。

二、何大安〈從上古到中古音韻演變的大要〉

　　何先生（2007）研究《詩經》、兩漢、魏晉、南北朝的詩文用韻，提出異調通押的數量和百分比數據如下表：〔註4〕

	韻組數	通押數	通押比例
《詩經》	1,702	225	13.23%
兩漢	4,253	128	3.00%
魏晉	8,334	149	1.78%
南北朝	12,700	206	1.62%

　　《詩經》四聲通押佔 13.23%，也就是有 86.77% 的四聲分押。因此，何先生認為：「《詩經》時代，平上去入已經具有音韻地位則絕無可疑。」何先生對某些韻字的調類判斷上做過調整，如：《廣韻》去聲「慶」字因為總是和平聲字相押，所以上古歸到平聲，因此分押百分比較史存直的統計數字來得高些。

　　何先生兩漢取材於羅常培、周祖謨《漢魏晉南北朝韻部演變研究・兩漢詩文韻譜》。〔註5〕羅、周〈韻譜〉大量以「異讀」的角度處理異調相押的韻段，使得兩漢通押的百分比遠低於《詩經》，如以「去」字為例，羅、周（1958）認為與平聲相押即讀平聲；與去聲相押即讀去聲：〔註6〕

平聲

　　　【劉章】　　疏去耕田歌　漢詩壹　三下

　　　【武帝劉徹】躇去李夫人賦　文叄　一下

去聲

　　　【賈誼】　　故度去鵬鳥賦　文拾伍　二上

　　　　　　　　語去同上　八上

〔註4〕何大安〈從上古到中古音韻演變的大要〉，《漢語方言學術研討會論文集》，臺北：輔仁大學中國文學系編印，2007 年 3 月，頁 94。

〔註5〕何大安〈從上古到中古音韻演變的大要〉頁 91 注 6：「這裡關於上古、兩漢、魏晉的韻部數目和下文討論的取材，都依據董同龢（1944）、羅常培、周祖謨（1958）、Ting（1975）」。

〔註6〕整理自羅常培、周祖謨《漢魏晉南北朝韻部演變研究・兩漢詩文韻譜・魚部韻譜上（前漢）》，頁 143～頁 146。

下<u>去</u>同上

【東方朔】　路<u>去</u>同上　四下

錯路馭<u>去</u>又謬諫　五上

【劉向】　　語<u>去</u>又怨思　四上

【楊雄】　　<u>去</u>居將作大匠箴　七下

【無名氏】　樹<u>去</u>東家棗諺　十上

又如「舉」字，與平聲字相押讀平聲；與上聲字相押讀上聲；與去聲字相押讀去聲：

平聲

【東方朔】如<u>舉</u>七諫自悲　文貳伍　四上

上聲

【楊雄】<u>舉</u>處同上

【崔篆】許處府武宇舞<u>舉</u>考取慰志賦　文陸壹　七上

去聲

【楊雄】懼<u>舉</u>解嘲

以「異讀」來處理異調相押的韻段是正確的，但是羅、周（1958）大量且漫無標準的異讀卻使讀者感到疑惑。我們翻閱《廣韻》「去」字只有上、去兩讀；「舉」字只有上聲，那麼西漢其他調類的讀音都應進一步提出證據。

從《詩經》到南北朝異調通押比例遞減，何先生（2007）認為是詩歌對聲調分別的趨嚴所造成，他說：

> 我們認為，異調通押比例逐次遞減，反映的是聲調分別的趨嚴；
> 也就是聲調的地位越來越重要、聲調的界線越來越不可逾越。（何大
> 安 2007：94）

第二節　同調相押的統計數字

我們依照史存直、何大安兩位先生的方法，大規模地統計上古詩歌「同調相押」的韻段如下表：

	詩經	楚辭屈宋	先秦民歌	西漢文人	東漢文人	兩漢民間	三國詩歌
韻段總數	1616	499	323	420	211	661	783
同調相押	1355	438	284	375	198	619	732
百分比	83.55%	87.78%	87.65%	89.29%	93.84%	93.65%	93.37%

　　表中《詩經》同調相押 83.55%，和史存直、何大安兩位先生的數字相差不大。到了三國詩歌 93.37% 期間成長了 9.82%。這似乎意謂著上古有四個聲調？不過從各調類「獨用百分比」來看：

一、平聲獨用百分比

	詩經	楚辭屈宋	先秦民歌	西漢文人	東漢文人	兩漢民間	三國詩歌
平聲韻段總數	850	271	188	242	132	423	602
平聲獨用	694	233	164	215	122	393	567
平聲獨用百分比	81.65%	85.98%	87.23%	88.84%	92.42%	92.91%	94.19%

二、上聲獨用百分比

	詩經	楚辭屈宋	先秦民歌	西漢文人	東漢文人	兩漢民間	三國詩歌
上聲韻段總數	414	102	67	69	34	111	83
上聲獨用	289	75	45	50	31	91	66
上聲獨用百分比	69.81%	73.53%	67.16%	72.46%	91.18%	81.98%	79.52%

三、去聲獨用百分比

	詩經	楚辭屈宋	先秦民歌	西漢文人	東漢文人	兩漢民間	三國詩歌
去聲韻段總數	314	116	54	82	24	79	81
去聲獨用	132	72	29	51	13	51	41
去聲獨用百分比	42.04%	62.07%	53.7%	62.2%	54.17%	64.56%	50.62%

四、入聲獨用百分比

	詩經	楚辭屈宋	先秦民歌	西漢文人	東漢文人	兩漢民間	三國詩歌
入聲韻段總數	322	72	58	73	36	90	69

入聲獨用	240	58	46	59	32	84	58
入聲獨用百分比	74.53%	79.17%	79.31%	80.82%	88.89%	93.33%	84.06%

要說明的是：以《詩經》為例，這 4 張表「平上去入」四個韻段相加總數 1900，但是並不等於《詩經》韻段總數 1616，原因在於 1 個韻段可能包含 2 種以上的調類，如〈文王之什・文王〉：

有周不顯，帝命不（時）。文王陟降，在帝左（右）。

這四句詩是 1 個韻段，但兼有平聲「時」、去聲「右」兩種調類。

上面 4 張表可見：

1. 《詩經》每 100 個平聲韻段，有 82 個平聲獨用；到了三國詩歌，每 100 個平聲韻段，有 94 個平聲獨用。

2. 《詩經》每 100 個上聲韻段，有 70 個上聲獨用；到了三國詩歌，每 100 個上聲韻段，有 80 個上聲獨用。

3. 《詩經》每 100 個去聲韻段，有 42 個去聲獨用；到了三國詩歌，每 100 個去聲韻段，有 51 個去聲獨用。

4. 《詩經》每 100 個入聲韻段，有 75 個入聲獨用；到了三國詩歌，每 100 個入聲韻段，有 84 個入聲獨用。

這些數字提供我們思考：

1. 史存直、何大安把「同調相押」的百分比高，等同於四種調類必然存在的觀點未必正確。如以《詩經》為例，平聲獨用 694 是去聲獨用 132 的 5.26 倍，把它們混同在一起統計，就無法看出去聲總和其他聲調相押的事實。〔註7〕

2. 《詩經》「去聲獨用」只佔 42.04%，也就是 57.96%的去聲韻段同其他調類通押。那麼，《詩經》時代有去聲嗎？又或者我們應該問：上古時期有去聲字嗎？在討論這個問題之前，底下先看「異調相押」的數字。

第三節　異調相押的統計數字

周秦到三國「異調相押」的韻段次數如下：

〔註7〕舉 1 個簡單的例子說明：假設有 8 個韻段，其中 6 個平聲獨用；1 個平去合用；1 個去聲獨用。那麼同調相押的百分比高達（6＋1）÷8×100%=87.5%。可是 2 個去聲韻段，獨用的只有 1 個，佔 50%。

	詩經	楚辭屈宋	先秦民歌	西漢文人	東漢文人	兩漢民間	三國詩歌
平上	56	13	10	11	2	10	9
平去	72	21	9	15	7	17	24
平入	10	4	1	1	0	3	2
上去	44	14	8	6	0	9	8
上入	10	0	1	2	0	1	0
去入	46	9	4	10	3	2	8
平上去	7	0	1	0	1	0	0
平上入	3	0	1	0	0	0	0
平去入	8	0	2	0	0	0	0
上去入	4	0	1	0	0	0	0
平上去入	1	0	1	0	0	0	0
總數	261	61	39	45	13	42	51

上面的次數表可以換算成百分比表，即（次數／總數）×100%：

	詩經	楚辭屈宋	先秦民歌	西漢文人	東漢文人	兩漢民間	三國詩歌
平上	21.46%	21.31%	25.67%	24.44%	15.38%	23.81%	17.65%
平去	27.59%	34.43%	23.08%	33.35%	53.85%	40.48%	47.05%
平入	3.83%	6.56%	2.56%	2.22%	0%	7.14%	3.92%
上去	16.86%	22.95%	20.51%	13.33%	0%	21.43%	15.69%
上入	3.83%	0%	2.56%	4.44%	0%	2.38%	0%
去入	17.62%	14.75%	10.26%	22.22%	23.08%	4.76%	15.69%
平上去	2.68%	0%	2.56%	0%	7.69%	0%	0%
平上入	1.15%	0%	2.56%	0%	0%	0%	0%
平去入	3.07%	0%	5.12%	0%	0%	0%	0%
上去入	1.53%	0%	2.56%	0%	0%	0%	0%
平上去入	0.38%	0%	2.56%	0%	0%	0%	0%
總數	100%	100%	100%	100%	100%	100%	100%

　　表中去聲和平、上、去的接觸都很頻繁，但不論哪一項作品「平去」通叶都遠高於「上去」和「去入」相押。

　　從「上聲」的角度來看，多和「平聲」接觸；從「入聲」的角度來看，多和「去聲」接觸，也因此段玉裁認為：「古平上為一類，去入為一類」。不過仔細觀察：

第一，平聲不只與上聲通叶，平去相押更為頻繁。

第二，去聲不只與入聲通叶，平去、上去的百分比也常常超過去入。

因此「平上一類」、「去入一類」的說法有再斟酌的必要。

第四節　上古有無去聲？

「去聲獨用百分比」的表中統計出《詩經》只有 42.04%的去聲獨用；「異調相押百分比」表中觀察到去聲和平、上、去三種調類的接觸都很頻繁，尤其是平聲。那麼，上古究竟有沒有去聲？段玉裁說：

> 古四聲不同今韻，猶古本音不同今韻也。考周秦漢初之文，有平上入而無去。洎乎魏晉，上入聲多轉而為去聲，平聲多轉入仄聲，于是乎四聲大備，而與古不侔。有古平而今仄者，有古上入而今去者，細意搜尋，隨在可得其條理。〔註8〕

引文指出上古沒有去聲調類，到了魏晉才由上聲、入聲轉讀作去聲；至於平聲也有轉入上、去、入等仄聲。王力先生認同這段話，並補充兩點：

> 第一，上古入聲分為長入短入兩類，長入由於元音較長，韻尾-k、-t容易失落，於是變為去聲。第二，《切韻》的去聲字有兩個來源，一部分來自平上，另一部分來自長入。陽聲韻收音於-ng、-n者，其去聲多來自平聲；其收音於-m者，其去聲多來自入聲。陰聲韻的去聲字除來自長入外，多來自上聲。（王力 1980／2000：277）

王力不認同上古有去聲，所以進一步指出：凡中古去聲有它調讀音者，上古皆讀同它調：

> 凡是有平去兩讀者，古皆讀平聲，如「夢信振行盛正相喪聽令乘勝應嘆翰散過和」等；凡字有上去兩讀者，古皆讀上聲，如「夏下右上舍處怒濟涕轉造掃」等；凡字有去入兩讀者，古皆讀入聲，如「積易覺暴告射味（喝）覆復」等。（王力 1980／2000：306）

王力先生的觀點，意謂著中古去聲來自於上古的平、上、入三種調類。我

〔註8〕段玉裁〈古四聲說〉，（漢）許慎撰、（清）段玉裁注《新添古音說文解字注》，臺北：洪葉文化，2005 年 10 月，增修一版三刷，頁 824。

們則認為上古就有去聲，只是仍在發展階段。如以「來」字為例，《廣韻》讀作平聲落哀切；《集韻》讀作去聲洛代切，如果上古沒有去聲，「來」字就不應同時和平、去兩調字相押，如下表所示：

韻字	上古聲調	上　古　韻　段	中古聲調	《康熙字典》所收韻書反切
來	平	〈雄雉〉：思來。 〈君子于役〉：期塒思來。 〈甫田之什・頍弁〉：期時來。 〈終風〉：思霾來。 屈原〈湘君〉：思來。 屈原〈山鬼〉：思來。 屈原〈天問〉：來牛。 〈宋城者謳〉：思來。 〈士冠辭〉：時之來。 〈成相雜辭〉：災能來臺。 劉向〈逢紛〉：來尤。 劉徹〈柏梁詩〉：時治之詩滋疑箕期持哉飴梅災臺哉材來尤。 劉徹〈瓠子歌〉：嗇來。 孔融〈六言詩〉：來非哀歸。 〈陌上桑・同前〉：思來。 〈古咄唶歌〉：時之來。 〈古詩為焦仲卿妻作〉：之時來才。 〈古詩為焦仲卿妻作〉：來懷。 〈古八變歌〉：臺來。 〈折楊柳行〉：來條旐。 〈艷歌何嘗行〉：來齊。 〈琴引〉：來挨。 〈諸儒為匡衡語〉：頤來。	平	《廣韻》落哀切；《集韻》、《韻會》、《正韻》郎才切，音萊賴平聲。
	去	〈鹿鳴之什・采薇〉：來疢。 〈鹿鳴之什・杕杜〉：來疢。 〈谷風之什・大東〉：來疢。 〈南有嘉魚之什・南有嘉魚〉：來又。 屈原〈遠遊〉：怪來。	去	又《集韻》洛代切，音賚。

　　除非能夠證明與「來」字相押的「疢、又、怪」都讀作平聲，才能說明「洛代切，音賚」的去聲讀音上古並不存在。

　　又以「姓」字為例，《廣韻》讀作去聲息正切；《集韻》讀作平聲師庚切，

如果上古沒有去聲，「姓」字也不應同時和平、去兩聲字相押，如下表所示：

韻字	上古聲調	上　古　韻段	中古聲調	《康熙字典》所收韻書反切
姓	平	〈杕杜〉：菁睘姓。	平	又《集韻》師庚切，音生，人名。
	去	〈節南山之什‧節南山〉：政姓。 〈麟之趾〉：姓定。 〈禮記引逸詩〉：政姓。	去	《唐韻》、《集韻》、《韻會》、《正韻》𠀤息正切，音性。

除非能夠證明與「姓」字押韻的「政、定」皆讀作平聲，才能說明「息正切，音性」的去聲讀音上古並不存在。

周祖謨〈古音有無上去二聲辨〉一文從《詩經》用韻及諧聲字來證明「古有去聲」：

> 以《詩經》用韻而言，雖去聲有與平上入三聲通協者，而去與去自協者固多。如之魚脂元諸部之去皆自成一類，不可謂古音無去也。若即諧聲而論，去聲字亦有不與他聲相涉者，如東部之弄，元部之貫亂見建贊算，脂部之四畀弃胃對顇隶，祭部之外衛敗帶　繼貝介，支部之解，歌部之坐臥，幽部之就售，宵部之盜，侯部之屚寇，皆難以定其非去。〔註 9〕

周先生說：「去與去自協者固多」是正確的。我們以元部為例，舉長篇連用去聲的韻段來看：

作者	篇　名	韻　字	上古韻	中古韻	聲調
不詳	岷	怨岸泮晏宴	元	願翰換諫霰	去
不詳	飯牛歌附	矸爛骭旦半禪	元	翰翰翰翰換線	去
不詳	飯牛歌附	粲爛骭旦半禪	元	翰翰翰翰換線	去
不詳	張公神碑歌	獻粲盰澗見衍	元	願翰翰諫霰線	去
不詳	張公神碑歌	徧／建萬難爛畔見	真／元	先／願願翰翰換霰	去

如果上古沒有去聲，這些韻段就很難得到解釋，是全部讀同平聲呢，還是讀同上聲或入聲？如果上古有去聲，為什麼《詩經》只有 42.04%的去聲獨用？

〔註 9〕周祖謨〈古音有無上去二聲辨〉（1941），《問學集‧上冊》，北京：中華書局，1966 年 1 月，頁 37。

原因是去聲仍在發展階段。通過「古韻語異調相押」和「《廣韻》聲調」的交叉比對，我們觀察到以下幾種情況：

1. 上古押平聲，《廣韻》讀作去聲，如：化議慶葬讓睨甯信雚攢。

2. 上古押平聲，《廣韻》讀作上、去聲，如：愴上遜。

3. 上古押上聲，《廣韻》讀作去聲，如：餌戊狩暇。

4. 上古押上聲，《廣韻》讀平、去聲，如：泥。

5. 上古押入聲或諧聲系統有入聲讀音，《廣韻》讀作去聲，如：代背戒試意異富稷熾備。

由此可見，上古平、上、入三種調類，都有中古讀作去聲的例子，也因此中古去聲所管轄的字要比上古擴大許多。

第五節　詩歌所反映的上古聲調現象

上古什麼字讀什麼調類，是用「切韻投影」的方法，把《廣韻》平上去入，套用在詩歌的韻腳字中。如果某字《廣韻》裡有異讀，則依同一韻段其它韻字的聲調，來選擇相同調類的讀音，如：

〈邶風・泉水〉：毖彼泉水，亦流于（淇）。有懷于衛，靡日不（思）。孌彼諸姬，聊與之（謀）。

「思」字，《廣韻》兼讀息茲切（平聲）、相吏切（去聲）。因為同一韻段「淇」、「謀」讀作平聲，所以取「思」字平聲讀音相叶。這樣的統計結果是百分之八十以上的韻段讀作同調相押，剩下不到百分之二十的異調相押則隱約透露了聲調演變的過程。何大安先生舉出個別字調流變如下表：

	先秦	兩漢	魏晉	南北朝	《廣韻》
狩	上	去	去	去	去
慶	平	平～去	去	去	去
予	上	上	上～平	上～平	平

（何大安 2007：96）

「狩、慶、予」等字，都是先秦和《廣韻》讀作不同調類的情況。這類字有多少呢？我們大致整理如下：

一、上古押平聲，《廣韻》讀去聲

（一）化

韻字	上古聲調	韻　　段	廣韻聲調	《廣韻》反切
化	平	屈原〈天問〉：為化。 屈原〈天問〉：施化。 屈原〈思美人〉：為化。 屈原〈離騷〉：他化。 宋玉〈九辯〉：何化。 屈原〈離騷〉：離化。 莊忌〈哀時命〉：為羅羅波頗加差化。 王褒〈株昭〉：沱羅歌阿和加蛇化。	平	
	去		去	呼霸切。

（二）議

韻字	上古聲調	韻　　段	廣韻聲調	《廣韻》反切
議	平	東方朔〈怨世〉：移戲為議嵯多何加。	平	
	去		去	宜寄切。

（三）慶

韻字	上古聲調	韻　　段	廣韻聲調	《廣韻》反切
慶	平	〈谷風之什・楚茨〉：蹌羊嘗將疆饗皇亨祀明慶。 〈甫田之什・裳裳者華〉：章黃慶。 〈文王之什・皇矣〉：方喪光兄慶。 〈甫田之什・甫田〉：羊方臧明慶。 〈甫田之什・甫田〉：梁梁箱疆倉京慶。 〈閟宮〉：嘗將房洋昌方常剛臧衡羹慶。 〈士冠辭〉：疆慶。 〈士冠辭〉：疆慶。 班固〈白雉詩〉：英慶精成。	平	
	去	〈韋玄成戒子孫詩〉：慶盛。	去	丘敬切。

（四）葬

韻字	上古聲調	韻　　段	廣韻聲調	《廣韻》反切
葬	平	東方朔〈沈江〉：降芳狂傷香攘陽長傷光旁藏行當葬明。 〈晉兒謠〉：昌葬兄。 〈長安為尹賞歌〉：場葬。	平	
	去		去	則浪切。

（五）讓

韻字	上古聲調	韻　　段	廣韻聲調	《廣韻》反切
讓	平	〈魚藻之什・角弓〉：良方亡讓。 〈貍首詩〉：張良常讓堂行抗。 〈成相雜辭〉：相王讓明。	平	
	去	〈閻君謠〉：昶讓。*漢代開始押去聲。	去	人樣切。

（六）貺

韻字	上古聲調	韻　　段	廣韻聲調	《廣韻》反切
貺	平	〈南有嘉魚之什・彤弓〉：饗貺藏。 屈原〈悲回風〉：傷倡忘長芳章芳羊貺明。	平	
	去		去	許訪切。

（七）甯

韻字	上古聲調	韻　　段	廣韻聲調	《廣韻》反切
甯	平	〈寶鼎歌〉：生鳴牲平榮成醒名并成甯。	平	
	去		去	乃定切。

（八）信

韻字	上古聲調	韻　　段	廣韻聲調	《廣韻》反切
信	平	〈節南山之什・雨無正〉：身信臻天。 〈節南山之什・巷伯〉：人信翩。 〈揚之水〉：薪人信。 〈節南山之什・節南山〉：信親。 〈擊鼓〉：信洵。 〈采苓〉：信巔苓。	平	
	去	韋孟〈諷諫詩〉：信俊。*漢代開始押去聲。	去	息晉切。

（九）藿

韻字	上古聲調	韻　　段	廣韻聲調	《廣韻》反切
藿	平	〈琴引〉：言曼般藿顏。	平	
	去		去	古玩切。

（十）攢

韻字	上古聲調	韻　　段	廣韻聲調	《廣韻》反切
攢	平	王逸〈哀歲〉：陳沄干攢延蝶。	平	
	去		去	則旰切，又在玩切。

二、上古押平聲，《廣韻》讀上聲

（一）享

韻字	上古聲調	韻　　段	廣韻聲調	《廣韻》反切
享	平	〈谷風之什・信南山〉：疆享皇明。 〈鹿鳴之什・天保〉：疆王享。 〈殷武〉：常王羌鄉享湯。 〈烈祖〉：疆將穰嘗將享饗鶬康衡。 〈天地〉：鶬享。 〈惟泰元〉：享荒。	平	
	上		上	許兩切。

（二）饗

韻字	上古聲調	韻　　段	廣韻聲調	《廣韻》反切
饗	平	〈七月〉：霜場羊疆饗堂觥。 〈烈祖〉：疆將穰嘗將享饗鶬康衡。 〈谷風之什・楚茨〉：蹌羊嘗將疆饗皇亨祊明慶。 〈清廟之什・我將〉：方饗。 〈南有嘉魚之什・彤弓〉：饗貺藏。 屈原〈天問〉：長（久長）饗。 〈白麟歌〉：詳饗。 〈安世房中歌〉：芳常忘饗臧。	平	
	上	〈天門〉：饗蕩。漢代開始押上聲。	上	許兩切。

（三）朗

韻字	上古聲調	韻　　　　段	廣韻聲調	《廣韻》反切
朗	平	王逸〈哀歲〉：蠹穰章房陽傷涼愴唐光荒螂朗。	平	
	上		上	盧黨切。

（四）爽

韻字	上古聲調	韻　　　　段	廣韻聲調	《廣韻》反切
爽	平	〈南有嘉魚之什・蓼蕭〉：瀼忘爽光。 〈招魂〉：妨漿觴漿芳粱方涼爽餭鶬行羹。	平	
	上		上	疏兩切。

（五）嶺

韻字	上古聲調	韻　　　　段	廣韻聲調	《廣韻》反切
嶺	平	王褒〈思忠〉：旄榮旌征嶺冥。	平	
	上		上	良郢切。

（六）逞

韻字	上古聲調	韻　　　　段	廣韻聲調	《廣韻》反切
逞	平	莊忌〈哀時命〉：生榮成正名情聲清逞真身年。	平	
	上		上	丑郢切。

（七）巘

韻字	上古聲調	韻　　　　段	廣韻聲調	《廣韻》反切
巘	平	〈生民之什・公劉〉：原繁嘆宣巘。	平	
	上		上	語偃切，又魚蹇切。

三、上古押平聲，《廣韻》讀上、去聲

（一）愴

韻字	上古聲調	韻　　段	廣韻聲調	《廣韻》反切
愴	平	王逸〈哀歲〉：螽穰章房陽傷涼愴唐光荒螂朗。	平	
	上		上	初兩切。
	去		去	初亮切。

（二）上

韻字	上古聲調	韻　　段	廣韻聲調	《廣韻》反切
上	平	〈文王之什・大明〉：方王上。 〈宛丘〉：望上湯。 屈原〈湘夫人〉：張望上。 王褒〈蓄英〉：強洋上荒。	平	
	上		上	時掌切。
	去		去	時亮切。

（三）瀼

韻字	上古聲調	韻　　段	廣韻聲調	《廣韻》反切
瀼	平	〈蕩之什・桑柔〉：王瀼荒蒼。 〈節南山之什・正月〉：霜傷將瀼京。	平	
	上		上	餘兩切。
	去		去	*《集韻》弋亮切。

（四）遯（遁）

韻字	上古聲調	韻　　段	廣韻聲調	《廣韻》反切
遯遁	平	〈蕩之什・雲漢〉：焚薰聞遯川。	平	
	上		上	徒損切。
	去		去	徒困切。

（五）斬

韻字	上古聲調	韻　　段	廣韻聲調	《廣韻》反切
斬	平	〈節南山之什・節南山〉：惔談瞻斬巖監。	平	
	上		上	側減切。
	去		去	*《集韻》莊陷切。

四、上古押上聲，《廣韻》讀去聲

（一）餌

韻字	上古聲調	韻　　段	廣韻聲調	《廣韻》反切
餌	上	〈婦病行〉：裏市起止已餌。	上	
	去		去	仍吏切。

（二）戊

韻字	上古聲調	韻　　段	廣韻聲調	《廣韻》反切
戊	上	〈南有嘉魚之什・吉日〉：禱好阜醜戊。	上	
	去		去	莫候切。

（三）狩

韻字	上古聲調	韻　　段	廣韻聲調	《廣韻》反切
狩	上	〈南有嘉魚之什・車攻〉：草好阜狩。 〈叔于田〉：好酒狩。 〈駟驖〉：手狩。	上	
	去		去	舒救切。

（四）暇

韻字	上古聲調	韻　　段	廣韻聲調	《廣韻》反切
暇	上	〈魚藻之什・何草不黃〉：虎野暇。 〈鹿鳴之什・伐木〉：湑舞酤鼓暇。	上	
	去		去	胡駕切。

五、上古押上聲，《廣韻》讀平聲

（一）皆

韻字	上古聲調	韻　　段	廣韻聲調	《廣韻》反切
皆	平		平	古諧切。
	上	〈臣工之什・豐年〉：姝醴禮皆。	上	

（二）偕

韻字	上古聲調	韻　　段	廣韻聲調	《廣韻》反切
偕	平	宋玉〈九辯〉：偕悲哀。	平	古諧切。
	上	〈陟岵〉：死弟偕。 〈鹿鳴之什・魚麗〉：旨偕。 〈甫田之什・賓之初筵〉：旨偕。 〈鹿鳴之什・杕杜〉：邇偕。	上	

六、上古押上聲，《廣韻》讀平、去聲

（一）泥

韻字	上古聲調	韻　　段	廣韻聲調	《廣韻》反切
泥	平		平	奴低切。
	上	〈生民之什・行葦〉：履泥體葦。 〈南有嘉魚之什・蓼蕭〉：泥弟豈。	上	
	去		去	奴計切。

七、上古押入聲或諧聲系統有入聲讀音，《廣韻》讀去聲

　　上古聲調如何演變的問題，目前比較有共識的是部分入聲塞音尾丟失讀作去聲，〔註10〕王力先生說：

> 他（高本漢）把一些去聲字如「異」、「意」、「富」、「代」、「告」、
> 「釣」、「耀」、「貌」、「易」、「避」等的上古音擬成收-g，那是有相
> 當理由的；我們雖不同意擬成收-g，但是我們同意把這類去聲字擬

〔註10〕一說長入聲演變為去聲，短入聲仍作入聲。

成閉口音節（收-k），因為它們本來是古入聲。（王力 1960 / 2000：154）

王力把「異意富代告釣耀貌易避」等字上古擬作-k尾，後來塞音尾丟失，《廣韻》才讀作去聲。事實上，這些被劃入上古入聲的中古去聲字，在韻段中多數仍與去聲字相押。但是不可否認，有上古押入聲或諧聲系統有入聲讀音，《廣韻》讀作去聲的字，權宜的做法，是和入聲字相押時歸入聲；和去聲字相押時歸去聲，也就是承認上古同時具有去、入兩讀。如以「戒」字為例，這個字是中古怪韻字，被古韻學者依《詩經》的兩個韻段歸到上古職部：

《詩經・小雅・鹿鳴之什・采薇》：四牡翼（翼），象弭魚（服）；豈不日（戒），玁狁孔（棘）。

《詩經・大雅・蕩之什・常武》：整我六師，以修我戎，既敬既（戒），惠此南（國）。

從這兩個韻段看，「戒」字理應歸入上古職部。不過卻忽略了「戒」字也常常和去聲字相押：

《詩經・小雅・谷風之什・楚茨》：禮儀既（備），鐘鼓既（戒）。孝孫徂位，工祝致（告）。

《詩經・小雅・甫田之什・大田》：大田多稼，既種既（戒），既備乃（事）。

屈原〈九歌・天問〉：皇天集命，惟何（戒）之？受禮天下，又使至（代）之？

如果我們把「戒」視為入聲字，則多 3 個去入相押韻段；當作去聲也多了 2 個去入通叶韻段，這也是「去聲獨用」百分比遠較其他調類低的原因之一。比較適合的做法，應是「戒」字同時具有入、去兩讀，因此兼押去、入兩調字。

第六節　上古聲調結論

前文一到七的歸納結果，除了七經過高本漢、王力等學者提出較有共識外，其餘尚有進一步的思考空間，包括：

1. 除了這些字，有沒有其它的字？

2. 這些字雖然在上古韻段和中古《廣韻》是不同調類，但上古調類的讀音往往見於《集韻》、《古今韻會》、《洪武正韻》……等其它韻書，如：「狩」字，上古押上聲，《廣韻》讀作去聲；《康熙字典》兼讀《集韻》、《韻會》、《正韻》丠始九切，音「手」的上聲讀音。說明僅憑《廣韻》「平上去入」類推上古調類的作法有侷限性。

3. 聲調演變並非單純從上古詩歌用韻到《廣韻》的對應演變關係。有沒有可能從另一種角度思考？比如說：「顧」字，北方《詩經》讀上聲；南方《楚辭》讀去聲。北方上聲讀音為《五音集韻》所沿襲；南方去聲讀音被《唐韻》、《廣韻》、《集韻》所收錄：

韻字	上古聲調	韻　　段	韻書聲調	《康熙字典》所收韻書反切
顧	上	〈鹿鳴之什・伐木〉：許藇羜父顧。 〈碩鼠〉：黍所土顧。 〈葛藟〉：父滸顧。 〈日月〉：處土顧。 〈墓門〉：予顧。 韋孟〈諷諫詩〉：土顧。 〈龍蛇歌〉：怒伍股戶土苦顧下野。 〈箕山操〉：慮普睹苦土祖顧下。	上	又《五音集韻》公戶切，音古。
	去	屈原〈涉江〉：圄顧璐。 屈原〈遠遊〉：顧路。 劉向〈遠遊〉：故顧。 韋孟〈在鄒詩〉：顧路。 〈古豔歌同上〉：兔顧故。	去	《唐韻》、《廣韻》、《集韻》、《類篇》、《韻會》、《正韻》丠古慕切，音故。

4. 一至六的演變條件為何？如：「化議慶葬讓睨甯信藿攢」等上古平聲字，《廣韻》讀作去聲。從「聲母」、「開合」、「等第」來看沒有什麼特別的音變條件，只能粗略整理一些共通點如下：

（1）上古押平聲，《廣韻》讀作上聲、去聲的常常是陽聲字（化、議兩字例外）。

（2）上古押上聲，《廣韻》讀作去聲的常常都是陰聲字。

（3）上古押上聲，《廣韻》讀作平聲的是從「皆」得聲之字。

5. 從「四聲別義」的角度來思考，馮英〈漢語聲調與形態〉說：

據宋代賈昌朝《群經音辨》和元代劉鑒《經史動靜字音》所列的二百零玖個讀破字統計，百分之八十五以上的讀破字都是由其它聲調（平、上、去）變作去聲來區別意義或詞性。〔註11〕

由此可見，去聲字的形成，應和大量使用去聲來區別意義或詞性有關。梅祖麟（2000）指出四聲別義的種類繁多，其中「去聲別義」有三種：一是把名詞變成動詞，如：惡入聲，名詞／惡去聲，動詞；二是把動詞變成名詞，如：度入聲，動詞／度去聲，名詞；三是把內向動詞變成外向動詞，如：買賣、學斅。為什麼動詞可變名詞去聲？名詞可變動詞去聲？梅先生認為是時間先後的關係，他指出動詞變成名詞去聲在前，名詞變成動詞去聲在後：

這裡想說明這兩種詞性轉化一先一後，動詞變成名詞在先，是繼承共同漢藏語的構詞法，名詞變成動詞在後，是類比作用的產物。（梅祖麟 2000：306）

既然去聲別義最初只用在動詞，為什麼有的動詞變成名詞？有些變作外向動詞？梅先生語帶保留：

現在我們大致敢說，去聲別義最初只能應用在動詞身上，其轉化結果有時是名詞，有時是外向動詞，原因大概是-s 有不同的來源，此外或許另有其他因素在內，如各種詞頭、元音通轉等，有的詞頭能使濁音聲母清化，有的能使清音聲母濁化，詳細情形還弄不大清楚。（梅祖麟 2000：330）

可見相關研究值得再深入討論。梅先生的研究著重在「去入通轉」：

我們著重去入通轉，而忽略去聲跟其他兩聲的關係，並不是因為動變名型和名變動型裡平去和上去這兩類不重要，原因是去入通轉是有時代性的音韻特徵，平去和上去這兩種通轉看來在任何時代都可以發生，不能幫助斷代。（梅祖麟 2000：312）

平去、上去的關係如何？能不能同樣從「去聲別義」的角度思考？是另一個值得關注的課題。

〔註11〕馮英〈漢語聲調與形態〉，《雲南師範大學學報》（哲學社會科學版）第 27 卷第 6 期，昆明：雲南師範大學，1995 年 12 月，頁 64。

第陸章　結　論

　　全書以「算術統計法」統計上古詩歌共三千七百多個韻段，其結果在第貳章到第肆章以表格的方式呈現並附有各部「獨韻」及「例外押韻」的說明。通過不同時期用韻百分比的消長，可對比出周秦、兩漢各韻部內中古 16 攝、206 韻的交涉情況以及各部例外押韻的數據，藉此以探討韻段通叶及韻類演變所反映出的語言事實。全書未竟周全之處甚多，羅常培《漢魏晉南北朝韻部演變研究》序言曰：

> 　　我們的工作花費在整理材料的時間是比較多的，而深入研究的
>
> 工作還做得很不夠。（羅常培、周祖謨 1958：ii）

　　本書雖然在羅、周（1958）的基礎上討論，但重新整理上古的所有詩歌韻段耗費不少心力。對於前人研究的整理、韻段分析、韻類演變的討論上做得仍不夠完善，望讀者海涵。文末，談談全書的研究價值及相關議題的未來展望。

第一節　全書的研究價值

　　全書以上古詩歌韻段為研究的基礎材料，通過「算術統計法」計算，各部「獨韻」百分比的消長如下表：

【陰聲獨韻】

	詩經	楚辭屈宋	西漢文人	東漢文人	三國詩歌	詩經到三國
之部	82.77%	83.09%	68.9%	56.25%	58.02%	-24.75%
幽部	84.6%	69.7%	66.67%	50%	59.01%	-25.59%
宵部	68.97%	37.5%	10%	20%	66.67%	-2.3%
侯部	78.39%	40%	26.66%	21.05%	15%	-63.39%
魚部	88.04%	69.34%	65.85%	47.21%	42.35%	-45.69%
支部	80%	0%	0%	0%	6.45%	-66.28%
脂部	44.44%	30%	22.22%	14.29%	6.52%	-37.92%
微部	54.32%	60%	51.37%	35.73%	30.88%	-23.44%
歌部	91.66%	80%	51.6%	41.19%	28.57%	-63.09%

【入聲獨韻】

	詩經	楚辭屈宋	西漢文人	東漢文人	三國詩歌	詩經到三國
職部	77.27%	73.53%	68.17%	88.89%	86.35%	+9.08%
覺部	56%	50%	75%	28.57%	0%	-56%（韻段少）
藥部	47.83%	20%	0%	0%	50%	-2.17%（韻段少）
屋部	77.41%	60%	60%	39.99%	77.78%	+0.37%
鐸部	66.07%	52.63%	43.47%	50%	47.08%	-18.99%
錫部	76.48%	75%	33.33%	0%	25%	-51.48%
質部	70.18%	36.37%	33.32%	60%	0%	-70.18%
物部	66.68%	28.57%	21.43%	66.67%	42.87%	-23.81%
月部	87.1%	73.69%	59.26%	66.67%	71.44%	-15.66%
緝部	69.24%	75%	25%	100%	100%	+30.76%
葉部	75%	100%	0%	0%	100%	+25%

【陽聲獨韻】

	詩經	楚辭屈宋	西漢文人	東漢文人	三國詩歌	詩經到三國
蒸部	80.77%	71.42%	66.67%	0%	38.46%	-42.31%
冬部	60%	50%	33.33%	0%	38.46%	-21.54%
東部	94.12%	68.75%	40%	42.85%	61.54%	-32.58%
陽部	97.6%	80.82%	69.79%	71.43%	80.4%	-17.21%

耕部	98.28%	65.37%	74.19%	40%	66.23%	-32.05%
真部	91.54%	27.27%	28.57%	15.79%	23%	-68.54%
文部	77.15%	33.32%	6.67%	37.5%	17.86%	-59.29%
元部	87.8%	68.96%	74.28%	52.39%	54.27%	-33.53%
侵部	75.56%	75%	55.56%	50%	82.36%	+6.8%
談部	70%	66.67%	50%	0%	100%	+37.5%（韻段少）

　　上面三張表百分比的消長，反映出我們所認識的上古韻部框架其實不斷地在變動。通過各韻部內韻攝關係的考察，部與部合韻關係的釐清，各合韻關係中中古 206 韻、16 攝的交涉情況，有助於我們分析隱藏在數據背後的語言學意義。以現有的古韻學框架來看，不同時期的例外押韻並非單一因素所造成，而是具有複雜多樣的語音內涵，如：《詩經》、《楚辭》「之幽」是詩人用韻寬緩的現象；兩漢除了「之部尤有韻」（尤、久、牛、丘）轉與幽部字合流；少數幽部字也兼有之部韻基讀音（仇、浮），因此得以兼押兩部。又如：「之職對轉」除了職部字-k 尾聽覺上不易感知，因此與主元音相同的之部字押韻外，也有「入兼陰」、「陰兼入」的異讀關係。我們嘗試從古書注解、字書、韻書的同字異讀以及相同諧聲偏旁可能發生的音變類型來和詩人用韻相互參證，並提出合理的語音解釋。

　　「押韻」裡「韻」的概念，是指押韻的字具有相同的主要元音及韻尾。跨韻部的合韻，在陰聲主要有：之幽、幽侯、侯魚、之侯魚、宵魚、脂微、支歌、魚歌；入聲有：職覺、覺屋、質物、質月、物月；陽聲有：冬東、東陽、陽耕、耕真、真文、真元、文元、真文元、蒸侵、冬侵、東侵、陽侵、陽談。這麼多的異部通叶，既有的上古韻部框架無法解釋它們為什麼頻繁押韻，因此有的學者改變押韻條件，主張一部不必一主要元音；有的學者認為古人韻緩，異部相押全是「主元音相近、韻尾相同」、「主元音相同、韻尾相近」的音近通叶。他們把這些合韻現象置於同一個共時平面；把這些押韻情況視為同一個語音條件下所造成的「例外」關係。

　　全書把上古韻段材料分作 4 個時期，指出這些合韻不全在同一共時平面，如：「蒸侵」只出現於《詩經》；「東陽」只出現在兩漢。同時也強調兩部通叶實際上具有多種語音關係，如：「真文合韻」過去認為西漢無條件合併，實際

上「真文」音變方向主要是文部三等字「真諄韻」i 音化併入真部（jən＞jin），但是有兩種情況例外：一是「真部山攝字」與「文部臻攝字」相押，反映出文部三等字併入真部的同時，部分真部四等字（真部山攝字）in 尚未裂化為 ian 併入元部，因此同 jən＞jin 的文部三等字相押；二是「真部真韻」與「文部山攝字」相押，或反映出詩人用韻寬緩，或表現出從「先」得聲字有 i 音化的音變類型。對於這些合韻現象有正確認識，才能從上古韻類的演變情況中找出合理的音變條件，提出適當的語音解釋。

我們認為同韻部的字具有相同韻基，但也主張一部內的某些字具有「同字異讀」因此兼押兩部。這些異讀有的未收錄於《廣韻》，我們只好通過其它韻書搜羅反切，或藉由同系列的諧聲字來判斷可能發生的音變類型，如此才能解釋諸多例外押韻的合理性，例如：「陰入對轉」不必然是「陰聲字具有濁塞音尾」或「主元音相同，入聲讀作喉塞尾」的韻近相押現象，很可能這些韻字就讀作相同韻基因此得以押韻。

至於合韻關係的探討上，前人較少著墨的，如陰聲「之侯魚、宵魚」；入聲「職覺、覺屋、質物、質月、物月」；陽聲「東陽、陽耕、真文、真元、文元、真文元」。本書除了以用韻百分比的消長提出這些合韻有探討的必要性外，也一一檢視這些韻段並提出看法，相信我們的工作對古韻學的研究拓展有所補益。

第二節　相關議題的未來展望

隨著西方語言學理論不斷引進，方言學、實驗語音學的研究成果不斷深入，傳統系聯詩歌韻腳的工作只能反映韻類之間的關係，在許多研究者眼裡，算不上提供一個清晰的語音系統和演變規律。但就歷史比較法而言，音類的分合關係總是比音值的異同更加重要，[註1] 相關工作如未臻完善，將大大影響韻部的擬測基準，也使得語音演變的機制曖昧不明。

1940 年，周祖謨撰成《兩漢韻部略說》，文章的觀點多為後來與羅常培合著的《漢魏晉南北朝韻部演變研究》（第一分冊）（1958）所採用。羅，周（1958）

〔註 1〕 王洪君《歷史語言學方法論與漢語方言音韻史個案研究》，北京：商務印書館，2014，頁 32。

以丁福保《全漢三國晉南北朝詩》、嚴可均《全上古三代秦漢三國六朝文》為藍本，將兩漢的有韻之文囊括無餘，排成韻譜，對通語及方言皆有探討，為兩漢韻部研究公認的經典之作。但六十年過去，我們幾乎看不到有學者全面性的重新整理兩漢詩文的用韻材料。反觀清儒研究古韻分部從顧炎武之後接著江永、段玉裁、孔廣森、王念孫、江有誥、章太炎……等等，一棒接著一棒。如果他們都恪守顧炎武古韻十部的觀點，也就無法拓展出今日的上古韻部研究成績。底下來談談相關議題的未來展望。

一、三國到南北朝的韻類研究

漢以後到南北朝的韻類研究，有幾位學者做過工作，也有不錯的成績，如：林炯陽《魏晉詩韻考》（1972）、丁邦新《魏晉音韻研究》（1975）、何大安《南北朝韻部演變研究》（1981）、周祖謨《魏晉南北朝韻部之演變》（1996）。這幾位學者除試圖理清漢語主流音系的發展脈絡外，可貴的是也注意到部分合韻所代表的方音特色，因此或者將文獻依地域分類；或者將詩作依詩人里籍和活動範圍整理，藉由與主流漢語相比較，得出南北方言及各區域的韻類特點。他們的著作比較大的問題是：一，分部缺乏科學標準，所以即便所使用的材料、方法相當，但分部有別之處甚多；二，魏晉前後期的韻部分類承襲了前人的錯誤觀點，如四家俱以羅常培、周祖謨（1958）漢代「脂微、質物、真文」六部無條件合併作為魏晉韻部系統的起點。事實上從周秦到魏晉「脂微、質物、真文」都是 i、ə 元音對立的格局，內部的音變主要是「微物文」三等 ə 元音 i 音化；「脂質真」二、四等 i 元音裂化為 əi 或 ia，而非無條件合併。我們希望在這些學者的研究基礎之上，進一步作魏晉南北朝的韻類調查工作，以釐清《詩經》韻部到《廣韻》韻類之間的演變脈絡並對一些懸而未決問題提出解釋，如韻書韻（《詩經》）到韻腳韻（《切韻》）之間的對應演變問題，上古的押韻標準和重韻問題，上古到中古的調類演變問題，上古方音的面貌……等等。

二、古方言研究

《切韻》以前的方音面貌一直是研究上的難點，當前主流的作法是依材料或詩人里籍分域，藉由與主流漢語相比較，以得出各區域的韻類特色。但

同一地區可能只有個別作者是用方音入韻；同一作者以方言入韻也可能是偶爾為之；相同籍貫的詩人，未必就使用同樣的方言……這些問題在在顯示從詩歌用韻辨別方音特點很不容易。面對這些質疑，古方言的研究工作一直沒有新的突破，如很長一段時間，戰國秦漢的韻類研究附屬於以《詩經》用韻為主的古韻部系統底下，沒有獨立地位。1938 年，董同龢《與高本漢先生商榷「自由押韻」說兼論上古楚方音特色》推論「東陽、之幽、侯魚、真耕」四類合韻為楚方音特色，開啟上古楚地方音研究的風氣。接踵者，如林蓮仙《楚辭音均》（1979）、趙彤《戰國楚方言音系》（2006）、謝榮娥《秦漢時期楚方言區文獻的語音研究》（2011）、楊建忠《秦漢楚方言聲韻研究》（2011），均致力於戰國楚方言的特色研究，冀使《楚辭》音擺脫《詩經》音之羈絆，以解開通語與方言之間的糾葛。但諸家所謂的「楚音特色」，並非在同時期找到足量的區域文獻來比對，而著重在與《詩經》韻類對比後的結果，實難判斷出是南北方言的差異還是歷時音變的結果。此外，由於材料性質混雜，文本的真偽未加以考察，統計方法的使用過於粗疏等問題，皆反映對此議題的研究還不夠深入（參見魏鴻鈞：2015）。

本書著重以歷史音變的角度考察周秦到兩漢的韻類演變問題，對於共時層面的材料分域以及個別詩人的用韻情況所談甚少，如《詩經》東、西土韻類的不同；兩漢文人用韻的分域情況，前人雖有研究但我們沒有進一步討論。近幾十年來地下出土的材料絡繹不絕，如：楚系的望山簡、信陽簡、包山簡、曾侯乙墓簡、九店簡、郭店簡、上博簡；秦系的雲夢簡、里耶簡……等等。這些材料已有豐富的研究成果，它們所反映的楚方言、秦方音特點應可拿來與個別的詩人用韻參證比對。

三、部分議題應再深入研究

全書整理周秦、兩漢三千七百多個韻段，但多有韻段不足以至於統計數字失真之處，如：《楚辭》屈宋、西漢文人、東漢文人「支部韻段」總數只有3、5、6 例，「支部獨韻」1 例也沒有；緝部、葉部也有韻例少的情況。結合通假字、聲訓、經師音注、諧聲字等材料，應該可以把問題看得更清楚。

對於某些議題研究，我們深感力有未逮，如「陰聲韻具輔音韻尾」的觀點，可以凸顯上古的陰入關係，並以舌根尾-g、舌尖尾-d、雙唇尾-b的面貌，

與入聲-k、-t、-p及陽聲-ŋ、-n、-m相配。但遺留三個問題：一是上古漢語因此幾乎沒有開音節；二是現代漢語沒有留下-g，-d，-b的痕跡；三是上古陰入關係並不如想像中的密切。「陰聲韻不具輔音韻尾」的觀點主張入聲韻尾-k、-t、-p在漢語音節尾是唯閉音，聽感上不易感知，因此可以和主要元音相同的陰聲韻部相押。但是從擬音來看無法解決*-ə（之）為什麼專配*-ək（職）*-əŋ（蒸），而不配*-ət（物）*-ən（文）、*-əp（緝）*-əm（侵）等問題。王力先生說：「世界上沒有任何語言全是閉音節的語言。」李方桂先生則主張閉音節的語言在世界上有很多這樣的例子。深究這個議題，無疑需要更多的語音學理及研究成果來支持。又如上古入聲韻部，學者一般擬作清塞音-k、-t、-p。俞敏先生通過梵漢對音材料指出：漢魏時期梵文多用-g、-bh、-v、-d、-dh、-r、-l來對譯古漢語的入聲字，因此古入聲字應收濁塞音。鄭張尚芳也作〈上古入聲韻尾的清濁〉一文論證上古入聲應讀作濁塞音。相關研究牽涉到其它材料，只能等有更多證據時再談。

引用文獻

一、古籍文獻

1. （漢）許慎撰，（清）段玉裁注：《新添古音說文解字注》，臺北：洪葉文化，2005年。

2. （漢）劉熙撰，（清）畢沅疏證：《釋名疏證》，臺北：廣文書局，1971年。

3. （清）江永：《古韻標準》，《音韻學叢書》（十），臺北：廣文書局，1987年，二版。

4. （清）江有誥：《音學十書》，北京：中華書局，1993年。

5. （清）張玉書：《康熙字典》，上海：上海書店出版社，1985年。

二、近人論著

1. 丁邦新，1975，《魏晉音韻研究》，臺北：中央研究院歷史語言研究所。

2. 丁邦新，1989／1998，〈漢語聲調的演變〉，《丁邦新語言學論文集》，北京：商務印書館，頁106～126。

3. 于海晏，1936／1989，《漢魏六朝韻譜》，河南：河南人民出版社。

4. 王力，1937／2000，〈上古韻母系統研究〉，《王力語言學論文集》，北京：商務印書館，頁59～129。

5. 王力，1957／1980、2004，《漢語史稿》，北京：中華書局。

6. 王力，1960／2000，〈上古漢語入聲和陰聲的分野及其收音〉，《王力語言學論文集》，北京：商務印書館，頁130～169。

7. 王力，1963 / 2000，〈古韻脂微質物月五部的分野〉，《王力語言學論文集》，北京：商務印書館，頁 170～203。

8. 王力，1964 / 2000，〈先秦古韻擬測問題〉，《王力語言學論文集》，北京：商務印書館，頁 204～242。

9. 王力，1980 / 2000，〈古無去聲例證〉，《王力語言學論文集》，北京：商務印書館，頁 277～306。

10. 王力，1980 / 2004，《王力別集·詩經韻讀》，北京：中國人民大學出版社。

11. 王力，1985，《漢語語音史》，北京：中國社會科學出版社。

12. 王力，1986，《王力文集·第六卷》，山東：山東教育出版社。

13. 王洪君，2014，《歷史語言學方法論與漢語方言音韻史個案研究》，北京：商務印書館。

14. 史存直，2002，〈古音「東、冬」兩部的分合問題〉，《漢語音韻學論文集》，上海：華東師範大學出版社，頁 57～71。

15. 史存直，2002，〈古音「真、文」兩部的分合問題〉，《漢語音韻學論文集》，上海：華東師範大學出版社，頁 72～84。

16. 史存直，2002，〈古韻「之、幽」兩部之間的交涉〉，《漢語音韻學論文集》，上海：華東師範大學出版社，頁 131～158。

17. 史存直，2008，《漢語史綱要》，北京：中華書局。

18. 何大安，2007，〈從上古到中古音韻演變的大要〉，《漢語方言學術研討會論文集》，臺北：輔仁大學中國文學系，頁 89～98。

19. 李方桂，1971 / 2001，《上古音研究》，北京：商務印書館。

20. 李存智，2008，〈郭店與上博楚簡諸篇陰聲韻部通假關係試探〉，《臺大中文學報》第 29 期，臺北：國立台灣大學中國文學系，頁 71～124。

21. 沈兼士，1985 / 2006，《廣韻聲系》，北京：中華書局。

22. 周祖謨，1941 / 1966，〈古音有無上去二聲辨〉，《問學集·上冊》，北京：中華書局，頁 32～80。

23. 周祖謨，1984 / 2004，〈漢字上古音東冬分部的問題〉，《周祖謨語言文史論集》，北京：學苑出版社，頁 45～52。

24. 邵榮芬，1997，〈古韻魚侯兩部在前漢時期的分合〉，《邵榮芬音韻學論集》，北京：首都師範大學出版社，頁 88～104。

25. 邵榮芬，1997，〈古韻魚侯兩部在後漢時期的演變〉，《邵榮芬音韻學論集》，北京：首都師範大學出版社，頁 105～117。

26. 邵榮芬，1997，〈古韻幽宵兩部在後漢時期的演變〉，《邵榮芬音韻學論集》，北京：首都師範大學出版社，頁 118～135。

27. 金慶淑，1993，《廣韻又音字與上古方音之研究》，臺北：臺灣大學中文研究所博士論文。

28. 俞敏，1999，〈後漢三國梵漢對音譜〉，《俞敏語言學論文集》，北京：商務印書館，

頁 1～62。

29. 孫雍長，2002，〈老子韻讀研究〉，《廣州大學學報》（社會科學版）2002 年第 1 期，廣州：廣州大學，頁 48～59。

30. 陸志韋，1999，〈陰入聲的通轉並論泰夬廢祭〉，《陸志韋語言學著作集》（一），北京：中華書局，頁 168～179。

31. 陸志韋，1999，〈《說文解字》讀若音訂〉，《陸志韋語言學著作集》（二），北京：中華書局，頁 231～362。

32. 梅祖麟，1980／2000，〈四聲別義中的時間層次〉，《梅祖麟語言學論文集》，北京：商務印書館，頁 306～339。

33. 陳新雄，1999，《古音研究》，臺北：五南圖書出版有限公司。

34. 郭錫良，1986／2010，《漢字古音手冊》（增訂本），北京：北京大學出版社。

35. 郭錫良，1987，〈也談上古韻尾的構擬問題〉，《漢語史論集》，北京：商務印書館，頁 336～344。

36. 張光宇，2006，〈論漢語方言的層次分析〉，《語言學論叢》第 33 輯，北京：北京大學漢語語言研究中心，頁 124～165。

37. 張鴻魁，1992，〈從《說文》「讀若」看古韻魚侯兩部在東漢的演變〉，《兩漢漢語研究》，山東：山東教育出版社，頁 394～422。

38. 馮英，1995，〈漢語聲調與形態〉，《雲南師範大學學報》（哲學社會科學版）1995 年第 6 期，昆明：雲南師範大學，頁 64～66。

39. 黃志高，1977，《六十年來之楚辭學》，臺北：臺灣師範大學中國文學研究所碩士論文。

40. 黃典誠 1978／2003，〈關於上古高元音的探討〉，《黃典誠語言學論文集》，廈門：廈門大學出版社，頁 6～16。

41. 逯欽立，1991，《先秦漢魏晉南北朝詩》，臺北：學海出版社。

42. 董同龢，1938／1974，〈與高本漢先生商榷「自由押韻說」兼論上古楚方音特色〉，丁邦新編《董同龢先生語言學論文選集》，臺北：食貨出版社，頁 1～12。

43. 董同龢，1967，《上古音韻表稿》，臺灣：中央研究院歷史語言研究所單刊甲種之二十一。

44. 楊秀芳，1991，《台灣閩南語語法稿》，臺北：大安出版社。

45. 楊素姿，1996，《先秦楚方言韻系研究》，高雄：中山大學中國文學研究所碩士論文。

46. 趙誠，1991，〈商代音系探索〉，《古代文字音韻論文集》，北京：中華書局，頁 178～189。

47. 蒲立本，1982，〈構擬上古真部的一些證據〉，《清華學報》第 14 卷 1、2 期合刊，新竹：清華大學，頁 249～255。

48. 鄭張尚芳，2003，《上古音系》，上海：上海教育出版社。

49. 魯國堯，2005，〈對《詩經》音系陰聲韻具輔音韻尾說的思考〉（稿），《第九屆國

際暨二十三屆全國聲韻學學術研討會論文集》（下冊），臺中：靜宜大學中文系，頁演講 2-1 至演講 2-6。

50. 謝美齡，2003，〈上古漢語之真、耕合韻再探討〉，《臺中師院學報》17：2，臺中：臺中師院，頁 225～243。

51. 魏鴻鈞，2015，〈《楚辭》屈宋用韻的數理統計分析——兼論「上古楚方音特色」之可信度〉，《東吳中文學報》第 30 期，臺北：東吳大學中文系，頁 1～44。

52. 羅江文，2003，〈詩經與兩周金文韻部比較〉，《思想戰線》2003 年第 5 期，昆明：雲南大學，頁 134～137。

53. 羅常培、周祖謨，1958，《漢魏晉南北朝韻部演變研究‧第一分冊》，北京：科學出版社。

54. 龔煌城，2005，〈李方桂先生的上古音系統〉，丁邦新、余藹芹編《漢語史研究：紀念李方桂先生百年冥誕論文集》，臺北：中研院語言所，頁 57～93。

後　記

　　這本書是在我 2009 年的碩士論文基礎上修改而成，經過 11 年的沉澱，除了把字句梳理得通順些外，也加入了一些後來的研究觀點。雖然對於前人研究的整理、韻段分析、韻類演變的討論上做得仍不夠完善，但也算盡了力來寫作。

　　謹感謝在東吳大學引領我進入聲韻學領域的李存智老師。李老師的聲韻學入門課雖然困難，但通過豐富的邏輯推演以及與日常所聽所聞的方言現象相結合的教學方式，使我對這門學科產生興趣。機緣巧合下，大學畢業後當了多年李老師科技部計畫下的研究助理，才決定以這門學科作為終身職志。由於碩士階段的求學過程不是很順利，加上家裡發生一些事情，曾多次想要放棄，也是在李老師的幫助和鼓勵下，才使我堅定地走到現在。

　　我讀碩士班的時間其實相當漫長，在文化大學讀了 4 年，在臺北市立大學讀了 2 年。謹感謝葉鍵得老師，在市教大期間除了學問方面的指導，也同意讓我早點提出論文口考申請，這對當時的我來說是莫大的鼓勵。

　　謹感謝徐芳敏老師，在碩士論文口考時提供不少有建設性的修改建議，如提出在韻段的統計上以「數理統計法」可補足「算數統計法」無法判斷韻部分合的問題。後來「數理統計法」也成為我寫作博士論文的主要研究方法。

　　回想碩士求學階段，由於諸多原因，內心非常茫然，不確定感很強。當

時除了上課、打工、睡眠，剩下的時間幾乎都在用 EXCEL 表整理詩歌韻段。當時的我在把韻段一個個繫聯起來並輸入到電腦的過程中，其實並不知道可以作出什麼有價值的研究成果。有位師長曾說：「這些研究前人都做過了，你做還有什麼研究價值？」我不知道怎麼說服那位老師。十幾年過去了，我自己當了老師，最大的體會是做研究多多少少要有點傻勁，沒有什麼目的去做，且把科研變成日常作息的一部分，才能夠把工作做得完善。

魏鴻鈞

謹記於 2020 年 3 月 26 日